AF377738

UNA HORA A LA SEMANA

DANIEL BARBADILLO DUBON
@ANIMALISMOPOETICO

UNA HORA A LA SEMANA

MOLINO

Papel certificado por el Forest Stewardship Council®

Penguin
Random House
Grupo Editorial

Primera edición: enero de 2026

© 2026, Daniel Barbadillo Dubon
© 2026, Penguin Random House Grupo Editorial, S. A. U.
Travessera de Gràcia, 47-49. 08021 Barcelona

Printed in Spain – Impreso en España

ISBN: 978-84-272-5371-1
Depósito legal: B-19.731-2025

Compuesto por Grafime, S. L.
Impreso en Rodesa
Villatuerta (Navarra)

MO 53711

Este libro es para toda aquella gente valiente
que se ha atrevido a salir de la cajita.

Sois mi ejemplo.
Sois mi inspiración.

Gracias.

Marlena

Esto no es una historia de amor.

Esta novela narra lo que ocurre cuando dos corazones laten en un lugar y un tiempo equivocados, cuando el pasado juega en su contra y, aun así, se empeñan en compartir una vida.

Habla de quienes se confiesan anh elos con manos temblorosas, de quienes construyen trincheras seguras en mitad de una guerra sangrienta. Habla de la verdad silenciosa que acompaña cada decisión que tomamos.

En esta historia, ese anhelo no llega limpio ni ordenado, se cuela entre las rendijas, interrumpe rutinas, se esconde detrás de esas sonrisas que solo comprenden del todo los que no tienen miedo a lanzarse al vacío.

Porque perseguir ese sentimiento cuando no toca es apreciar la piel y la herida al mismo tiempo, es aprender que lo verdadero no siempre pide permiso y que incluso lo prohibido puede traer esperanza.

Este no es un libro sobre destinos escritos.

Es un libro sobre la fuerza invisible que nos arrastra, sobre qué sucede cuando decidimos, incluso si ya es demasiado tarde, apostarlo todo a lo que nos dicta el corazón.

SEMANA -260

Viernes

—Yo creo que sonreímos en las fotos aunque estemos tristes con el objetivo de engañarnos a nosotros mismos el día que las volvamos a ver. Estoy seguro de que esa es nuestra torpe manera de hacernos creer a nosotros mismos que no siempre hemos sido la versión patética que interpretamos en la actualidad, y que, de alguna extraña e inexplicable manera, aún podemos tener esperanza.

Pedro nos suelta esta perla y acto seguido le pega un gran sorbo a su cerveza mientras le dedica toda su atención al partido de baloncesto que retransmiten en el bar. Solo él es capaz de pasar de filósofo a *hooligan* en cuestión de segundos.

El bar huele a cerveza y a madera vieja. La gente viene aquí a jugar a los dardos o al billar, pero, para nosotros, este es nuestro cuartel secreto desde que empezamos con los primeros ensayos. Desde aquí no arreglamos el mundo, pero hacemos que suene un poco mejor.

—Joder, príncipe Hamlet —le digo tratando de contener la risa sin mucho éxito—, mira que se pone usted trascendental cada vez que saco la cámara. Sabe de sobra que a Sandra le gusta que inmortalicemos nuestras quedadas, ¿a que sí, Sandrita?

—Así es —sentencia Sandra mientras levanta su cerveza para brindar conmigo y esquiva deliberadamente la jarra de Pedro—. No sé, cariño, ya me contarás un día si nuestro matrimonio es parte de ese desasosiego tan profundo que experimenta tu alma.

Pedro aparta la mirada del partido y nos observa como si acabáramos de llegar. Rebusca en sus bolsillos con nerviosismo y, de repente, pone cara de alivio.

—Disculpad —dice resoplando—, pensaba que me había dejado las llaves del estudio otra vez, pero no, falsa alarma, aquí están.

Pedro y Sandra se miran y comienzan a reírse al unísono, y yo no puedo evitar pensar que precisamente eso es el amor: dos personas que comparten risas en los momentos más inesperados, formando una energía única, casi tangible. El amor son dos personas que se ríen en la mismísima cara de unos miedos compartidos que, precisamente porque son compartidos, dejan de dar miedo.

El camarero se acerca a nuestra mesa y nos deja otra ronda. Mojo los labios y sonrío al pensar en lo rara que es la cerveza: a nadie le gusta la primera, pero todos insistimos hasta que, de repente, no sabemos vivir sin ella. Supongo que es parte del entrenamiento para la vida adulta: aprender a encontrarle el gusto a lo amargo… y pedir ronda tras ronda como si no hubiéramos aprendido nada.

Pedro le pega un trago a su jarra y nos hace una señal con la mano para indicar que está dispuesto a retomar el hilo de la conversación. Mira a Sandra y prosigue:

—No, nuestro matrimonio no tiene nada que ver con mis tribulaciones, así como tampoco vienen originadas por nuestra antigua y preciada amistad, señor Holmes. —Ese guiño me hace sonreír. No recuerdo cuando comenzamos a llamarnos como personajes antiguos, supongo que cuando nos dimos cuenta de que la vida real es demasiado aburrida—. Es más —continúa, levantando la voz—, nada tiene que ver, en realidad. ¿Sabéis lo que pasa? Creo que el universo es injusto con nosotros en lo que a sentimientos se refiere. Por ejemplo: ¿por qué demonios la tristeza tiene que estar reservada en exclusiva para la gente infeliz? —Levanta la cerveza y la vuelve a apoyar en la mesa con fuerza, como si quisiera enfatizar su indignación con un poder cósmico que solo él puede ver en estos momentos—. ¿Sabéis lo que os digo? Reivindico desde ya mi derecho a estar triste cuando me apetezca, pese a tener un matrimonio feliz, un trabajo que me llena y, en general, una vida apacible.

Cuando Pedro se pone así, es imposible frenarlo, así que, para seguirle el juego, le digo con voz animada:

—Estoy totalmente de acuerdo contigo, viejo amigo. Es más, yo soy el vivo ejemplo de ello. Miradme, no se puede negar que tengo percha —digo arqueando una ceja como si estuviera posando para la portada de un disco cutre que ni yo me atrevería a comprar—. Me dedico a escribir canciones, ¿se puede tener un oficio mejor? Y, además, llevo años inmerso en una relación fel…

Esas últimas palabras activan un silencio sepulcral que invade nuestra mesa sin misericordia. Joder, la precipitada acumulación de cervezas en mi hígado ha conseguido que, por un momento, me olvide de que ya no tengo esa relación idílica de la que tanto presumía hace unos pocos días. Esa relación a la que le dediqué tantos esfuerzos, caricias y canciones.

Unas canciones que ya no tienen sentido sin ella. ¿Debería borrarlas, olvidar todas las palabras bonitas e incinerar el pasado que compartimos con tanta ilusión?

Claro, como si eso fuera posible, como si nuestro corazón fuera un coche al que tratamos de bajarle kilómetros para venderlo un poco más caro. Lo siento, pero no se puede deslatir, por mucho que el «nosotros» que habíamos esculpido con tanto ahínco en el firmamento ahora solo sea un recuerdo doloroso y ella se haya convertido en una extraña a la que mi pecho ha dejado de sentir. Y yo, ¿en qué me he convertido? En una reducción de mí mismo, en parte de los descartados, de los no suficientes, de los pobres infraseres que no tienen otro remedio que nadar a contracorriente en el río de la incertidumbre mientras esperan que un alma caritativa venga a socorrerlos con unas migajas de amor verdadero.

Vale, me acabo de dar cuenta de que Pedro, Sandra y todo el bar está paralizado. Le echo un vistazo rápido al local y veo a gente sonriendo con cervezas en la mano, veo brindis y una bola ocho de billar que está a punto de entrar y culminar una partida. Todo se ha congelado en el instante en que mi corazón se ha roto un poco más al recordar que a partir de ahora debe latir en solitario. Aprovecho este momento de paz para terminarme la cerveza, me levanto y me dirijo a la barra con decisión para pedirme otra, pero antes me paro un momento en la mesa que tenemos al lado. En ella hay un chico que mira a la que entiendo que debe ser su novia con cara de enamorado, mientras ella escribe con prisas algo en su móvil. Me pongo detrás de la muchacha y leo el mensaje que está a punto de enviar: «No puedo hablar ahora, estoy con mi novio, pero ojalá estuviera en esa ducha contigo. Mañana te compenso».

Los pocos hilos que sostenían a mi corazón se desgarran sin remedio en ese instante. Si es que parece que nunca aprendo. Soy un jodido iluso al pensar, aunque sea por un momento, que las almas caritativas aún existen y que el amor es algo más que una invención barata de poetas vendehúmos que con su charlatanería pretenden lucrarse y engrandecer su desinflado ego.

Estoy a punto de sentarme al lado del chico para darle un abrazo y decirle que no está solo, que yo también estoy en el banquillo de la vida sabiendo que nunca volveré a jugar un partido. Venga, ahora te traigo una cerveza, campeón. Si nos toca ser espectadores de la felicidad ajena, mejor que vayamos pillando buen sitio.

Pero ¿qué estoy diciendo? No quiero ser injusto y menos a estas alturas tan tempranas de la historia. Yo sí he conocido el amor verdadero. Joder, y tanto que sí.

Lo sé, ahora es cuando me increparéis con un arsenal de preguntas incómodas del estilo: pero si era tu amor verdadero, ¿cómo es posible que se haya acabado? ¿No decís los artistas que cuando surge la magia entre dos personas todo se puede arreglar? Y demás cuestiones incómodas que solo conseguirán que los agnósticos del amor se conviertan de un plumazo en negacionistas radicales.

Lo mejor es que aclaremos este punto lo antes posible para evitar malentendidos: cuando digo que he experimentado el amor verdadero, no me refiero al amor que me han ofrecido durante este tiempo finito que ha terminado de repente dejando mi pecho marchito y mis anhelos en los huesos. Me refiero al que yo he sentido, al que yo he regalado, al que mi corazón y mis entrañas creaban cada día a base de buenas intenciones y detalles bonitos, de momentos vividos y sueños vívidos.

El amor verdadero sí existe. El problema es que, cuando el amante es expulsado de su paraíso de repente, sin una nota de despedida ni un «gracias por el tiempo compartido», siente que deja de existir.

Supongo que no basta con amar y que lo que tenemos que hacer para que nunca nos abandonen es conquistar, conquistar por completo. Las personas somos un mundo repleto de continentes y países que representan nuestras diferentes facetas. Imaginemos que conocemos a alguien que nos encanta, alguien que nos rompe los esquemas y echa por tierra toda esa construcción social que yo he adoptado recientemente, que nos dice que el amor no es más que dopamina y seducción a partes iguales, y decidimos ir a por todas: comenzamos conquistando Asia, que, en este ejemplo, diremos que es la zona de la amistad, porque todos sabemos que el amor sin amistad tiene los días contados, y no unos días repletos de buenas conversaciones precisamente. En Asia disfrutas de risas, abrazos y momentos compartidos repletos de diversión. Es algo precioso, sí, pero, si te quedas mucho tiempo ahí y no sigues avanzando, estás jodido. Ya sabes, la *friendzone* y toda esa mierda. Supongamos que no es así, que has sabido esquivar esa zona fantasmagórica y continúas tu valiente andadura por África, logrando dominar la zona del amor intelectual. Enhorabuena, has avanzado un paso gigante, pero incluso así no tendrás mucho más que una relación nacida de la admiración recíproca, un juego mental en el que los debates encarnizados os llevarán al límite, pero, pese a que pueda parecerlo, jamás llegará siquiera a rozar el erotismo. Si quieres tener éxito, debes continuar, así que te diriges a América y la abordas con toda tu potencia de ataque, derribando los muros del amor romántico, ¡qué subidón, lo sé! Sé que estás a punto de cantar victoria, pero no te precipites, porque la gente que se queda ahí varada no sobrevive mucho tiempo. Y no me malinterpretéis, el amor es maravilloso, es el oxígeno de las utopías que alimentan al tórax y la espina dorsal de cualquier relación romántica, pero, lamentablemente, no es suficiente para que esta dure. Si quieres tener éxito, debes continuar, debes ir mucho más allá.

El siguiente paso, o el primero, pues no hay un orden establecido en la conquista completa y absoluta de un alma, es Europa, el continente del sexo. Sí, no os llevéis las manos a la cabeza en señal de sorpresa. El sexo, el buen sexo, es obligatorio para mantener con vida una relación. Puedes agasajar a tu pareja, retarla intelectualmente y enamorarla como nadie, pero, si no te la sabes follar, tu relación no será más que un reloj de arena en el que acabarás sepultado rodeado de orgasmos protocolarios. Pero quítate esa idea de la cabeza y desfrunce el ceño. Tú no eres así, campeón, tú has conquistado Europa. Felicidades, sé de sobra que no ha sido fácil y supongo que por eso mismo, por el grado de extenuación al que se ha visto expuesto tu espíritu, te detienes a descansar. No te martirices, en este punto exacto, el 90 por ciento de los amantes se relajan y simplemente disfrutan del paisaje, pero hazte una de esas preguntas incómodas que ponen tu vida patas arriba: ¿realmente has conquistado toda Europa? Sí, folláis bien, sabes lo que le gusta en la cama y le provocas orgasmos, pero ¿sabes despertar en ella sus impulsos más primarios? ¿Consigues con una sola palabra que abandone su ser y sea completamente tuya? Y cuando digo completamente no lo hago a la ligera: me refiero a una entrega sexual incontrolable, irremediable, irrepetible.

Si la respuesta a una de esas preguntas es «no», siento decirte que, aunque creas que Europa te pertenece, no has conseguido conquistar Rusia.

Y es que en Rusia residen los deseos más ocultos, las perversiones que no nos atrevemos a decir en voz alta, las que incluso tratamos de ocultarnos a nosotros mismos porque nos da vergüenza reconocerlas, pese a que estamos deseando ponerlas en práctica.

Muy poca gente se atreve a conquistar Rusia.

De repente suena en la radio «Mi mejor versión», de Walls, y, por arte de magia, el bar vuelve a cobrar vida, se escuchan los brindis, las risas que los acompañan y esa bola ocho que resuena al colarse en la tronera. La chica de la mesa de al lado esconde su móvil en el bolso con maestría y le dice a su novio que la hace muy feliz. Y él… la cree, igual que yo la creí.

Pido un par de cervezas y dejo una sobre la mesa del chico sin decir nada. Me lanza una mirada de sorpresa antes de volver a centrarse en lo suyo. Me siento de nuevo en nuestra mesa, todavía en completo silencio. Menos mal que Sandra me mira y rompe la tensión con suavidad, recordándome que, en cierta medida, todavía quedan almas caritativas en el mundo.

—Joder, tío, no sabes cómo lo siento, cómo lo sentimos. La verdad es que no sabíamos cómo sacar el tema, pero es que Pedro y yo aún no lo hemos asimilado, ¿verdad, Pedro?

Pedro asiente mientras esboza una media sonrisa nerviosa. Parece que va a decir algo, pero Sandra se le adelanta:

—No podemos ni imaginarnos cómo debes de estar tú. Es que… Parecíais la pareja perfecta.

Sé que las intenciones de Sandra siempre son buenas, pero creo que en esta ocasión se podría haber ahorrado utilizar el término «perfecta» después de nombrar a la «pareja», que me ha enterrado en la más profunda de las miserias. Pareja perfecta, qué bobada, como si eso existiera, como si tratar de alcanzar la perfección nos diera algún tipo de garantía frente a las adversidades que asolan a los corazones que se rompieron por confiar en quien no debían.

Me llevo la mano al pecho buscando una respuesta para Sandra. Aún late, aunque distinto. Supongo que los corazones no se rompen, se desorientan, como brújulas perdidas incapaces de encontrar el norte de sus sueños.

Jamás le regales tu corazón a otra persona sin memorizar cómo latía antes de conocerla, o te adentrarás en el laberinto sin salida de los días no vividos.

Podría soltarle todo esto a Sandra y convertirme en el típico aguafiestas amargado porque le acaba de dejar su novia, pero me limito a contestarle que sí, que lo parecíamos, mientras inauguro la cerveza de un trago largo que la deja por la mitad. El alcohol que recorre mi cuerpo me suelta un poco más la lengua, así que me permito por un momento convertirme en el típico aguafiestas amargado porque le acaba de dejar su novia y le digo:

—Supongo que éramos los torpes protagonistas de esas fotos que definía Pedro hace un momento, poco más que dos actores de tercera que un día dejaron de escuchar las monótonas frases que les chivaba su apuntador y no supieron hacer otra cosa que quedarse callados, apagar los focos y distanciarse en silencio esperando unos aplausos, que nunca llegaron.

Doy un trago que ahora sabe a despedida amarga y dejo que el silencio se instale de nuevo entre nosotros. En ese momento, un pensamiento me golpea con fuerza, hiriente y pesado, como una puñalada en el pecho:

Una de las peores cosas de que te dejen es la sorpresa. La ruptura duele por sí misma, pero ese dolor se potencia hasta el infinito por lo inesperado de la situación. ¿Cómo podríamos erradicar esa injusticia? Ya sé, la humanidad debería disponer de un preaviso para las rupturas. Imaginémoslo por un momento: estás en tu casa, acostado en la cama al lado de tu pareja, de tu supuesta alma gemela, que duerme con esa tranquilidad que solo alcanzan los que tienen el corazón rebosante de amor. En ese preciso momento crees que has llegado a la cumbre de la felicidad, al jodido Everest de las relaciones de pareja. Lo tienes todo bajo control, eres feliz y haces feliz a tu pareja, sois algo precioso, majestuoso e incorruptible. Así que solo te queda sonreír y disfrutar de un merecido sueño, pero, de repente, escuchas un pitido en tu cabeza y ante tus ojos aparece una cuenta atrás que indica: «Dentro de noventa días esta relación se autodestruirá».

Digo noventa días por dar a ese hipotético futuro algo de margen de mejora, una mínima esperanza, pero ¿realmente la hay? Cuando una de las partes ha desconectado el corazón del de su pareja, ¿puede volver a conectarlo? Siempre he pensado que una relación es como un mando a distancia que funciona con dos pilas. Cuando una se agota, ¿cuánto tiempo puede fingir la otra que todavía funciona? ¿Se puede realmente reconducir algo así, o solo estamos apretando el interruptor de una luz que se fundió sin que nos diéramos cuenta? Y no me refiero a «salvar» la pareja. Creo que no hay nada más triste en el universo que esas parejas que continúan después de que uno de ellos se desenamore, buscara algo «mejor» y, al no encontrarlo o aburrirse de ello, volviera a resguardarse en el refugio de las comodidades y estabilidades átonas. ¿Cuántas parejas sobreviven así? ¿Cuántas se quieren de verdad hoy en día? ¿Aún queda alguna?

Miro de nuevo a la mesa de al lado: la chica está llorando de emoción frente a un anillo de compromiso. Todo el bar comienza a aplaudir cuando entona el esperado «sí quiero». Esto mejora por momentos. Yo intento aplaudir, pero no lo consigo. Me siento un hombre de otra época que quedó congelado en un bloque de hielo gigante y años después se despertó en esta era decadente en la que ya nadie se entrega en su totalidad y la intensidad romántica se traduce como dependencia y debilidad.

Ya no hay valores, no hay valor, ya no hay vuelos a ciegas, solo existe un tránsito lento y macabro en el que las personas se acompañan por interés hasta que encuentran algo que los divierta más. ¿Y en qué nos convierte eso? En los payasos de un circo en el que nadie se ríe.

Lo que ha muerto jamás se reconduce, solo se disfraza con un maquillaje barato que nunca podrá pintar un jardín sobre las flores marchitas del amor olvidado.

Veo que Sandra y Pedro me están mirando con cara de «a este tío le acaba de dar un chungo, ¿lo reanimamos o acabamos de una vez con su sufrimiento?». Siento daros una mala noticia, amigos míos: no podéis hacer ninguna de las dos cosas.

Aun así, no voy a permitir que eso os arruine la noche, me niego. Llevo demasiadas madrugadas malgastadas por un recuerdo que no logro extirpar de mi interior, así que reúno las pocas fuerzas que me quedan, me levanto y proclamo con falsa despreocupación:

—Todo lo que se va de nuestro lado deja espacio a algo mejor, más potente, interesante y genuino, no me cabe duda. Brindemos por encontrarlo, chinchín —propongo mientras levanto la cerveza.

—Esa es la actitud, joder —dice Sandra visiblemente aliviada.

Soy el único que se da cuenta de que el brindis no suena a victoria, pero así debe ser. Nadie quiere estar con un perdedor, nadie está dispuesto hoy en día a soportar los lamentos de una persona reducida a su dolor. En el siglo XXI, la tristeza debe durar lo mismo que el *reel* de Instagram en el que explicamos con frivolidad al mundo que nos han roto el corazón y, una vez explicado, reseteamos el espíritu, recalculamos ruta y nos precipitamos de cabeza a por nuestra nueva decepción, viento en popa a toda vela.

A veces creo que no somos más que personajes secundarios en el libro de un tipo que no tiene muy claro cómo acabar su historia y que por eso nos tiene correteando como esquizofrénicos entre desilusiones, vivos pero cosechando una tierra árida que no germinará ningún fruto capaz de alimentar sus sueños.

Si es así, si un ente todopoderoso me dirige a través de los folios que hay en su escritorio, espero que a partir de ahora me dé mejores líneas y me otorgue la elocuencia y el encanto de un galán de cine de los años cuarenta, de esos que se llevaban a la chica con el pecho lleno de orgullo. Aunque pensándolo bien, no sé si eso funcionaría hoy en día: en la era de «quiero ser Mario Casas» no sé cómo se desenvolvería un intento de Cary Grant.

—¡Tía, es él! —le grita una chica a otra, interrumpiendo mi reflexión y haciendo que medio bar se gire a mirarme.

—Sí, soy yo —respondo con una sonrisa.

En este bar no me suelen pasar estas cosas; la clientela habitual me conoce desde hace años, pero siempre es divertido conocer a una nueva fan.

—No sabes lo importante que eres para mí —me dice, roja de vergüenza.

—Gracias, de verdad. Siempre intento que mis canciones os acompañen en los momentos importantes...

—Conseguido. Puse tu último disco en la fiesta de mi divorcio.

Joder. Justo ahí no quería estar. Me siento como si me hubieran bajado de la vida un segundo y me soltaran en medio de un escenario sin red de seguridad. No sé qué contestar. Pero ya que estamos en el barro, digo en voz alta la única palabra que me sale:

—¡Chupitos!

Veintisiete chupitos más tarde y un montón de anécdotas sobre cómo mis canciones nunca estaban donde debían estar, me siento frente a Pedro y Sandra y les digo:

—Me marcho a casa, creo que por hoy ya he bebido y escarbado suficiente en mi lamento.

Me levanto y me pongo la chaqueta con prisas para que Pedro y Sandra no tengan la oportunidad de intentar convencerme de que me quede un rato más.

Sé de sobra que no soy una buena compañía ahora mismo, ¿por qué iban a querer estar conmigo? Si ella no quiso, ¿qué esperanza me queda de que alguien quiera?

Si soy sincero conmigo mismo, yo tampoco soporto mi compañía mucho tiempo.

Pienso en coger el metro seducido por la idea de llegar temprano a casa, pero la sola posibilidad de estar rodeado de extraños me provoca tal rechazo que obliga a mis pies a volver a casa caminando. Hoy en día poseemos la absurda convicción de que formar parte de un colectivo nos asegura en cierta medida el éxito o, por lo menos, mayor probabilidad de supervivencia, pero no nos damos cuenta de que tanta exposición solo nos desangra poco a poco delante de un montón de personas que, por muy mal que nos vean, jamás moverán un dedo para socorrernos.

Nunca hemos estado tan solos, esa es la verdad.

Le echaría la culpa a las redes sociales y a toda la frialdad que las rodea, pero ya no me sirven esos argumentos tan simplistas. Son las redes que tejemos las que nos han traído hasta aquí: redes de embuste que atrapan suspiros, promesas vacías que se deshacen como humo entre los dedos, ese «soy el premio gordo de esta tómbola» que se pavonea mientras aplasta las fichas que se cruzan en su camino y, por eso mismo, se siente intocable, convencido de que jugar con los demás no deja cicatriz. Como si los corazones fueran marionetas sin peso, flotando en un vacío que solo él puede apreciar y desdeñar.

Y el «aquí» al que hemos llegado es este cenagal disfrazado de paraíso en el que fingimos ser felices y plenos mientras a solas presenciamos cómo nuestra alma se deshace entre mentiras.

Propón esto a cualquiera: si supieras que mañana se acaba el mundo, ¿pasarías la última noche con tu pareja? Quiero creer que muchos sí, pero otros… Sabemos que la mayoría de la gente es infiel y egoísta y busca con desesperación un placer transitorio que le haga olvidar su aburrida vida.

Da igual, todo se acaba y los «puros» de corazón salimos a la calle en silencio para ver cómo la existencia se desmorona: calles vacías, luces apagadas, likes perdidos en el absurdo abismo digital… Nunca habrá una Tercera Guerra Mundial, pero sería todo un espectáculo ver cómo los teléfonos explotan de notificaciones pendientes y los servidores colapsan. Y quizá, solo quizá, entre todo ese caos todavía quede un rincón donde algo auténtico pueda sobrevivir, aunque sea apenas un suspiro indetectable.

Joder, cómo estoy hoy: vale que me han dejado, pero tampoco es plan de escenificar el universo entero como si se tratara de un cuadro del Bosco.

Con estas sombrías diatribas me aproximo a nuestro… Joder, a mi piso. Sí, ahora el piso que compartimos durante años es solo mío. Esa fue una de sus muchas decisiones unilaterales. Te dejo, pero no te preocupes por nada porque ya me marcho yo y te cedo nuestro hogar. Traducción: te abandono en la más profunda de las miserias porque ya no quiero verte ni sentirte más y, por si te pareciera poco, te encadeno económicamente al único lugar en el que un día creíste ser especial. Spoiler: no lo eres, cómo vas a serlo, patán, si ya no te quiero.

Otra de las peores cosas de que te dejen de querer es la puñalada repentina de la certeza: nadie más lo hará nunca, ya no te mereces que te quieran y mucho menos que te vean.

Y es que, ¿dónde iba a encontrar ahora a alguien? Ni que las almas gemelas cayeran del cielo.

Mientras giro la esquina saco el móvil del bolsillo y se me caen unas monedas. Cuando voy a agacharme a recogerlas, me choco con una chica, nos damos un cabezazo tremendo, nos tocamos la frente para calmar el dolor entre maldiciones y después nos miramos avergonzados y un poco enfadados, más con nosotros mismos que con el desconocido que está compartiendo nuestra improvisada jaqueca.

Me quedo mirándola un instante más de lo necesario. Es morena, con el pelo corto y, a primera vista, podría decir que tiene el rostro que un niño dibujaría si le pidieran retratar a una mujer que fuese todo lo contrario a mi ex. Hay algo sencillo en sus facciones, una claridad que no necesita retoques.

Durante unos segundos no sabemos qué decirnos, como si el silencio quisiera comprobar hasta dónde somos capaces de sostenerlo, pero enseguida algo se activa entre nosotros, una chispa mínima que convierte la incomodidad en impulso. Hablamos, nos reímos, nos contamos historias absurdas y confesiones demasiado sinceras para ser dos desconocidos. No sé si son las palabras en sí o la manera en la que se deslizan entre nosotros, pero tengo la sensación de que nos lo decimos todo.

Y entonces lo entiendo: no he salido del bar por tristeza ni por nostalgia, no son las heridas las que han dirigido mis pasos. Ha sido otra cosa, algo que no se explica con lógica. Ha sido mi futuro, encarnado en un rostro que me observa con unos ojos color avellana en los que parece caber todo lo que aún no he vivido.

Quién sabe, quizá esta vez el guionista de mi historia me dé la tregua que tanto necesito.

No os aburriré con más detalles: así conocí a Judit, mi prometida.

SEMANA 1

Jueves

ÉL

Dejar de querer a alguien es como apagar una llama con las manos desnudas: silencioso, lento y desolador.

El enamoramiento es un acto precioso y casi instantáneo: algo en tu corazón se dispara de repente, como las burbujas de un cava recién abierto que se vierte con efusividad en una copa cristalina. Además, si eres afortunado, ese acto es compartido y se convierte en un baile improvisado entre dos personas que, sin saberse los pasos, encajan y le bailan a la vida.

Sin embargo, el desenamoramiento es un proceso largo y agotador. Desenamorarse implica perder latido a latido el camino de ida hacia un «nosotros» que antes era sinónimo de hogar hasta que no te queda otro remedio que emprender solo el camino de vuelta hacia «lo que yo era antes de ti».

Lo que yo era antes de ti, en tiempo verbal que indica espacio y distancia. Yo antes de desangrarme por ti como proclamación de independencia, de individualismo elegido y esperanzador para el que nos abandona, y forzoso y devastador para el abandonado. El desamor es un tránsito individual en el que, por desgracia, el camino casi siempre desemboca en un callejón sin salida ni esperanza.

Joder.

¿Por qué estoy pensando en esto precisamente hoy?

Por culpa de Bon Jovi.

Hace un momento estaba buscando una vieja libreta en el estudio y, entre canciones que nunca salieron a la luz y cartas de amor que jamás envié, he encontrado las entradas del concierto que dieron en Wembley en 2018. El recuerdo de cómo nos miramos mi ex y yo cuando comenzó a sonar «Born to Be My Baby» ha despertado algo en mí que creía muerto y enterrado.

Estábamos allí, creyéndonos eternos, riendo, abrazados, como si el mundo entero nos perteneciera y nada pudiera separarnos. La música nos envolvía, el aire vibraba con cada acorde, y yo sentía que nunca existiría un momento más perfecto.

Durante estos años he tratado de transformar ese recuerdo y muchos otros en una mera ensoñación, algo que no llegué a vivir del todo, más idealización que memoria. Pero hoy, al mirar estas entradas, me envenena la mezcla amarga de que aquello fue real y la certeza dolorosa de que no volveré a sentir algo así.

Seguro que al bueno de John también le persiguen sus letras, cargadas de sentimientos que su corazón ya no debería querer revivir.

Supongo que no puedes escribir canciones que relatan amores sinceros sin que un día te toque plantearte si estás predicando con el ejemplo o solo eres otro falso enamorado que pierde la fuerza por la boca. Además, el desánimo que me ha envuelto no ha sido más que el colofón de un día de mierda. Por más que lo intento no logro terminar una canción cuya letra se me escapa desde hace varios meses. Siento que va a ser perfecta, la mejor de mi carrera, pero por alguna razón se me presenta fragmentada e inconexa, como si se burlara de mí al no encontrarme digno de poseerla por completo. Es el último tema que nos falta para terminar el disco y llevo varios días dándole largas a Pedro y diciéndole que al día siguiente estará terminado. Menos mal que tiene mucha más paciencia como mánager que como amigo.

Miro el reloj que tengo enfrente. Llevaba mucho tiempo sin funcionar, pero Pedro lo arregló el otro día. Creo que lo hizo para que no nos olvidemos de que el tiempo corre en nuestra contra y debemos terminar el disco ya. Resoplo y me quito las gafas. Debería irme a casa. Con esta desazón en el pecho no me veo con fuerzas para escribir una canción de amor, pero de todas maneras algo en mí me obliga a coger papel y boli. Escribo «¿Cómo estoy?», y acto seguido me separo del escritorio como si en él hubiera una serpiente venenosa. Me quedo un rato mirando el folio casi en blanco: siempre has sido mi aliado, pero hoy apareces como un enemigo que me obliga a adentrarme en un mar de dudas del que, estoy seguro, no saldré con vida.

Digo que «no» varias veces con la cabeza, respiro hondo, cojo de nuevo el papel y el boli y comienzo a escribir:

«Si tuviera que resumir mi situación de una manera muy cruda, diría que estos cinco años he vivido el enamoramiento con Judit mientras sufría en solitario y en la más profunda clandestinidad el desenamoramiento con mi ex. Debido a ello, como podréis intuir, el electrocardiograma de mis latidos se ha dedicado a dibujar, entre llantos ahogados y júbilo compartido, unas líneas completamente erráticas e indescifrables incluso para el cardiólogo más experto.

»Ahora es cuando, después de recibir esta mínima información, me juzgáis y dictamináis sin compasión que soy un cabrón. Ahora es cuando me decís que no se debe empezar algo hasta que tu corazón no se haya reconstruido por completo. Ahora es cuando me mandáis a la horca por haber utilizado a una persona para olvidar a otra.

»¿Sabéis qué? Tenéis razón, pero en mi defensa diré que en el mundo paralelo que solo existe en mi imaginación he sido valiente y le he explicado a Judit con pelos y señales que no estoy preparado para tener algo serio con ella, que mi pecho está de luto y mis ilusiones en reconstrucción. En este mundo paralelo le confieso a Judit que por más que me parezca preciosa y tenga un cuerpo escultural, mis huellas dactilares pertenecen a otro cuerpo, a otras costillas, a otra nuca.

»En serio, nunca le comáis la boca a alguien agarrándola fuerte de la cintura o de la nuca, a menos que estéis dispuestos a perder el juicio por completo, y no hablo de juicio como sinónimo de cordura, hablo de esa clase de juicio que, si se pierde, provoca que algo en lo más profundo de tu ser acabe sepultado en la cárcel de los abrazos que nunca se repetirán, de los que llegarás a dudar si algún día te pertenecieron».

A la mierda, cojo el papel y lo rompo en mil pedazos. Salgo del estudio casi corriendo, con la sensación de que si me quedo más tiempo no podré eludir el huracán de emociones que me devora. Me recibe la calle fría y vacía, y, mientras avanzo, cada paso retumba en mi pecho como un tambor que anuncia lo inevitable: no puedo escapar de mí mismo, ni de lo que he perdido. Por mucho que lo niegue, aún persiste, latente y cruel, en mi corazón.

Llego a casa con estos pensamientos tan alegres. Cuando hace un rato le he dicho a Pedro que necesitaba atrapar por sorpresa a la inspiración para arrancarle las palabras bonitas que un día me pertenecieron, me ha dado una palmadita en la espalda y me ha recetado: «Ingiere un whisky cada hora hasta que te vayas a dormir o acabes la canción».

En otro momento me alegraría de llegar temprano a nuestro piso, prepararía una cena romántica, serviría un buen vino y pondría en bucle «Put That Woman First», de Jaheim, hasta que Judit llegara, pero hoy tiene turno de noche, como casi cada día de los últimos dos años, así que me preparo algo rápido de cena mientras debato conmigo mismo si realmente soy merecedor de los whiskies que me ha recetado Pedro.

Joder, por supuesto que me los merezco, así que agarro la botella con convicción y me detengo un segundo para leer la etiqueta: «Tomatin, el mejor whisky del mundo, 99/100». Sonrío con amargura al darme cuenta de que yo también creía que mi relación era perfecta, incluso los segundos antes de que se terminara para siempre. Descorcho el tapón con una actitud ceremoniosa, como si de esta manera pudiera ahuyentar los fantasmas del pasado. Aprecio el aroma tratando de predecir el sabor exacto que mis papilas gustativas están a punto de experimentar. Me sirvo una copa con la mayor profesionalidad y, antes de darle el primer trago, la levanto a modo de brindis. Y en ese momento, en el que busco con desesperación una mano cómplice que haga sonar nuestras copas con júbilo, tomo plena conciencia de lo vacío de risas y alegría que está mi piso. El único sonido que se escucha es el de mi soledad meciéndome como haría una madre con su hijo enfermo.

Bebo un trago largo, sabiendo que en estos momentos el whisky significa más huida que placer. ¿Por qué digo todo esto? ¿Por qué me siento así? Esta noche estoy solo, sí, pero no lo estoy en la vida, estoy con Judit.

Estoy con Judit, eso está claro, pero ¿estoy compartiendo mi vida con ella o solo somos dos vidas que comparten momentos? Dirijo una mirada melancólica a su lado del sofá tratando de encontrar una respuesta. Por un momento, la veo ahí y sonrío, pero acto seguido su figura se desvanece y me inunda de nuevo una sensación de soledad desoladora. Su lado del sofá está vacío, como mi pecho.

Aparto la mirada con una mueca de desaprobación y corto de raíz la conversación conmigo mismo, acabándome de un trago mi copa. Sin un vaso rebosante de alcohol ya no necesito a nadie con quien brindar, fin de la discusión.

Necesito salir de aquí, pero ¿a dónde? Cojo el móvil y miro la programación del cine que tengo al lado de casa. Como tantos otros en Barcelona, se han especializado en reponer películas antiguas. Cuando empecé con Judit fuimos a ver *La princesa prometida*, *Antes del amanecer* y otras historias de amor eterno que tanto nos gustaban. Ya no recuerdo la última vez que fuimos, como tampoco recuerdo la última vez que hablamos de amor.

Mierda, hoy ponen *Tiburón*. Qué pereza. Sí, ya sé que si digo esto en voz alta me crucificarán los fans de la cultura pop, pero nunca me ha enganchado. No le veo ni el conflicto ni la tensión necesarios para ser una película emblemática. Es como si, en *Alien*, Ripley y el resto de la tripulación pudieran salir de la nave cuando quisieran y dejar al monstruo encerrado. Todo el mundo lo haría, ¿verdad? Pues lo mismo aquí: si hay un tiburón en el agua, no te metas en el agua, masoca. Vete a la piscina, cómete un helado y disfruta del verano. ¿Quién se quedaría en un lugar donde pueden destrozarle?

Resoplo y me hundo más en el sofá. La respuesta es sencilla: yo, y todos los que alguna vez nos quedamos en una relación mientras veíamos cómo se desmoronaba frente a nosotros.

¿Es eso lo que me está pasando con Judit?

Joder. Me siento un cerdo ahora mismo. Me invade una mezcla de enfado y desprecio que no soy capaz de gestionar del todo. ¿En qué me he convertido? Sentirme así reduce a mi pareja a un mero pasatiempo, a un adorno que he colocado en mi vida para aparentar que todo está bien. Y no es así, para nada, Judit es una chica preciosa, divertida, lista, lo tiene todo.

Pero, si lo tiene todo, ¿por qué no me tiene a mí? ¿Por qué no del todo? Y lo que es más importante: ¿por qué después de reflexionar toda mi vida sobre el amor estoy limitando a mi pareja, a mi compañera de vida, a meros calificativos? Si lo que nos enamora de una persona es precisamente lo que no se puede explicar ni encasillar.

Rusia.

Jodida Rusia.

¿Por qué no puedo compartirla con ella? ¿Y por qué siento que cuando me mira, por mucho que se esfuerce, nunca acaba de verme del todo?

TODO. Acabo de darme cuenta de que hoy no paro de darle vueltas a este término, como si a través de sus cuatro letras pudiera desentrañar el sentido de la vida, o peor aún, como si yo fuera el monarca que decide con un despotismo nada disimulado lo que entra dentro del TODO y lo que no. Aprovechando que ahora mismo estoy físicamente solo, abramos este melón: Judit lo tiene todo, al menos sobre el papel, ¿correcto? Correcto, suspiro con alivio. Una cosa menos, pero… a mí no me tiene del todo, no me conoce del todo, no me permite ser yo del todo. Esta última afirmación me revienta el vientre: ¿por qué estoy responsabilizando a Judit de ser o no ser yo? ¿En qué momento del camino dejé de serlo, a menos que ella me lo permita?

Menuda mierda. ¿Y se supone que este es el amor de tu vida?

El amor de mi vida, otro melonazo.

Supongo que puedes enamorarte una infinidad de veces, formar parejas e incluso familias felices con un sinfín de personas que en un momento dado de tu existencia presentan un grado de compatibilidad y atracción aceptable contigo. Supongo que muchas personas pueden enamorarse de ti, pero la mayoría no se enamoran precisamente de ti, sino de una representación de tu ser que han creado en su mente, una imagen desdibujada que lamentablemente poco tiene que ver contigo. Esa gente no te ve, esa gente te utiliza mitad de espejo mitad de ventana. Y yo creo que el amor es mucho más. El amor es creer, crear y ver. El amor es una visión, pero no como sinónimo de ilusión, sino como proclamación tácita de la mismísima existencia, como el acto más puro de valentía en el que por fin nos vemos, tras quitarnos la venda y desprendernos de nuestros miedos. Porque cuando amamos de verdad, y esto ya no lo supongo, sino que lo sé, la persona que tenemos al lado deja de ser ventana o espejo y se convierte en playa, música y vino. Cuando amamos de verdad, ya no somos el reflejo ni la sombra de un te quiero que no nos acaba de cobijar del todo en los inviernos. Cuando amamos de verdad, se acallan las dudas, se adormecen los condicionales y se encienden las ganas y las agallas.

—Qué fácil y poético suena, lo sé. Supongo que, como es habitual en mí, me he pasado de frenada, así que lo más prudente es desacelerar latidos —digo en voz alta mientras lleno de nuevo mi copa vacía.

Desconozco por qué necesito tanto que mis sentimientos a medio cocinar resuenen entre estas cuatro paredes. Cada palabra que pronuncio rebota en el eco de la habitación, devolviéndome mi propia voz, pero distorsionada, como si se estuviera burlando de mí. Intento agarrar esa voz para darle calma y sentido, pero se retuerce y se aleja después de susurrarme al oído un «te quiero» compartido que languidece sin que pueda socorrerlo.

—El amor es algo precioso, único, mágico, majestuoso, de eso no hay duda, nos hace sentir especiales, es motor, fuego y combustión. Cuando es de verdad, da sentido a nuestra vida, porque gracias a todas las personas que nos querrán y a las que querremos a lo largo de ella podremos decir que ha valido la pena vivirla.

Dejo que se haga el silencio durante unos breves segundos antes de proseguir. Me levanto del sofá con la copa en la mano y camino hacia el corcho donde colocamos las entradas de los conciertos a los que vamos juntos. Hace meses que no ponemos una nueva. Paso los dedos por las entradas antiguas: cada una es un recuerdo compartido, bonito, pero mejorable. Suspiro al darme cuenta de que ninguno tiene la magia de Wembley, en ninguno siento que seamos invencibles.

—El amor verdadero hace que te sientas invencible —proclamo—. Vale, sí —me increpo a mí mismo, perdiendo la paciencia—, ¿y qué? ¿Estás abriendo galletas de la fortuna y elaborando una disertación improvisada a través de sus mensajes genéricos? Tú deberías ser más original. Vale, antes he dicho que cuando conoces a una persona que por fin te ve, lo hace incluso mejor, con más detalle y cariño de lo que nunca antes te habías atrevido a verte a ti mismo, porque tú, mero mortal, sin quererlo ni ser plenamente consciente de ello, año tras año vas añadiendo capas a tu máscara, pero no para que los demás no te vean, ojalá: no es una máscara que uses a modo de protección o refugio, la utilizas para acallar las cosas que quieres pero crees no merecer, todas esas cosas que sientes que podrías ser, pero que apartas de tu mente porque la vida te ha puesto otras cartas sobre la mesa y no te ha quedado otro remedio que jugar la partida esbozando una sonrisa forzada.

La máscara es una mordaza.

Es eso: el mundo es una partida de póquer de esas de las que no te puedes retirar hasta que te quedes sin blanca, a menos que quieras que te partan las dos piernas.

La vida no es más que un grito ahogado, y entre gritos ahogados, ¿quién es capaz de vivir de verdad?

Lo jodido es que a veces recobras la consciencia mientras juegas la partida, miras la puerta que hay al fondo de la habitación y fantaseas con tirarla abajo para escapar de una vez por todas. Entonces, como por arte de magia, un día llega alguien a tu vida, lanza tus cartas y la mesa de juego por los aires, te obliga a quitarte la máscara, te mira a los ojos y te ve. Justo en ese preciso y precioso momento nos vemos a nosotros mismos por primera vez y... ¿os cuento un secreto? Cuando te quitan la máscara, es imposible ponértela de nuevo.

¿Os cuento otro secreto aún más doloroso? La persona que te quita la máscara tiene para siempre el poder de poner patas arriba tu vida cuando, donde y como se le antoje.

Ahora quiero que todos reflexionemos y nos digamos a nosotros mismos quién fue la persona que nos quitó la máscara.

Me levanto del sofá con la copa en la mano. No lo quiero decir en voz alta, así que solo lo susurro, como si al no provocar un sonido que colisione con el aire, no tuviera que preocuparme por la aplastante revelación que estoy a punto de escupirme a la cara:

—A mí me la quitó mi ex.

Joder.

Mi ex me enseñó tantas cosas. Creo que la más importante de todas fue a no desmerecerme, a no reducirme a lo que los demás pensaban de mí. Sin darme cuenta, vivía anclado a la opinión ajena, y eso me obligaba de forma inconsciente a ser el cuidador, el que todo lo solucionaba, el fuerte, el que se sacrificaba. Hasta que un día, gracias a ella y a su infinita paciencia, me di cuenta de que estaba a milésimas de segundo de desaparecer por completo. Recuerdo perfectamente el día que me lo dijo. Le estaba contando que siempre me había cambiado de ciudad por mis parejas, que siempre había alterado lo que fuera necesario en mi vida para que ellas pudieran estar cómodas y se sintieran cuidadas. Ella me miró con esa dulzura que solo es capaz de desprender quien te ama de verdad y me dijo, mirándome a los ojos: te mereces, por una vez, esa clase de chica que va a por ti, que lo cambia todo si hace falta, que incendia este y todos los mundos que se atrevan a interponerse en vuestro camino. ¿Y sabes qué? Yo soy esa chica.

¿Por qué la echo tanto de menos? ¿La echo de menos a ella o echo de menos cómo me hacía sentir? Es una putada separarte de quien te hacía creer que todo era posible, que juntos erais invencibles, pero a estas alturas debería haberla superado. Me levanto del sofá y voy al lavabo para refrescarme un poco, me miro en el espejo y me río: qué idiota soy, por supuesto que la he superado, lo que me pasa es que el cansancio y el estrés me están jugando una mala pasada. Si ahora mismo la viera, no sentiría nada, estoy seguro.

Aunque, si soy del todo sincero con mi reflejo, le diría que la echo un poco de menos.

¿Es una locura escribirle para decírselo? No estoy hablando de una añoranza sentimental, hablo del cariño que se resiste a abandonar mi pecho y que a veces me susurra al oído que quiere saber que estás bien. Solo eso, saber que eres feliz.

Si sé que eres feliz, yo soy feliz.

Joder. No es que sea una locura escribirle, es que sería el mayor suicidio sentimental de la historia, pero en plan ríete tú de Romeo y Julieta. ¿Qué se supone que estoy haciendo? Me siento de nuevo en el sofá y me doy una bofetada, más metafórica que dolorosa. Serénate, tío, espabila, me repito, mientras me inclino ligeramente hacia delante como si con ese gesto pudiera liberarme de la parálisis que me tiene atrapado. ¿Cómo puedes llegar siquiera a planteártelo? Si hace poco más de un mes le pediste matrimonio a Judit, por el amor de Dios, no puedes permitir que un mal día de trabajo y un poco de alcohol te empujen a buscar agua en un desierto que sabes que ya no tiene nada reservado para ti. Un desierto que ya te vio morir una vez y ni siquiera se inmutó.

Vale, decirle que me encantaría saber cómo está es un error, lo tengo claro, pero ¿no es aún peor no decirle la verdad? Joder, es que es así, la echo mucho de menos. ¿Importa algo la sinceridad en estos tiempos corrompidos por relaciones artificiales y una frivolidad sanguinaria que contagia a los corazones? No lo creo.

La verdad no tiene valor, pero los whiskies de esta noche me han dado la mezcla perfecta de valentía e irresponsabilidad. Además, ¿qué más da? Para ella, ya no existo. Seguro que ni siquiera recuerda cómo nos llamábamos. Hoy no me voy a quedar con las ganas, así que agarro el móvil con una decisión impropia de mi yo de estos últimos años. Le voy a escribir un mensaje amistoso, sin ningún tipo de intención ni doble sentido. Total, ¿qué es lo peor que puede pasar? ¿Que no me conteste? Eso no es nada.

Bueno, nada, nada, no es.

Suelto el móvil con una cobardía que sí es muy propia de mi yo de los últimos años. Después de una separación traumática, que te dejen en visto después de tanto tiempo sin tener contacto es comparable a que entierren un poco más profundo tu cuerpo. ¿Qué tal te han ido estos años? Veo que no estabas muerto del todo, pues ahora sí, te jodes.

Me levanto y me sirvo el tercer whisky debatiendo conmigo mismo si es un error garrafal o un acierto brillante, quién sabe, lo único que sé es que esta noche promete.

Ahora en serio, ¿cómo podría comenzar una conversación con ella?

«Echo mucho de menos que duermas en mi pecho».

«Echo de menos que el amanecer nos alcance en la cama mientras nos abrazamos y desafiamos a la desidia».

«Echo de menos estar empadronado en tus latidos».

Pufff, totalmente descartado, la desesperación de estos mensajes se huele a la legua. La desesperación y la necesidad. Además, habíamos dicho que nada de segundas intenciones. Aunque… «estar empadronado en tus latidos» me parece una frase preciosa para la canción, así que la apunto en el bloc de notas del móvil y sigo con mis divagaciones románticas pasadas de moda.

¿Qué podría decirle?

«Olvidonaaa».

No voy a hacer ningún comentario al respecto, tienes mucha más clase que eso y lo sabes.

«Quiero que me devuelvas mis cosas».

¡Eso está mejor! Genera una respuesta sencilla por su parte: ¿Qué cosas? ¿Acaso me llevé por error algo que es tuyo y lo has echado en falta cinco años después?

No nos engañemos. Parecerás un lerdo y un despistado, pero te brindará la oportunidad de responderle que así es, que el día que se marchó se llevó tus ganas de vivir. Bueno, espera, frena un poco, deja de ser tan cáncer durante cinco minutos, que estás a punto de convertir este mensaje en una canción de Antonio Orozco.

—Alexa, pon «Devuélveme la vida».

Suena Antonio y, como siempre, me provoca esa mezcla de admiración y envidia que solo los genios se merecen.

—Joder, qué día tan teñido de gris nostalgia y sueños inalcanzables se me está quedando. Si es que parezco gilipollas, de verdad. ¿Qué podría decirle? Las ganas de vivir no, pero podría decirle que el día que se marchó se llevó con ella la primavera, el sonido de las olas y las cervezas frías en agosto. Podría decirle que desde entonces solo soy un Peter Pan exiliado de Nunca Jamás, esperando con desesperación que alguien le cosa la sombra al niño que era cuando tuvo la fortuna de compartir la vida con ella.

Vaya mierda de mensaje, en serio. Si esto fuera una película, ahora mismo estamparía la copa de whisky contra la pared para enfatizar lo patético que soy, pero como no lo es y después tendría que limpiar todo el estropicio, simplemente me quedo mirando la copa y acto seguido le doy un trago tan largo como amargo. ¿De verdad tú, que escribes canciones de amor, no sabes hacerlo mejor? Porque si es así, mejor déjalo estar. Definitivamente, no vales para esto, o como ella te dijo en vuestra última conversación: no vales para nada.

No vales para nada.

Cuatro palabras, cuatro puñaladas en el abdomen.

Siete sílabas, siete disparos a quemarropa.

Una frase, un cadáver descomponiéndose en el océano de la indiferencia, del rechazo, del olvido. Un cadáver, el mío.

Sé que no lo dijo en serio, que simplemente se dejó llevar por los nervios y el calor de unas discusiones que cada vez eran más frecuentes y despiadadas, sé que no lo pensaba de verdad, que la llevé al límite, que nos llevamos al límite, como siempre, para bien y para mal.

Sí, sé un montón de cosas.

Sé que no me porté bien.

También sé que no me porté mal, que no le fui infiel ni le mentí, pero que, de alguna manera, dejé de ser yo. Sé que, cuando lo dejamos, mis entrañas distaban mucho de ser lo que un día fueron, de ser yo, de parecerse a mí, pero ¿por qué nos pasa esto? ¿Es tanta la distancia que recorremos al intentar retener a una persona? ¿Habría sido diferente si yo no me hubiera perdido en el camino? ¿Si hubiera sido más comunicativo y empático? ¿Acaso no estoy siendo injusto ahora mismo al decir esto, cuando hace unos minutos reconocía que ella me ayudó a encontrarme? ¿Acaso me encontré y después me perdí tratando de conectar con ella?

Recuerdo como si fuera ayer la tarde del 11 de enero de 2018. Estaba a punto de tirar la toalla, no conseguíamos cerrar conciertos y cada día me pasaba más tiempo buscando un trabajo «de verdad». Todos mis alardes y la fanfarronería con la que me exponía al mundo se habían derrumbado de un soplido. Me sentía peor que nada, un cero a la izquierda, inexistente, vacío. Estábamos en un bar cuando comenzó a diluviar, y tú me cogiste de la mano con una delicadeza firme que jamás olvidaré. Me llevaste fuera y nos quedamos unos segundos bajo la lluvia torrencial. Miraste al cielo y después a mí, y me dijiste: «Nadie le niega a la lluvia lo que es: fuente de vida y transformación. Es molesta para quien busca un momento perfecto, pero para los demás significa cambio. Y tú…, tú eres lo mismo. Cambias vidas. Ya lo hiciste con la mía. Hazlo ahora con tus letras».

Si de verdad le cambié la vida, ¿por qué se marchó de mi lado como quien huye de un incendio?

Qué más da eso ahora. Tengo claro —y esto lo digo con una certeza clavada en el corazón, como si fuera una flecha de esas que si te arrancas te desangras por completo— que si el universo, en un acto de misericordia sin parangón, decidiera regalarme otra oportunidad con ella, la volvería a cagar. Estoy seguro. ¿Por qué? Porque esa es la pregunta que calcina mi vientre desde que comenzó nuestra vorágine de peleas y faltas de respeto. ¿Por qué no fui capaz de reconducir la mala racha que pasábamos? ¿Por qué de repente dejamos de hablar el mismo idioma y nos comportamos como dos extraños? De amantes poetas a compañeros de piso, en un plano secuencia tan largo como in-comprensible.

Y si todavía hoy soy incapaz de darle sentido a esa derrota, ¿qué coño me hace pensar que revivirla cambiaría algo? ¿He cambiado? ¿He mejorado en algo?

De todas maneras, soy un idiota por darle tantas vueltas al mensaje. Si sé perfectamente cuál es el único que me apetece enviarle, así que, con más coraje que raciocinio, comienzo a escribir:

«No me importa ni dónde ni con quién estés, quiero que te metas en el primer baño que encuentres, me envíes tu ubicación y te masturbes pensando en nuestro último polvo mientras me esperas. Quiero entrar en ese lavabo y encontrarte desnuda, disfrutando, disfrutándonos. Quiero apretarte las costillas hasta dejarte sin respiración y después comerte la boca para insuflarte el aliento que necesitas, quiero recorrer tu cuerpo mientras sigues tocándote y que te corras en mi boca. Después, quiero que te agaches y...».

Joder, qué tonto me estoy poniendo al imaginármelo. Hasta ahora no era consciente de lo que echo de menos follármela. No sé qué añoro más, si su cuerpo o su mente. Pero ¿ella me recordará? ¿Recordará nuestro último polvo? Claro que sí, es imposible que se haya olvidado, acabamos señalados, mordidos y marcados, con todo el cuerpo rojo por culpa de la incandescencia incontrolable de nuestras manos y nuestras bocas. Aún me recorre un escalofrío por todo el cuerpo si pienso en cómo temblábamos y nos mirábamos fijamente cuando terminamos, tratando de recuperar el aliento, siendo uno entre jadeos y miradas lascivas.

Ahí me asaltaron dos pensamientos: el primero, que nunca la había visto tan guapa como en ese momento, y el segundo, que estaba seguro de que nunca más la vería así.

Saber que nunca más podrás poseer un cuerpo que ha sido tu hogar y a la vez el infierno en el que poder bailar sin juicio ni jurado con todos tus demonios es la certeza más despiadada del mundo.

Ese día, me expulsaron de Rusia para siempre.

Enciendo la tele tratando de acallar el implacable ejército de fantasmas que están entrando con diligencia en mi salón. Miro el reloj con la esperanza de encontrar una respuesta en él, pero solo es capaz de decirme que son las diez en punto de un jueves cualquiera, o, mejor dicho, son las diez en punto de un jueves, para este cualquiera que se parte en dos entre añoranzas y esperanzas.

Voy pasando los canales sin prestarles atención, hasta que de repente… Espera un momento, no me acordaba de que justo hoy comienzan a emitir de nuevo nuestra serie. El destino ha querido que mi dedo dejara de hacer *zapping* justo cuando comienzan los créditos de *Opérame el corazón*, una serie de mierda con protagonistas estereotípicos y guiones enlatados, pero, joder, aún recuerdo cómo la disfrutábamos. Supongo que hay series que, sin saber muy bien por qué, forman parte de la vida de una pareja. Esta, sin duda, era nuestra serie.

La premisa es muy sencilla: James, el cardiólogo buenorro, salva *in extremis* a Sarah, la paciente inocente y delicada, en una operación a corazón abierto que mantiene en vilo al espectador toda la primera temporada.

Siempre he admirado a los guionistas y escritores capaces de mantener la tensión de una historia hasta el límite. Aquí lo conseguían a base de subtramas románticas y personajes que aparecían en un solo capítulo, pero debo reconocer que funcionaba a la perfección. De todas maneras, la historia de verdad empieza en la segunda temporada, cuando Sarah se incorpora por sorpresa al equipo de médicos de James: se ve que, en cuanto salió del hospital, se apuntó a Medicina, y ¡en solo nueve meses terminó la carrera! ¡Eso sí que es un *plot twist* y no lo de *El sexto sentido*! Por lo visto, Sarah es la persona más inteligente del planeta y, como no sabía qué era el amor romántico hasta que conoció a James, decidió dedicarse a la medicina para estar a su lado y poder conquistarlo.

Sí, lo sé, es jodidamente irreal, no porque Sarah sea superdotada, sino porque ¿quién iba a hacer algo así por otra persona? Como si hoy en día la gente apostara en serio por tener una relación consistente y duradera. Si las personas solo somos cromos que se intercambian a la salida del colegio, usados, maltratados, pero útiles para que nos siga lastimando la siguiente persona que aparezca en nuestra vida. Es como si las personas sensibles tuviéramos un cartel en la frente que dijera: «Aún me queda un poquito de ilusión, pero te la cedo, es toda tuya, solo te pido que, por favor, después de romperla, intentes no hacer mucho ruido al salir y cierres bien la puerta».

En fin, supongo que la labor de la ficción es mostrarnos referentes inalcanzables para acercarnos, aunque sea un poco a ellos, y así demostrarnos a nosotros mismos que nuestra vida no fue tan desastrosa como nos gritan los fantasmas que nos acechan por la noche. Supongo que necesitamos que una serie absurda de médicos nos haga creer, durante su triste hora de emisión, que somos algo más que un número en la cruel contabilidad de nuestro creador.

Joder, cállate ya, tío, que Stacy, la enfermera jefa, entra en escena justo cuando me estoy poniendo un whisky que no permitiré que se vea reflejado en mi contabilidad alcohólica. Stacy es la archienemiga de Sarah, porque, como no podía ser de otra manera, está locamente enamorada de James. Además se le ha metido entre ceja y ceja que Sarah en realidad no es superdotada y que ha hecho trampas en la universidad. Nosotros no estábamos de acuerdo con esa teoría, pero ¿y si tiene razón? Si Sarah ha mentido en algo tan importante, podría mentir en cualquier cosa.

De repente, mi mano, repito para que conste en acta, MI MANO, no yo, coge el móvil, borra el mensaje pornográfico que, asumámoslo, en ningún universo conocido iba a tener el valor de enviar y escribe: «¿Te imaginas que Stacy tiene razón?». Y le da a enviar. Bum. Detonación. Apocalipsis.

Me quedo unos segundos paralizado, mirando la mano que sostiene el whisky con firmeza: en ti puedo confiar, vieja amiga, pero… No puedo decir lo mismo de… Hago un esfuerzo titánico para mirar a mi mano derecha, que está ahí tan tranquila, como si no acabara de comenzar una guerra que seguro voy a perder.

Ya te vale, de verdad. La increpo como si fuera a contestarme, pero, bueno, en realidad sabía, como solo se saben las cosas que salen de nuestro fuero más interno, que hoy iba a abrir la caja de Pandora. Podría haber escogido la opción sentimental o la sexual, pero no, he decidido escribirle como si fuera su prima o una amiga del trabajo para comentar la mierda de telenovela que sin duda ya no le interesa.

También podría haberle preguntado lo que realmente me persigue desde hace tiempo: ¿Sigues soltera o ya te has conformado?

No importa, ya es demasiado tarde. Miro el móvil de reojo y veo los dos checks que confirman con maldad que mi ridículo mensaje ha sido entregado.

Se para el mundo.

Escalofrío.

Un escalofrío me recorre todo el cuerpo en cuanto se enciende mi móvil y veo que mi ex me ha enviado un mensaje.

Mi...

ex.

Mi cuerpo, inconscientemente, se pone en alerta: en décimas de segundo se me estira la espalda y el pecho me late un poco más fuerte que hace un instante. No tenemos contacto desde hace cinco años, así que me vienen a la cabeza dos preguntas rápidas: la primera, ¿le habrá pasado algo? Y la segunda: ¿cómo puedo reaccionar así después de tanto tiempo?

Supongo que son esos anclajes que hice estando con él. Como por arte de magia, la mente me traiciona y lo veo delante de mí, escucho su voz, siento su tacto, sus fuertes manos apretándome en un abrazo precioso y a la vez desgarrador, siento su olor. Joder, qué olor, lo siento a él entero, como si no hubiera pasado el tiempo, como si siguiéramos juntos.

Lo reconozco, mi cuerpo lo reconoce y caigo.

Hay personas que son un abismo que te devora desde dentro. Saltas sin saber si caerás o si el aire mismo te romperá los huesos, y solo en esa minúscula grieta entre el miedo y el dolor comprendes que vivir nunca fue un vuelo, siempre fue una caída.

Joder, qué querrá. Qué inoportuno, de verdad.

Miro el móvil como si fuera una bomba que me va a estallar en la mano en cuanto abra el mensaje. Cuando por fin me decido a leerlo, Edu, mi novio, vuelve a la mesa con una botella de vino y un par de copas.

—¡Hoy celebramos nuestra nueva vida! —dice con una sonrisa de par en par mientras descorcha un chardonnay.

Esto también es muy inoportuno.

No es mi intención aguarle la fiesta, por lo que brindo con él con la mejor de mis sonrisas, pero no puedo evitar que el vértigo de lo que él denomina con tanta ligereza «nuestra nueva vida» me abrume por completo, así que le digo con todo el tacto que consigo reunir:

—Amor, felicidades por ser uno de los finalistas, tienes que estar muy orgulloso, pero ¿no es un poco precipitado celebrarlo ya? Aún falta bastante tiempo para que anuncien a quién ascenderán finalmente, ¿verdad?

Edu me hace un gesto con la mano indicando que eso no tiene ninguna importancia y me contesta:

—Sí, han dicho que aún faltan unos meses, pero creo que todo se va a acelerar. —Me guiña un ojo con esa seguridad que solo demuestra cuando habla de su trabajo y se reafirma—: Además, está claro que el puesto va a ser mío, así que brindemos otra vez: por nuestra nueva vida en Florencia.

Algo dentro de mí se activa y me remueve, así que me levanto de la mesa sin saber muy bien qué excusa poner.

—Perdona, cariño, tengo que ir un momento al baño —murmuro entre dientes, y me escapo sin que se note que estoy huyendo de la conversación.

Segundos después, tras la seguridad que me brinda el pestillo de la puerta, abro el mensaje de mi ex supernerviosa. No entiendo qué me pasa, pero noto que se me acelera el corazón al abrir WhatsApp. Pero espera, ¿qué se ha creído este ahora? ¿Que cinco años después puede llamar a mi puerta y lo voy a dejar pasar sin más? No, ni de coña. Voy a borrarlo, el mensaje y de paso a él; lo voy a bloquear de mi vida para siempre.

Justo cuando voy a hacerlo pienso otra vez que puede que le haya pasado algo malo. ¿Y si ha tenido un accidente? Joder, tía, no te pongas catastrofista, no permitas que tu mente caótica tome las riendas de esta situación. Es más probable que quiera explicarme algo sobre su nuevo disco, sí, seguro que quiere contarme una buena noticia.

Va, voy a abrirlo. Pero… Espera, ¿y si dice que quiere verme? Me pongo en alerta, no soy capaz de explicar con palabras lo que mi cuerpo está sintiendo en estos momentos. Vamos a analizarlo: para empezar, él no debería provocarme ningún tipo de reacción, no debería despertarme nada. Ya no. Lo nuestro está muerto y enterrado y…, para continuar, yo estoy totalmente focalizada en mi historia con Edu, en nuestra casa y nuestros planes. Haz foco en lo que importa, siempre lo digo, siempre lo hago.

¿Seguro que lo hago?

Nada, el foco se va a la mierda enseguida, lo derriban un millón de posibilidades de su mensaje que desembocan en un sinfín de escenarios diferentes, y debo confesar que en algunos de ellos llevamos muy poca ropa. No puedo más, voy a leerlo. ¿Será una declaración de amor? ¿Será un parte de accidente? ¿Será una proposición sexual? ¿Será una noticia sobre su música? ¿Será que ha alcanzado el nirvana?

Me estoy volviendo loca.

Abro el mensaje.

Vale, esta posibilidad no me la había planteado. ¿De verdad rompe un silencio de cinco años para comentar la mierda de culebrón que veíamos juntos?

Este tío es gilipollas, de verdad, y yo aún más por permitir que me afecten unas palabras que esconden todo lo que no se ha atrevido a escribir. Estoy a punto de contestarle: ¿Y a quién coño le importa lo que opine Stacy? ¿Eres tonto o qué te pasa?

No sé si se ha equivocado de número o de realidad. A lo mejor se ha dado un golpe en la cabeza y cree que aún seguimos juntos, en un mundo paralelo en el que fuimos lo suficientemente valientes como para no dejarnos perder.

Perder, sin duda, es la peor palabra del mundo. Nadie quiere perder lo que tiene, pero perder lo que no llegó a suceder, aunque se soñara cada noche durante años, es mucho peor. Enfrentarse a la posibilidad de que en un momento de tu vida se te presentó la oportunidad de ser feliz de verdad y tú la dejaste escapar, es una sensación asfixiante.

¿Siento que él era esa oportunidad?

Pero ¿qué estoy diciendo? ¿Me ha subido el chardonnay que aún no he bebido o qué?

De verdad, estoy cabreadísima ahora mismo. Mi novio celebrando un hipotético ascenso que me obligará a cambiar de país y mi ex resurgiendo de entre los muertos para soltarme esta soberana tontería.

Le contesto con enfado:

No me vuelvas a escribir para esto.

Bloqueo su contacto, lo desbloqueo, lo bloqueo otra vez, miro el móvil, lo desbloqueo de nuevo, lo silencio y vuelvo al salón.

ÉL

Recibo su mensaje, aguanto la respiración, lo leo y suelto una bocanada de aire gigante, como si llevara minutos realizando una apnea.

No me vuelvas a escribir para esto.

Este mensaje tan ambiguo abre un sinfín de posibilidades que mi pecho repasa con un ansia desmesurada. ¿Significa que puedo escribirle para otras cosas? ¿Para qué querría que le escribiera después de tantos años?

Joder, debería haberle enviado directamente la proposición sexual: ya que salto sin paracaídas, ¿por qué no hacerlo a lo grande?

Me levanto del sofá como si estuviera a punto de chutar un penalti, trato de aparentar tener nervios de acero, pero sé de sobra que ella es capaz de poner mi mundo patas arriba con solo un pestañeo, así que, sin pensarlo, porque las cosas que realmente merecen la pena se hacen así, sin pensar y con el pecho como única brújula, le escribo:

> Claro, entonces te escribo
> para otras cosas, por ejemplo, para preguntarte:
> ¿qué llevas puesto? Hoy hace bastante
> frío, así que espero que lleves bragas.

Y le doy a enviar con una sonrisa pícara que ni puedo ni quiero disimular.

Comienza el juego.

ELLA

Cuando salgo sofocada del lavabo, tratando de ocultar el cabreo que llevo con el capullo de mi ex, Edu me espera en la mesa sonriendo como un idiota, así que no me queda otro remedio que imitarle, coger una copa y brindar con él.

—Estoy muy orgullosa de ti, te has esforzado muchísimo para conseguir ese puesto y estoy segura de que te lo darán.

Lo digo de verdad, Edu se lo merece todo, es maravilloso, atento, guapo y un genio de las finanzas. También era muy bueno pintando con acuarela; es más, cuando lo conocí, es lo que más me gustó de él: las ganas que tenía de crear y de alimentarse de arte, las mañanas que pasábamos recorriendo galerías y museos... Lástima que eso se acabara de repente cuando le dieron un puesto de responsabilidad en la empresa de la que su padre llegó a ser CEO.

Pero, bueno, no pensemos ahora en eso, ha trabajado por cumplir su nuevo sueño, y lo va a conseguir. Me parece precioso, casi místico, presenciar en primera persona como tu alma gemela logra conseguir sus objetivos.

¿Alma gemela? ¿De verdad he dicho una cosa como esa? ¿De verdad Edu lo es? Vaya melón acabo de abrir. Como si las almas gemelas existieran de verdad, si no son más que... En ese momento cojo el móvil y abro WhatsApp; tengo un nuevo mensaje de mi ex. Disimulo lo mejor que puedo hasta que Edu se levanta para ir a la cocina a por la cena. Ha preparado pasta, otra vez, así que aprovecho la oportunidad que me da para leer el mensaje con el corazón a mil.

Definitivamente, este tío es gilipollas, si cree que con esto va a conseguir...

Mi hilo de pensamientos se interrumpe, acaba de enviarme otro mensaje:

Quiero una foto, ahora.

No sé si cree que estoy loca de la cabeza o loca por él, pero ni de coña le voy a enviar una foto.

—Cariño, me está llamando mi padre, dame cinco minutos —me dice Edu desde la cocina.

—Tranquilo —le contesto, y acto seguido escucho cómo Edu le explica una reunión que ha tenido con una compañía que pretenden absorber.

Resoplo sin darme cuenta y pego un trago de vino.

¿A quién se le ocurre pedirme una foto? Le doy otro trago y noto como mi cabreo va en aumento. Claro, el tío se piensa que me va a dar una orden sexual y le voy a hacer caso como antes. Siempre que me pedía una foto, se la enviaba contestándole un «puedes jugar con todo esto».

¿Sabes qué?, se la voy a enviar, pero no para que sepa que sigo siendo suya, sino para que se entere de una vez de que ya no puede jugar con nada de esto.

Me levanto de nuevo con decisión, este tío se va a enterar. Voy al lavabo y, sin pensármelo dos veces, me desabrocho un poco la blusa y el vaquero y le muestro un atisbo de la ropa interior de encaje amarilla que llevo.

Enviar.

Te jodes, capullo.

Recibo un mensaje al segundo:

Así me gusta.

Me jodo, capulla.

Será imbécil, pero cómo es posible que exista un ser tan imbécil en la tierra, si es que…

Toc, toc.

—Cariño, ¿estás bien? —pregunta Edu, a través de la puerta.

Joder, por poco se me cae el móvil del susto. ¿Cuánto rato llevo aquí?

—¡Estoy bien, amor, ahora salgo! —le digo mientras tiro de la cadena para disimular.

No, no estoy bien, llevo un tiempo haciendo malabares para que mi vida actual no se desmorone, y de repente me arrolla la vida que creía haber superado, esa vida que idealicé y amé con toda mi alma, y después me dio un bofetón de realidad del que, por lo visto, aún no me he recuperado.

Esa vida, en la que él era mi vida.

Cuando expulsamos de nuestro lado a quien nos llama vida, ¿morimos? Yo diría que un poco sí, así que vivir se podría traducir como el morir constante de unos latidos que van cambiando de nombre. El hombro que nos sostiene hoy mañana no será más que una molestia o, como mucho, un borrón desdibujado de un pasado que preferimos no recordar del todo.

Salgo del baño con este estado de ánimo tan adecuado para la celebración improvisada y unilateral de mi novio. Esta cena es un cántico a su vuelo, a su progresión meteórica y, a la vez, a nuestro destino inamovible.

Edu comienza a mirarme con cara rara, así que no me queda otro remedio que derrumbarme y abrazarlo. En este momento, me encantaría ser lo suficientemente valiente como para confesarle la verdad, como para decirle que por mucho que me esfuerce hay una parte de mí, pequeña pero revoltosa, que todavía cree que se equivocó al abandonar a mi ex. Esa parte es minúscula, casi imperceptible la mayor parte del tiempo, pero, cuando grita con todas sus fuerzas, la oigo decir con claridad: «Aún no es tarde».

Aún no es tarde para reconducir tu vida.

Aún no es tarde para estar completa.

Aún no es tarde para ser tú.

Edu nota que comienzo a llorar con la cabeza escondida en su hombro, me pregunta qué me ocurre, y yo solo soy capaz de decirle que estoy emocionada, que estoy tan orgullosa de él que no puedo contener mi entusiasmo, y que estoy deseando que nos embarquemos en nuestra nueva vida juntos.

Vaya, parece que sí, que ya es tarde para ser yo.

Pero ¿de verdad lo es? ¿De verdad no puedo coger el timón y girarlo ciento ochenta grados? ¿Me tengo que conformar?

No, me niego a utilizar esa palabra. Conformar es el verbo más triste que existe. Significa que hemos evaluado con detenimiento lo que tenemos y lo hemos tachado de insuficiente y, lo que es peor, significa que, aun habiéndolo tachado de insuficiente, nos quedamos con ello. Significa que somos unos cobardes y unos egoístas.

Significa que estamos medio vivos.

Esto es algo que siempre filosofaba con mi ex. Él siempre me decía, poniendo esa cara de interesante que le hace jodidamente irresistible: «Quiero ser la persona con la que pasarías el último día en la tierra, pero no por el cariño que me tienes o porque crees que me lo debes por todos los años que hemos compartido: quiero que cada día seas sincera contigo misma y me elijas a mí entre todos los hombres».

Lo peor de todo es que, incluso el día que lo dejé, hubiera pasado mi último día en la tierra con él.

Buenas noches. Mátame, camión.

ÉL

No sé qué contestar a esta foto. La verdad es que no pensaba que me la fuera a enviar.

Joder, por lo poco que se ve, parece que está tan buena como siempre. No sé cómo explicarlo, pero su cuerpo me provocaba algo especial, es la chica que más me ha excitado, con muchísima diferencia.

Tiene ese tipo de cuerpo que pondrías desnudo en una cama, cubrirías de sushi y contemplarías con devoción, como quien se prepara para un ritual reservado a unos pocos privilegiados…, pero, a los pocos segundos, incapaz de contenerte, apartarías el sushi y te la comerías entera, hasta que el temblor de sus piernas volviera a activar el movimiento de rotación de la tierra.

Dulce pecado, que tuve la suerte de probar una y otra vez, como un fiel feligrés que vuelve cada domingo a misa a recargar su fe, como si esta fuera un depósito de gasolina.

Joder, si ella es gasolina y yo soy fuego, no entiendo por qué nos extrañamos del incendio.

De todas maneras, los polvos que echaban nuestros cuerpos rivalizaban con fiereza con los que practicaban nuestras mentes. Cuando follábamos, apagábamos la parte racional, nos convertíamos en un par de animales que daban rienda suelta a todas las perversiones que se nos ocurrían, y joder si se nos ocurrían, pero cuando hablábamos, eso también era fuego, o más bien fuegos artificiales, porque llenaban el cielo de luz y color. Comenzábamos cualquier debate, no importaba el tema, y le dábamos mil vueltas de tuerca. Recuerdo perfectamente cómo me sonreía cuando la conversación se ponía interesante y se levantaba a por una botella de vino y dos copas.

Le echo un vistazo rápido al piso y la veo frente a mí, haciéndome rabiar, tapándome la tele justo cuando la película se ponía más interesante. Casi desnuda, solo con unas bragas y una camiseta de tirantes que muestra más de lo que oculta.

¿Qué hago? ¿Le envío una foto sin camiseta? ¿Le digo que lo

que más me gustaría en este momento es verla y satisfacer con ella todos mis deseos?

No sé por qué, pero siento que, haga lo que haga, estropearé este momento de conexión, así que opto por una retirada a tiempo. No se puede llamar victoria, pero es posible que pueda llamarse principio.

Buenas noches y bienvenida de nuevo.

Viernes

Buenos días.

Joder, el camión sí que me mató, visto lo visto. ¿Por qué demonios tengo tanta resaca? Vale, ahora lo recuerdo: ayer me pasé con el vino en un intento un tanto desesperado y bastante vergonzoso de conseguir alegrarme por Edu y a la vez alejar el fantasma de mi ex.

¿Lo conseguí? Ni de coña.

A ver, a ver. Que no cunda el pánico, centrémonos un momento, por favor, que dicho así parezco una mala persona y me niego rotundamente a sentirme así, no lo soy, solo… Solo estoy hecha un lío. Creo que lo mejor es diseccionar con exactitud lo que pasó ayer y, ya puestos, abro de una vez el melón de qué opino realmente de mi futura vida en Florencia.

Empecemos por ahí. Siempre que cuento nuestro traslado a Florencia y la gente me pregunta «¿y cómo lo llevas?», contesto entusiasmada que es el cambio de aires que necesitábamos y que estoy ansiosa por empezar esa nueva vida, pero, ahora que lo pienso, lo digo por inercia, como si alguien hubiera escrito esas líneas y yo fuera una actriz que simplemente debe repetirlas, como si la persona que se va a Florencia no fuera realmente yo, sino un *alter ego* que interpreto y que cuando quiera puedo dejar de ser.

Joder, trato de levantarme de la cama con determinación, pero en el último momento mi cuerpo se rinde, me vuelvo a meter en ella y me cubro hasta la cabeza con el nórdico.

No estoy para nadie, os jodéis miedos y dudas, hoy no me pilláis en casa.

Espera un momento, no he mirado qué me contestó mi ex a la foto… Me da muchísimo miedo leer su reacción. Conociéndolo, seguro que tengo una foto en toalla, una proposición, o incluso el principio de una canción. Abro el WhatsApp y… nada. No me ha contestado, esto sí que es nuevo. ¿Puede que no le gustara la foto? No lo creo, estoy como siempre, ¿no? No lo sé, no me siento como siempre, pero pensaba que a él le gustaría, al menos tanto como le gustaba antes. Puede que al recibir mi foto se sintiera ganador de alguna especie de juego, y con eso se dio por satisfecho.

Quién sabe, puede…

Pero… ¿qué importa realmente? Tienes cosas más importantes en las que pensar, recuerda: Florencia, cambio de vida, Edu…

Paso unos segundos tratando de desacelerar mis latidos. Cuando lo consigo, me destapo lo suficiente para echar un vistazo rápido a nuestro dormitorio.

No hay monstruos en el armario, pero los miedos y las dudas siguen aquí.

¿Siento realmente que esta es mi casa? ¿Siento realmente a Edu como mi hogar?

Hay pechos que son hogar, pero…

A la mierda, sé que a este paso me voy a empachar con tanto melón que estoy abriendo. Pero me niego a seguir tapando lo que siento. Ya no soy esa persona que vivía encerrada en una cajita y no se atrevía a salir pensando que esas cuatro paredes que la asfixiaban, también la protegían.

¿No lo soy? ¿De verdad? Me levanto, ahora sí, por fin, y me voy a la cocina a prepararme una taza de café gigante. Voy a ordenar sentimientos, así que lo más recomendable es tener la cabeza despejada, o, mejor dicho, despierta pero apartada, para que el raciocinio no distorsione lo que tenga que gritarme el corazón.

Casi toda mi vida me he dejado guiar por la cabeza. Mi *modus operandi* estaba calculado al milímetro: diagnosticaba mi entorno, mi vida entera, y lo comparaba con una foto mental que me hice de pequeña. Tenía que cumplir ciertos objetivos para llegar a vivir en esa foto, así que adopté la creencia de que su cumplimiento estaba intrínsecamente ligado a la felicidad. Año tras año, revisaba esa imagen y me ilusionaba al ver que me acercaba poco a poco. Estaba en el camino correcto. Eso era lo importante.

Y así me convertí en la chica que siempre sonreía. La que animaba a los demás, aunque por dentro estuviera peor que ellos. La clase de persona que todos quieren tener cerca: la cuidadora, la divertida, la perfecta. Me encantaba que me vieran así.

Por eso todo lo que me desviaba de ese camino lo escondía. Escondí sueños. Escondí impulsos nuevos. Me escondí a mí misma bajo tantas capas que, de pronto, ya no sabía si la sonrisa del espejo era mía o solo un intento de parecerme a la foto que mi cabeza había construido.

Supongo que todos tenemos nuestra propia caja invisible, esa en la que vamos metiendo lo que no encaja con la vida que enseñamos. La mía estaba tan llena que apenas me quedaba espacio para respirar.

Puta foto.

Puta cajita.

Así me pasé muchos años, tejiendo mi vida entre ilusiones y mentiras, sin saber con exactitud dónde acababan unas y empezaban las otras.

Hasta que llegó él.

Llegó, como creo que llega todo lo que merece de verdad la pena en esta vida: por pura casualidad. Un día nos cruzamos en una cafetería: yo intentaba crear algo sin demasiado éxito, le daba vueltas y vueltas al principio de un texto, pero como no encontraba la frase perfecta mis manos se quedaban a pocos centímetros del teclado.

Él estaba en la mesa de al lado, haciendo todo lo contrario. Llenaba páginas con frenesí en una libreta medio rota, sin levantar la vista de ella. Lo estuve observando un rato con un interés que ya en ese momento, sin saber muy bien por qué, rozaba la admiración. No paraba de escribir ni un instante. Primero me pregunté cómo era posible que su creatividad funcionara tan rápido, pero después me preocupé por la libreta. Entendí que estuviera rota y pensé que estaba a punto de partirla en dos con la velocidad y la fuerza de sus manos, esas manos que no mucho después me cogerían del cuello y me llevarían al... Calla, que te desconcentras. Sus manos..., sí. Esgrimía el bolígrafo con una energía que nunca había visto en nadie. Me centré en mi pantalla en blanco, que, evidentemente, se moría de envidia de esa libreta raída, y, cuando lo volví a mirar de reojo, al cabo de un segundo, me di cuenta de que me observaba fijamente mientras sostenía su taza de café.

Nuestras miradas se cruzaron y yo la desvié un poco, ruborizada. Él, en cambio, no se cortó ni un pelo; es más, se levantó, se puso enfrente de mí, señaló la silla que tenía a mi lado y me dijo:

—¿Puedo?

Yo le dije que sí con la cabeza, sin entender muy bien lo que estaba pasando, supongo que lo vi tan decidido que no supe cómo rechazarlo.

Él, con su taza de café aún en la mano, giró un poco mi portátil y soltó con decisión un:

—Me lo imaginaba, tenemos ante nosotros un caso grave del síndrome de la hoja en blanco. —Y, sin decir nada más, escribió algo y volvió a girar el portátil hacia mí—. Solucionado, ya no está en blanco.

Se levantó de la silla que estaba a mi lado, se sentó enfrente y le dio un sorbo a su café con toda la tranquilidad del mundo, como si acabara de llegar a casa después de librar una guerra.

—Vale, gracias, supongo, pero… ¿Marlena? —Fue lo único que se me ocurrió decir.

—Claro, Marlena.

Recuerdo como si fuera ayer los segundos de silencio que nos envolvieron, que, por alguna extraña razón, no me resultaron para nada incómodos, aunque al final decidiera interrumpirlos.

—Lo siento, pero no sé qué significa Marlena.

—Tranquila, te lo explico. Yo hasta hace poco tampoco conocía su historia, fue Pedro, mi mánager, el que me la contó un día en el que mi inspiración no se dignaba a aparecer. Verás, yo compongo canciones, y siempre que me quedo como tú, buscando la palabra o la frase exacta para comenzar, escribo «Marlena». Marlena es la diosa de la creatividad para los italianos. Ellos tienen la creencia de que si escribes su nombre en una canción o un texto, el universo se confabulará para que llegue a la persona destinada a estar contigo. Por eso la escribo, en parte para recordarme que no existe la palabra perfecta, solo el momento perfecto con la persona adecuada —dijo, mientras cogía su taza de café y sin querer, ¿o queriendo?, me rozaba la mano con la suya. No hizo ningún comentario al respecto y continuó—: Y, en parte, como ofrenda a la musa por excelencia, para que me oriente en este intrincado laberinto que formo con mis textos cuando se apagan las luces de la inspiración.

¿Qué se supone que podía contestar a eso? Sus palabras me habían provocado admiración y excitación a partes iguales. No se me ocurría nada elocuente que decir, aunque de todas maneras no hizo falta, porque él miró el reloj y dijo:

—Discúlpame, tengo que irme o llegaré tarde, y odio con todas mis fuerzas que me tengan que esperar. Solo odio tres cosas en la vida, y una es esa. Espero haberte ayudado. Oye —dijo, mirándome a los ojos, no, qué coño, clavándome la mirada y atravesándome el alma como nunca nadie lo había hecho antes—, ¿quieres darme tu número —me preguntó— y así, no sé, quedamos un día y charlamos sobre por qué, de todas las maneras posibles de darle sentido a tu vida, has decidido escribir?

Por más vueltas que le dé, sigo sin saber por qué le di mi número a un completo desconocido, pero se lo canté con una sonrisa repleta de expectación.

—Perfecto, pues —me contestó él—, te escribo y nos vemos pronto. Ha sido un placer.

—Pero no me has preguntado cómo me llamo, para guardar el contacto —le dije, temiendo que me estuviera vacilando y no se hubiera apuntado mi número.

—No hace falta —me dijo mientras me enseñaba el móvil con una sonrisa.

Me había guardado como Marlena.

Siempre me tuvo guardada como Marlena, y yo a él como Orfeo, porque decía que, si algún día sucumbía a cualquier clase de infierno, iría en mi búsqueda, a veces para sacarme de él, y otras, para compartirlo conmigo.

Ahí comenzó todo.

Mierda, me está llamando Edu. Cuando te da pereza contestar la llamada de tu novio, algo falla, sin duda. Intento recuperarme un poco y le contesto:

—Dime, amor.

—¡Hola, cariño! —Joder, Edu me saluda con una alegría un tanto exagerada, como si lleváramos días sin hablar—. He ido a comprar el desayuno, ¿te apetece que te traiga unos cruasanes?

—Claro, perfecto, gracias por el detalle.

—¡Nada! ¡Ahora nos vemos! Te amo.

—Te amo.

Pues nada, parece que el melón tendrá que esperar, lo hemos cambiado por unos cruasanes. Supongo que, de esta manera tan —*a priori*— inofensiva, se nos pasa la vida, disparando de forma automática «te amos» mientras sabemos que debemos hacernos preguntas incómodas, pero buscando el momento exacto para hacerlo. Buscando, siempre estamos buscando: el momento perfecto, el lugar perfecto, la palabra perfecta.

Al menos esa me la sé: Marlena, la palabra perfecta siempre es Marlena.

Edu llega a casa y lo primero que hace es darme un beso que me sabe a inercia, a besos replicados y repetidos cien veces entre dos actores que ya no saben cómo conseguir que la escena de amor que interpretan le parezca creíble al director. No sé qué opinará Edu, pero yo no me la acabo de creer. Ha traído cafés y pastas, nos los tomamos mientras charlamos sobre lo que vamos a hacer el fin de semana, cuando, de repente, me empiezo a encontrar fatal: se me acelera el pulso, siento literalmente que el pecho me va a explotar, el corazón se me desboca, me levanto de la silla y le digo a Edu que no puedo controlar el temblor de las manos. ¿Por qué estoy tan nerviosa?

—Edu, el café que me has traído era sin cafeína, ¿verdad? —le digo con voz de pánico.

Edu me mira con cara de «la he liado mucho» y me dice:

—Lo siento, no me he acordado. ¿Qué hacemos? ¿Vamos al médico?

Me parece increíble que no haya recordado que tengo prohibida la cafeína por completo, pero saber la razón de mi malestar y descartar un ataque al corazón repentino hace que me tranquilice.

Me preparo una tila mientras Edu me mira con cara de culpa. Me la bebo en silencio, delante de él, pero sin mirarnos.

Marlena.

SEMANA 2

Jueves

ÉL

Vaya semana de mierda he pasado. Por un lado, la canción me sigue eludiendo con una maestría exagerada. Cuanto más corro hacia ella, más se aleja, esquiva y cautivadora a partes iguales. Además, Pedro ha comenzado la planificación de la gira y está de los nervios. He de admitir que se lo está currando como nunca, pero me traslada parte de su ansiedad sin darse cuenta, y yo ya voy servido de sobra últimamente.

Hace un par de días me di cuenta de que he dejado de escuchar a mi pecho, y cuando un artista deja de hacerlo, muere en el acto. Así de simple, así de cruel.

Pedro no para de repetirme que... Mi teléfono se ilumina. Es Pedro. Durante un segundo pongo los ojos en blanco en señal de desaprobación y dudo si cogerlo o no, pero lo hago, sabiendo a la perfección el tema y la conclusión de la conversación que estamos a punto de tener. Pongo el manos libres mientras me preparo una copa y contesto con el tono de voz más animado que puedo fingir:

—Samsagaz, cuéntame, ¿cómo te está tratando la noche?

Oigo a Pedro coger aire antes de contestarme, supongo que lo hace para no soltarme el primer improperio que le venga a la cabeza.

—Pues la noche me está tratando mejor que tú, ya lo sabes —me suelta con un tono de voz más seco que un plato de arena del Sahara, lo cual me hace gracia y casi consigue que me atragante con el whisky.

Decido cambiar el tono a modo conciliador para relajar el ambiente.

—Va, no te lo tomes tan en serio, ya sabes cómo soy, ¿qué ha cambiado? Siempre lo hemos hecho así.

—Lo sé, lo sé, pero es que esta vez la gira es mucho más grande, lo cual es una muy buena noticia, por supuesto, pero a nivel logístico es también mucho más complicada, así que nos harías la vida infinitamente más sencilla si pudiéramos viajar en avión de una ciudad a otra.

—Amigo mío, sabes que nunca pongo ninguna pega, ¿es así o no?

Pedro resopla. Su hastío traspasa nuestros móviles y llega hasta mi oreja, provocándome una mezcla de culpabilidad y tristeza.

—Es así, nunca lo haces, pero…

—Y sabes que solo hay tres cosas en el mundo que odio —lo interrumpo.

—Sí, lo sé: llegar tarde, los gatos y los aviones, pero es que…

—Exacto, así que, por favor, hagámoslo como siempre, solo te pido eso, amigo. —Apelo de nuevo a nuestra fraternidad para ablandarlo, ya que, a nivel profesional, sé que tiene toda la razón—. No me importa ganar menos dinero, de verdad, solo quiero que lo hagamos como siempre —añado tratando de dar por finalizado el tema.

—Recibido —responde Pedro, con el tono de voz del que sabe que la batalla está perdida—. Me pongo manos a la obra, no te preocupes, que pases buena noche.

—Tú también —le digo.

Estoy a punto de colgar cuando Pedro habla otra vez:

—Una última cosa.

—Dime.

—Dobby, acaba la puta canción.

Dobby, será cabrón, ya me podría haber llamado Legolas o Elrond.

—Lo haré, descuida.

Noto su decepción desde aquí, pero también siento su cariño y sonrío al pensar en lo importante que es rodearse de personas que nos quieren de verdad, con nuestros defectos y nuestros miedos. Sé que el pánico que le tengo a volar no tiene ninguna base lógica, pero es superior a mí. He probado de todo: hipnosis, terapia, incluso he comprado docenas de billetes de avión para quitarme el miedo de golpe, pero, cuando llegaba a la terminal, siempre me daba media vuelta. Supongo que los miedos que tenemos desde pequeños son los más difíciles de superar.

Este en particular nació por algo tan simple como ver una película en bucle. A mi madre le apasiona el cine, así que de pequeño veíamos muchísimas películas juntos, recuerdo que las grababa en cintas VHS y las organizaba por temáticas. En una teníamos dos de nuestras películas favoritas: *Dirty Dancing* y *La bamba*. La primera siempre me dejaba con buen sabor de boca y, actualmente, aún la veo de vez en cuando, pero el final de *La bamba*, cuando Ritchie Valens y el resto de los músicos tienen el accidente de avión, me dejaba consternado y en un estado de melancolía muy poco apropiado para un chaval de unos diez años de edad.

Todavía se me encoge el pecho al pensar que echaron a suertes quiénes viajaban en avión y quiénes en autobús. Los «ganadores» fallecieron en un accidente de avión tan injusto como trágico. ¿Cómo puede ser que sucedan cosas así en la vida? Me lo preguntaba por aquel entonces y me lo sigo preguntando ahora mismo. Además, Ritchie solo tenía diecisiete años y había tenido una infancia muy complicada, y justo cuando estaba empezando a triunfar, cuando la vida empezaba a sonreírle, su voz se apagó para siempre.

Recuerdo que, cuando llegábamos a la mitad de la película, empezaba a entrecerrar los ojos con fuerza, deseando que el final cambiara por arte de magia, y que, por una vez, sobreviviera y pudiera seguir con su carrera y con su vida.

Esa peli consiguió dos cosas: que quisiera ser cantante y que jamás haya podido coger un avión.

Miro el reloj y veo que aún quedan unos minutos para que comience *Opérame el corazón*, así que aprovecho para pedirle a Alexa que ponga «Donna», del pobre y querido Ritchie. Levanto la copa en su honor y le doy un trago largo. Va por ti, maestro.

Justo cuando termina la canción, aparecen los créditos de la serie y me asaltan unas ganas irrefrenables de escribirle a mi ex. ¿Debería proponerle que la veamos juntos en la distancia? No sé si es buena idea, sobre todo después de estar una semana sin escuchar a mi pecho. Una semana en la que he intentado con todas mis fuerzas borrar las huellas que deja en mi alma cada vez que hablamos, cada vez que la pienso. Lo mejor será apartarla de mi mente y centrarme en lo importante: la canción para que Pedro no me odie y… Judit.

«¿Cuánto hace que Judit no reside en nuestros latidos?», me pregunta mi pecho como quien consulta con indiferencia la temperatura que hará mañana. Vaya emboscada a traición me acaba de hacer el muy cabrón. Parece que quiere vengarse por haber intentado silenciarlo unos días.

Menos mal que la serie comienza y me salva de enfrentarme a las posibles respuestas. Además, la trama empieza fuerte hoy:

Janet, una de las enfermeras del equipo de James, ha salido del cuarto de enfermería arreglándose con prisas el uniforme y a los pocos segundos ha seguido sus pasos Marco, el enfermero italiano, mirando a todos lados y haciéndose el distraído.

Pero, espera un momento, si mal no recuerdo... ¡Janet está casada con Henry, el jefe de administración! Aquí hay barro. Guionistas de la serie, tomad todo mi dinero.

El plano cambia abruptamente y aparece una mujer llorando después de que James le haya revelado un diagnóstico devastador: le queda poco más de un año de vida. James trata de consolarla, la abraza y le pregunta si quiere que llamen a su marido. Cuando la paciente escucha eso, algo cambia en su mirada, se enjuga las lágrimas y le dice con determinación:

—No, lo que quiero es que llaméis a Collin, la persona con la que debería compartir mi vida desde hace años, la persona que, si yo no tuviera tanto temor a hacer daño a mi familia, sería mi otra mitad.

En la siguiente escena, Collin aparece en el hospital gracias a la magia del guion, mira a su enamorada y sobran las palabras. Se funden en un abrazo y se dan uno de esos besos que, por desgracia, parece que solo existen en el cine. El plano se completa de forma magistral: al fondo del pasillo aparece Janet con cara de estar a punto de incendiar el mundo, mira a la izquierda y ve a Marco, que la atraviesa con la mirada, se gira a la derecha y aparece Henry, que la mira con un gesto ambiguo, taciturno. Janet se acerca a Marco y le susurra al oído:

—No voy a vivir ni un día más hipotecada por un pasado que ya no me representa, por unos sueños que ya no son compartidos y por una vida en la que yo ya no soy yo.

Joder, ¿en qué momento esto ha dejado de ser una serie para convertirse en una hostia del universo?

No soy de señales divinas, no creo en el tarot ni en el azar, pero si esto no lo ha orquestado un ente superior para que le envíe un mensaje a mi ex, yo me bajo de la vida.

Cojo el móvil y escribo sin pensar:

Y tú, ¿vives en la casa que
levantaste con esfuerzo, aunque
el frío del invierno se cuele por sus
grietas, o sigues buscando la playa
que un día soñamos, donde el deseo
no entiende de estaciones?

ELLA

Mi móvil se ilumina justo en el momento que pongo la misma cara de circunstancias que Marco. Al igual que él, no sabría qué contestar a una declaración de intenciones tan directa. Yo, que tan de blanco o negro he sido siempre, ¿cuánto tiempo llevo viviendo entre grises? Evitando esa pregunta, me levanto y me sirvo una copa de vino haciendo el mínimo ruido posible para que Edu no me oiga, aunque no sé por qué: estará sumergido en el mundo empresarial que conforma su despacho, como siempre.

Me mentiría a mí misma si dijera que no estaba esperando su mensaje. Me mentiría también si dijera que no he puesto la serie para entablar alguna conversación con él.

¿Por qué he creído que esta hora levantaría de nuevo un puente entre nosotros? No lo sé, pero mi pecho ha acertado, como casi siempre que pregunta por él.

Abro el mensaje, explosión mental, vaya pregunta.

Lo que más me gustaba —y a la vez más detestaba— de él es que siempre me hacía esa clase de preguntas que te obligan a abrirte en canal para responder, que te obligan a quitarte el maquillaje y decirte sin filtros ni artificios la verdad a la cara.

Supongo que por eso lo quiero tanto. Quiero decir, lo quería. En pasado, en pasado pisado y olvidado, por supuesto.

¿Vivo en una playa o en un constante invierno? ¿Por qué me haces esa mierda de pregunta ahora? Porque me conoces mejor que nadie. Porque tú me escuchas hasta cuando te hablo.

Joder.

Me levanto y me dirijo al baño, dispuesta a enfrentarme a la verdad. Me miro con detenimiento, me fijo en mi pelo rubio y mis ojos azules, en una cara y un cuerpo que llaman la atención y a primera vista gustan a todo el mundo. Pero no me reconozco. Ni me reconozco ni me gusto. Puedo ver lo que todo el mundo ve, pero no puedo apreciarlo, supongo que estoy demasiado reducida, demasiado encajada en algo que no me representa. Un día intentaré desbloquear el móvil con mi cara, y no me reconocerá.

No reconocerá mi cambio…, pero es que yo no quiero cambiar. Quiero que todo lo que he construido siga tan sólido como el primer día. El miedo a renunciar a lo que he levantado con tanto esfuerzo me paraliza, aunque sienta que me estoy perdiendo a mí misma en este *stand by* en el que he convertido mi vida.

Sí, vivo del pasado, de los cimientos de lo que un día construí y me acojona renunciar a algo que he levantado con tanto esfuerzo. No es que me dé vértigo comenzar algo nuevo, que también, pero lo que me ancla al suelo es otra cosa: es la sensación de pérdida lo que me asusta, me niego a perder, me niego a reconocer que estos cinco años van a desaparecer en cuanto abra los ojos. ¿Tanto me equivoco? ¿Tan mal lo he hecho? Cuando lo dejé con él, fue diferente, fue… No, es imposible compararlos, es como comparar un edificio moderno de cien plantas con la biblioteca de Alejandría.

Cojo el móvil, estoy a punto de escribirle que venga y que vivamos un atardecer eterno en la playa, pero me freno en seco. ¿Se lo diría porque lo siento de verdad o solo para saber que aún me lo puedo ligar? Si sé que aún le gusto, me gustaré más a mí misma, esa es la triste realidad, pero no quiero ser la clase de persona que va conquistando por ahí mientras tiene pareja, así que le contesto un simple:

Sobrevivo.

Me tiembla el cuerpo y se me nubla la vista. No quiero que me conteste, y al mismo tiempo me aterra que no lo haga. No sé hacia dónde nos llevará este hilo que acabamos de tejer, pero tengo claro que no quiero que se rompa tan pronto. Me contesta:

Pues te mereces más que eso, mucho más.

Respiro algo aliviada, recupero un poco la visión y, por un momento, la chica del espejo vuelvo a ser yo.

Dices que me merezco mucho más. Lo sé. Al igual que sé que tú me lo dabas, tú me regalabas a diario un cielo infinito en el que poder volar, pero me fui por miedo a tener que hacerlo un día en soledad y no recordar cómo desplegaba las alas sin ti.

Sí, me impulsabas, me hacías soñar, pero con cada sueño o ilusión que me regalabas, sentía que la caída iba a ser más y más fuerte, hasta que un día decidí poner los pies en la tierra y salí corriendo.

¿Por qué lo hice? Si soy del todo sincera, aún no lo sé, llevo años pensando en ello, y aún no he encontrado una respuesta que me satisfaga.

—Bueno, ya está bien por hoy, ¿no? —increpo a mi reflejo, como si fuera un extraño que trata de boicotearme—. ¿Qué más quieres de mí? Te quejas porque dices que vivo en el pasado, pero no paras de restregármelo en la cara, no me parece justo.

Vuelvo al sofá y con los nervios a flor de piel le escribo este mensaje: «¿Y tú? ¿Qué haces? ¿Vives o sobrevives? ¿Compartes tu vida con alguien?». Estoy a punto de enviárselo, pero lo borro un segundo antes. Menos mal que aún mantengo algo de cordura. ¿Cómo le voy a preguntar eso? Esa pregunta de si estás con alguien demuestra claramente un interés, y no lo tengo. No me interesa o, al menos, no debería interesarme. ¿Verdad?

—¿Estás hablando con alguien? —dice Edu desde el pasillo.

Me sobresalto y bloqueo el móvil.

—No, ¿por qué? —le contesto con un tono de voz algo ahogado.

El silencio nos envuelve, siento que estoy traicionando a Edu y, lo que es peor, siento que lo sabe.

—¿Vienes a la cama? —me pregunta con tono neutro.

Y entonces recuerdo dónde estoy, con quién estoy y con quién no.

—Sí, voy enseguida.

Se cierra la puerta, la pantalla sigue negra, el silencio me lanza mil reproches.

La pantalla se ilumina cuando la rozo con unos dedos aún temblorosos, ya no sé si por miedo o porque se niegan a acatar las órdenes de mi cabeza. No quiero hacerlo, pero siento que es lo correcto. Finalmente, logro escribir un mensaje:

No deberíamos hablar más.

Entro en el dormitorio, donde me espera el mundo real.

ÉL

Qué estúpido es el humano que cree que puede llegar a tocar una estrella. Por una parte, resulta imposible hacerlo por culpa del tiempo y la distancia; por otra, si llegara a alcanzarla, lo único que conseguiría es incendiar su mano y todo su ser.

Estoy agotado, mental y, sobre todo, sentimentalmente. Debería irme a dormir ya para desconectar el cerebro. Me levanto sin ánimos y voy a nuestro dormitorio. La cama está perfectamente hecha. Trato de hacer memoria, pero, por más que me esfuerce, no logro recordar cuándo fue la última vez que dormí con Judit. ¿Cuánto lleva haciendo el turno de noche? Ni idea, menos mal que este fin de semana no trabaja y nos vamos a Cadaqués.

Cojo mi almohada y una manta, y me voy al salón, hoy prefiero pasar la noche en el sofá.

Tengo claro que mi cabeza no me va a permitir dormir, así que cojo la guitarra y la abrazo contra mi pecho, el frío de la madera contrasta con el calor que siento en las manos. Cada cuerda parece temblar antes de que mis dedos decidan tocarla, igual que le pasaba a ella.

Comienzo a tocar con cariño, como si en realidad recorriera con pasión su espalda, sus escápulas y sus caderas eternas.

Toco unos acordes erráticos, y comienzo a cantar:

Ambos sabemos
que no debería decirte esto,
es más, por mucha pena que me dé
sé que nunca lo haré,
supongo que por eso lo canto
a un viento inclemente
que por mucho que se esfuerce
no podrá llevarse estas palabras,
y que, en lugar de eso,
las acogerá para siempre en su pecho,
para regalarlas a otras almas,
que necesiten sentir,
que necesiten ser,
que necesiten comprender,
que la vida no es más que un lugar
en el que amar sin prisa.

Paro en seco. No quiero que esta sea la típica canción que se crea, pero no se cree. Necesito escribir un himno para que todo el mundo se dé cuenta de una vez de que no puedo concebir la existencia sin su risa llenando los silencios, sin sus manos rozando las mías, sin el olor de su pelo mezclado con la brisa del mar.

Sin ella, cada nota que toque será un vacío insoportable, cada acorde un suspiro que no encuentra su destino.

Suelto la guitarra, lo que estoy sintiendo es precioso, pero ¿de verdad es la vida un lugar en el que amar sin prisa? Ojalá fuera así, pero creo que en la actualidad estamos muy lejos de conseguirlo. Creo que en esta era plagada de *ghosting* y narcisismo resulta utópico y a la vez estúpido pretender que las canciones de amor se hagan realidad.

La vida es un lugar en el que te consumen y te abandonan con prisa.

Pero, si es así, ¿para qué escribo canciones de amor? Cuando empecé, lo hacía por la ilusión de aportar mi granito de arena para hacer que el mundo fuera un poco más optimista. Después de conocerla a ella, lo hacía por amor, por esa clase de amor que merece estar grabado en los mármoles de la eternidad.

¿Por qué las escribo ahora?

Justo en el momento en que me hago esa pregunta se rompe una de las cuerdas y me salta en la cara, como las verdades que no estoy dispuesto a aceptar. El chasquido resuena en la habitación como un látigo, dejándome un zumbido en el oído que se mezcla con el silencio que lo sucede. Me quedo quieto, con la guitarra en las manos, observando cómo la cuerda me cuelga sobre el pecho, inútil, como un recordatorio cruel de que hasta el sueño más afinado termina por desgarrarse si lo fuerzas demasiado. Y me pregunto si no me pasará lo mismo a mí, si no estaré también a punto de partirme por dentro, incapaz de sostener la melodía que quiero cantar.

Toco, no sé el qué, pero toco mientras me pregunto: «¿Queda en mi arte algo más que el ego de un muchacho que se niega a madurar? ¿Que se niega a darse por vencido?».

Lo siento, pero hoy me prohíbo llorar, ya lo hice demasiado en el pasado; tanto que con mi llanto sí que podría haberse apagado alguna estrella.

No hablaremos más si no quieres.

Pero cantarte… Cantarte ya es otra historia.

SEMANA 3

Lunes

ÉL

He pasado el fin de semana con Judit en Cadaqués. Ambiente idílico, tranquilo y embriagador, como el mar que nos invitaba cada amanecer a sumergir en él nuestros problemas.

De verdad que lo he intentado con todas mis fuerzas, pero no lo he conseguido.

No sé qué nos ocurre, pero desde hace un tiempo hemos perdido la chispa. La miro y ya no sé qué tiempo verbal ponerle al verbo querer. La quise, estoy seguro, pero ¿la quiero? Y lo que es más importante: ¿la querré?

Me entristezco y a la vez me enfado por no ser capaz de recuperar lo que un día sentí. Me escondo en una habitación a oscuras, no tengo nada a mi alrededor más que una maraña infinita de hilos. Tiro de ellos de uno en uno, con la esperanza de que alguno me muestre el camino de vuelta a casa, pero no lo consigo. Cada día tiro de un hilo, cada día queda un hilo menos.

¿Qué pasará cuando me quede sin hilos? ¿Me sentiré libre o más esclavo que nunca?

Quiero volver a quererte y siento que lo consigo cuando te das la vuelta y me pides que te haga una foto con el mar de fondo. De verdad que lo creo cuando llegamos a la habitación del hotel y nos dejamos llevar por nuestras ganas como la primera vez.

Lo malo es que contigo siempre siento que es la última vez.

Contigo el amor es el tránsito lento del funambulista, que ya no sabe qué hacer para entretener a su público.

La pregunta no es si caeré o no, la pregunta es cuándo lo haré.

Y por otro lado está mi ex. Siempre presente, aunque no hablemos. Aunque haya desaparecido de nuevo, sigue estando ahí.

Ella es el seísmo que solo los valientes elegirán. No es fácil, para nada. No es ese tipo de persona que te otorga la paz y estabilidad que tanto necesitan los corazones frágiles. Rebosa tanta vida que solo puede subsistir con otra alma igual que la alimente con cataratas de sensaciones y cumbres repletas de te quieros.

Es imposible conocerla y no elegirla.

Imposible, como estar con ella.

O no.

Martes

ELLA

No hemos hablado desde que acabó el capítulo el pasado jueves. Ni un mensaje. Ni un hola. Pero lo he sentido como una corriente subterránea. Como cuando intuyes que alguien está pensando en ti y, de repente, miras el móvil solo por si acaso.

Le dije que no deberíamos hablar más. Me he arrepentido un millón de veces de enviarle ese mensaje, pese a que también lo esté utilizando como red de seguridad. Si no me escribe, no es porque no quiera, es porque yo se lo he pedido. Si pienso eso, mi pecho se calma, o deja de latir, no lo sé.

Edu ha estado más encima de mí esta semana, como si percibiera que algo se me escapa por dentro. Me acaricia la espalda mientras cocino y me pregunta por mi día, pero, aunque me duela reconocerlo, me doy cuenta de que no lo escucho y me descubro deseando que se encierre otra vez en el despacho.

Estos días he evitado la televisión. Me reservo solo la noche del jueves. Siento que esa hora compartida es un espacio sagrado que nos pertenece. Una religión secreta con horario fijo, en la que somos a la vez deidades y creyentes.

Intento escribir y no sale nada. Leo tres veces el mismo párrafo sin entenderlo, así que lo dejo y me pongo con un artículo que tengo entre manos: un encargo sobre ese autor que tanto detesto, un fósil literario al que siguen venerando solo por costumbre. Su prosa me resulta caduca, engreída, y cuando escribe sobre sexo me da la impresión de que nunca ha mirado de verdad a una mujer, en su vida. Y aun así debo escribir sobre él, como si fuera un monumento intocable.

Me quedo mirando el folio en blanco con el título provisional arriba, su nombre subrayado en negrita, y me invade una rabia absurda. ¿Por qué tengo que fingir respeto por alguien que representa justo lo contrario de lo que quiero ser?

Los colores se me han apagado, la ciudad entera se ha vuelto sepia. Vivo en un filtro y, por muchas vueltas que le dé, no sé cuánto hace que es así.

A veces me pregunto si lo que siento por él es el eco tardío de un amor casi olvidado o pura abstinencia emocional. Lo único que sé es que estoy deseando que llegue el jueves, solo quiero que él me hable. Siento que sus mensajes son latidos extras que me devuelven el pulso. Miro el móvil de nuevo, deseando con todas mis fuerzas que se ilumine y me muestre su nombre. Lo miro con fuerza, con rabia, le imploro, le suplico.

Nada, supongo que tendré que esperar al jueves.

Si es que el jueves aún seguimos siendo nosotros.

Jueves

Ayer, Judit trajo flores. No sé por qué, nunca lo hace. Son lilas. Tienen un aroma que debería gustarme, pero, si soy sincero, me agobia.

Cuando me preguntó si me gustaban, con una media sonrisa que no era capaz de maquillar su intranquilidad, le dije que me parecían bonitas. No sé por qué, si no suelo mentir, al menos a ella no. Se dio cuenta y bajó la mirada. Algo se rompió dentro de mí mientras dejaba con cuidado el jarrón en la mesa del comedor, como si colocándolas ahí se pudieran salvar, como si colocándolas ahí aún se pudiera salvar algo.

Por la noche se durmió en el sofá con una pierna fuera de la manta, y cuando me levanté para taparla, me quedé un rato mirándola.

Hay cariño, sí, pero ya no hay música. Y lo peor de todo es que nuestra melodía no se ha roto con un grito, se ha ido apagando como esa canción que ya nadie pone, que fue todo un éxito en su momento, pero sin entender el porqué, se desvaneció.

No he escrito a mi ex en toda la semana, ni siquiera la he nombrado en voz baja, he tratado de olvidarla como una especie de castigo estoico autoimpuesto. Me he concentrado en terminar la canción, reescribo estrofas que después desecho, tiro borradores, nada suena, nada vibra. Nada es sin ella.

Hasta que llega el jueves por la noche y comienza la serie. Hoy, en mitad del capítulo, Marco le ha dejado una carta a Janet en su taquilla; la cámara no muestra lo que pone, solo enfoca la cara de ella cuando la lee. Se queda paralizada y luego sonríe.

Cojo el móvil y me convenzo a mí mismo de que es por la escena, solo por eso. No, espera, te pidió que no le escribieras. Lo dejó claro, por mucho que te duela, prefiere no saber nada de ti, así que debes respetar su decisión. Pero ¿por qué tengo la sensación de que no lo decía en serio? ¿Por qué vuelvo a notar su pecho y siento que ella está esperando que le escriba justo ahora?

No sé si me arrepentiré de hacerlo, pero lo que tengo claro es que me flagelaré hasta la extenuación si no lo hago, así que le escribo este mensaje:

> ¿Tú crees que Janet ha sonreído
> porque va a dejar a Henry?

Y le doy a enviar.

El reloj se para, mi pulso se para, el mundo entero se para. Como siempre que la espero, como siempre que necesito saber si aún somos presente.

Llegan los anuncios y no sé cómo llenar los cinco minutos que nos separan de la siguiente escena, que me separan de ella. Noto que entre nosotros se forma un precipicio cada vez más grande, cada vez más profundo. Abro desesperado Spotify y busco una canción que me sirva de bálsamo: necesito escuchar algo que nos una, una canción que tienda un puente entre nuestros latidos confusos. Recorro las listas que tengo guardadas, algunas inspiracionales, otras organizadas por estado de ánimo y de repente aparece la lista que tenía con ella: Marlena y Orfeo.

Marlena.

No he pronunciado ese nombre desde que nos separamos. Tampoco lo he escrito en ningún papel cuando la inspiración se negaba a obedecerme.

Me quedo mirando la lista de reproducción como quien abre un baúl antiguo: cada canción me transporta a un lugar, a un polvo salvaje, a una cena con vistas al mar.

Espera un momento.

No recuerdo que en nuestra lista estuviera «Febril», de Maximiliano Calvo, y estoy seguro de que yo no la añadí.

Espera otro momento.

Me va a dar algo, comienzo a sudar, tengo claro que aquí falla algo, pero para asegurarme busco cuándo se publicó esa canción. Febril salió en 2021.

Nosotros lo dejamos hace cinco años, es decir, en 2020.

Una bomba nuclear detona en mi pecho al saber que por lo menos un año después de estar separados ella aún me pensaba.

Me siento en el sofá, agotado: mi cuerpo acaba de correr una maratón y mi cabeza lleva cuatro horas en un examen de álgebra.

Abro una botella de vino, saco el corcho como si estuviera extirpando mi bloqueo mental.

¿Cuándo muere un nosotros? ¿Cuando el último de los dos expulsa el último pensamiento compartido? Si es así, nosotros nunca moriremos.

No sé si es amor o una pesada carga lo que esconde mi pecho, pero lo abrazo. Sea lo que sea tiene su nombre y yo me vuelvo un poco más valiente. Un hombre que se revela y aparece de repente entre las sombras de un «no pude».

Febril. Así me tienes. Así me tendrás. Iba a decir que hasta que tú quieras, pero qué va. No depende de cómo me sientas ni siquiera de que me sientas. Depende de mí y de esta capacidad innata que tengo de estar contigo sin tenerte.

MARLENA

Edu me ha pedido que lo acompañe a una cena con sus socios. Le he dicho que no, y ni siquiera me ha preguntado por qué. Llevamos una semana prácticamente sin hablar, y mira que hemos intercambiado más palabras de lo habitual. Pero seguimos sin conectar. Los pocos diálogos que inicia son de trabajo o relacionados con las noticias que vemos en la tele. Ningún debate, ninguna charla profunda. Y yo… Necesito debatir, me muero por debatir.

Y luego o, mejor dicho, ahora y siempre, está mi ex. Durante esta semana he borrado muchos mensajes que eran para él, incluso comencé a escribir una de esas cartas que no se mandan pero que son necesarias para entender lo que se está sintiendo. La pobre acabó en la papelera, como mis sueños, como mi valentía, como mis esperanzas de ser algo más de lo que soy.

Hoy me estoy obligando a ver la serie sin escribirle, pero, cuando Janet sonríe, algo en mí se desmorona. Miro el móvil y, como si invocara su presencia, el muy cabrón se ilumina.

> ¿Tú crees que Janet ha sonreído
> porque va a dejar a Henry?

Lo leo tres veces, me recuesto en el respaldo del sofá, me río, aunque no es una risa repleta de júbilo, sino más bien nerviosa, casi histérica. Lo extraño tanto que me duele la boca de no hablarle. Con él, debatir era tan fácil y divertido.

Le contesto, mientras me acaricio el cuello, no sé si por darme cariño o por brindarme algo de paz después de la guerra que me gustaría que él me diera:

Creo que ha sonreído porque por fin
alguien se ha atrevido a decirle lo
que ella no se atrevía ni a pensar.

Silencio. Escribiendo…

¿Y tú? ¿Qué no te atreves a pensar?

Joder, sus mensajes son como aguijones que me inyectan un veneno dulce.

Me quedo mirando la pantalla. Lo bloqueo, no el teléfono, a él. Lo encierro en un cajón dentro de mi pecho. No quiero pensar.

Apago el teléfono, como si ese simple gesto borrara todo lo que siento, pero lo vuelvo a encender enseguida. Estoy cansada de apagar mis sentimientos, de apagarme a mí entera, así que le contesto:

Que a veces me miro y no me reconozco, que echo
de menos cosas que ni siquiera sé si he vivido.

Me responde:

Yo también echo de menos
las cosas que nunca vivimos.

Esa contestación devuelve el color a mi piso. Veo cómo poco a poco los azules, los verdes y los rojos vuelven y me abrazan. El último en llegar es el amarillo, mi color favorito, que da pinceladas pequeñas pero imprescindibles.

Él es el color amarillo, él es mi sol.

Sé que te dije que no quería hablar más,
pero… No estoy tan segura. Llevo días
escarbando en mi pecho, preguntándole
por qué está tan deshecho, pero no
obtengo respuesta, no sé cómo
descifrar mis latidos.

No me lo expliques. Dímelo con palabras
sueltas. Dispáralas sin más. Una tú y una yo.

¿Por qué lo hace todo tan fácil? Siempre consigue que cualquier problema u obstáculo que no sé cómo sortear de repente parezca un juego de niños.

No lo sé, creo que solo una persona en la vida puede lograr eso, convertir nuestros miedos en juguetes. Me encanta, entero, esa es la verdad.

Me quedo mirando el móvil como si lo estuviera mirando a él, como si pudiera atravesarlo con la mirada. Me muero de ganas de explicarle que esto que vamos a hacer me va a dar años de vida, pero, en lugar de eso, le lanzo la primera palabra:

Dudas.

Él me responde con «ganas» y hace que las mías se multipliquen.

Le respondo «inquietud», porque es lo que siento. Porque no puedo ni quiero controlarme cuando pienso en él.

Me envía «conexión», y eso hace que los muros de nuestras habitaciones y de toda la ciudad desaparezcan. Lo veo, lo tengo al lado, tanto que voy a tirar el móvil por la ventana y luego me voy a tirar encima de él. Pero... Es por lo que siento ahora, o por el...

¿Pasado?

¿Qué me puede contestar a eso? El pasado lo puede todo, el que tengo con Edu y sigue siendo presente, y el que tuve con él ya murió. O mejor dicho: asesiné con mis propias manos.

Promesa.

Vaya, eso sí que no me lo esperaba, me encantaría preguntarle qué quiere prometerme, pero me da demasiado miedo. Si es que es..., o mejor dicho...

Eres.

SOMOS.

Somos. Vale, esta vez has ganado. Has utilizado el tiempo verbal que apuñala y la persona que lapida, pedazo de cabrón irresistible. Ahora mismo somos, y, a decir verdad, no sé cómo gestionarlo. Mis antiguos miedos vuelven a la carga y me miran con cara de: «¿Pensabas que nos habíamos ido para siempre?».

Con Edu no tengo miedo, sé que siempre estará, pero contigo siento que...

Escribo: «¿Y si vuelve a fallar?», pero lo borro antes de enviarlo; no quiero hacer trampas en este juego. Hace años hice demasiadas con él, retirándome justo cuando todo estaba en su punto más emocionante. Así que, en lugar de eso, abro mi pecho y escribo…

Dudas.

Llave.

¿Soy tu llave o tú eres la mía? ¿Estoy realmente encerrada? Tengo demasiadas…

Preguntas.

Pregúntame.

Joder.

Está bien, no valgo para esto. Una sola
palabra no es suficiente para explicar
lo rápido que me va la mente.

¿Y si esto es solo el eco de un pasado que ha endulzado la nostalgia?

¿Y si estamos idealizando todo lo que hicimos? O, peor aún, ¿y si idealizamos todo aquello que soñamos hacer pero no llegó a ocurrir?

Lanzo el móvil a la otra punta del sofá, llevo años sin desnudarme así. Me levanto y voy a la nevera para beber un poco de agua, estoy ardiendo, no sé si estoy febril o excitada. No quiero leerle. ¿Por qué he dicho eso? Estoy deseando leerle, voy a por el móvil como si fuera un tesoro que acabo de encontrar y lo leo con sed:

> Qué quieres que te diga, puede que
> esto solo sea obra de nuestros pechos,
> que después de encontrarse de nuevo
> se han vuelto a sincronizar. Es como si aún
> supieran que somos hogar. Sí, puede que
> esto solo sea el sueño de dos locos que no
> quieren conformarse, que quieren vivir de
> verdad. Pero, si fuera así, ¿tan horrible te
> parecería? ¿No es mejor vivir soñando que
> sobrevivir entre la monotonía y el hartazgo?

El tesoro me acaba de explotar en la cara. No me creo que yo viva así, no me lo quiero creer, no lo pienso reconocer, pero me muero por saber su opinión:

> ¿Crees que vivo en la monotonía y el
> hartazgo? No has cambiado nada. Sigues
> siendo un encantador de serpientes. Te
> lanzo una pregunta. ¿Crees que estamos
> engañando a nuestros sentimientos?

Menos mal que escribe tan rápido como piensa, porque, cada vez que le envío un mensaje y espero que me responda, me da un microinfarto.

> No, no creo que estemos engañando a
> nuestros sentimientos, precisamente siento

que por fin se han liberado de la prisión
a la que los habíamos sometido sin darnos
cuenta. Creo que darles la espalda es lo
peor que podemos hacer. ¿Te acuerdas
de lo que decíamos siempre? Pase lo
que pase, el pecho manda.

Y, de repente, respiro. Respiro y miro mi pecho.

Pecho… Estos años me he vuelto una
experta en subir a la mente. Y, ¿sabes?,
en el fondo no está mal. Solo que, te
confesaré, no estoy siendo coherente
últimamente. Caja de Pandora.
Sería mi siguiente palabra.

Caja de Pandora. ¿La abro?

Pues mi siguiente palabra sería «ábrela»,
porque no te quiero cohibida ni reducida
a lo que crees que esperan de ti, no quiero
esa versión que interpretas con tanta
facilidad y que tanto gusta a la gente. Te
quiero a ti, con la caja abierta, con el
pecho al descubierto, con el caos
de cien terremotos. A ti, entera.

Abro la caja. Joder si la abro. Siento que, si la puedo abrir con
alguien, es con él. Es más, siento que él me da las fuerzas para
abrirla.

¿Qué quieres de mí? Quiero decir,
¿por qué ahora? Estabas desaparecido,
durante años, durante más de mil días.
¿Sabes? Ahora mismo tengo la cabeza a
mil por hora, pero no te preocupes, esta
vez no voy a huir, necesito comprender
esto. Demasiadas señales para no
hacerles caso, ¿verdad?

Señales: si la vida tuviera la delicadeza de mostrarnos el camino que tenemos que seguir, estoy segura de que me llevaría directamente a su boca.

No sé por qué ahora. Si te soy sincero,
hasta hace pocos días creía que era el
hombre más afortunado del mundo por
lo que tenía, por lo que había construido,
pero, sin quererlo, sin esperarlo, apareciste
tú de nuevo y… Eres como ese pecado que
cometería una y otra vez aun sabiendo
que me llevará de cabeza al infierno.
¿Entenderlo? No puedo hacer nada
para que lo hagas porque ni yo mismo
comprendo esto. Solo sé… que somos,
que quiero arder contigo, ser contigo.

Pequemos. Mi siguiente palabra.

Y la mía, o, mejor dicho,
las mías son: lo haremos.

Aprieto las piernas, ya no hace falta que el universo nos junte, me veo a mí misma recogiendo mis cosas y yendo a por él, lo quiero, ahora.

¿Cuándo?

Dime que ahora, dime que vienes a por mí, o, mejor aún, no digas nada y pon cara de sorprendido cuando llame a tu puerta y me abalance sobre ti.

¿Cuándo? Supongo que tendremos
que esperar, como siempre, a que
nuestras libretas se encuentren.

Nuestras libretas. Miro mi escritorio y pienso en todos los cuadernos que hay en su interior. Ninguno es valiente, ninguno me define. De repente, me asalta el recuerdo de todas las veces que me he quedado embobada mirando escaparates de papelerías, esperando en silencio a que Edu comprendiera lo importante que era para mí una libreta nueva y, sin decir nada, entrara a comprármela.

Jamás ha pasado, supongo que tendré que seguir esperando a que lo entienda o a... él.

Siguiente y última palabra.
Esperemos.

Te espero, no te preocupes
por nada. Hasta la semana
que viene, Marlena.

Diría que el corazón se me para, pero lo que hace es reactivarse. Vuelvo a ser Marlena, mi vida ya no es una hoja en blanco en la que no sé qué va a pasar a continuación.

Hasta siempre,
Orfeo.

¿Me esperará siempre? ¿Significa que me ha estado esperando hasta ahora? ¿Cómo puede decir que no me preocupe? ¿En serio me ha dicho que no me preocupe por nada?

Me preocupo por todo, Orfeo, pero sobre todo me preocupa que un día vengas a buscarme a mi infierno particular y yo cometa el error de mirar hacia atrás en lugar de hacia delante.

SEMANA 4

Lunes

ELLA

¿Y si me pongo el primer capítulo de la primera temporada y le escribo pidiéndole que lo veamos juntos? Sería una manera de alargar nuestro tiempo, de que nuestra burbuja se extendiera hasta el infinito.

Lo necesito, necesito más tiempo, necesito sentirlo más. Los días que no hablamos cada vez son más largos, carentes de vida y de risas genuinas.

Lo hago: me pongo el primer capítulo y de repente me teletransporto al momento exacto en que lo vimos juntos. Vuelvo a mi antiguo comedor, que en contraste con el actual es un completo caos, lleno de libros, cuadros y fotografías. Miro mi salón actual y lo siento impersonal, como si fuera parte de un catálogo de decoración. A Edu no le gustan las cosas recargadas, por lo que optamos por el estilo minimalista. ¿Optamos u optó? No lo tengo claro. Pero Orfeo —sonrío al pensarlo— era un torbellino que cada dos por tres traía un libro nuevo, una lámina, un *skate* pintado por un nuevo tatuador o cualquier extravagancia que encontráramos en los mercadillos de antigüedades. Él decía que, como yo era arte, debía estar rodeada de más arte, para inspirarme y, a la vez, inspirar al mundo.

Salgo de mi cuerpo y miro a mi yo de aquellos años. Soy más joven e ingenua, pero no puedo negar que río mucho más. Bueno, puede que no sea la cantidad de risas lo que ha definido el transcurrir de mi vida, pero sí su veracidad. La que se encuentra en esa risa espontánea que explota y, cómo decía él, lo llena todo de color.

He olvidado cómo era esa risa, cómo se desencadenaba, y también esa parte de mí que llenaba de color los días grises.

Apago la tele. No me apetece compararme con una versión de mí que me gana por goleada en todo lo que respecta a afrontar la vida con optimismo.

Me levanto y doy una vuelta por mi piso, acaricio las paredes tratando de conectar con este espacio, como si su tacto pudiera susurrarme momentos en los que fui feliz aquí. Entro en el despacho de Edu, está lleno de diplomas y certificaciones: sus paredes son un reflejo de su esfuerzo por construir un futuro conmigo.

Me siento una idiota. ¿De qué me quejo? Quería estabilidad, quería una vida tranquila y apacible, quería no tener que encargarme yo sola de las cuentas y dejar de una vez de estar siempre agobiada por el dinero. Quería… paz.

Cierro la puerta del despacho y con ella la sensación de amparo que me ha abrigado durante un segundo.

¿He alcanzado lo que tanto ansiaba? ¿O estoy confundiendo la paz con un letargo cómodo que me apaga desde dentro?

Vuelvo al salón y me quedo unos minutos mirando la televisión apagada. Ojalá el reflejo que muestra fuera el de otro salón.

Estoy agotada. La vuelta de Orfeo me da vida, pero también hace que me la replantee, y no sé si estoy preparada para eso.

Apago el cerebro, el pecho y el mecanismo que me permite soñar. Pongo el piloto automático. Trabajo, Edu y casa.

Es lo que he elegido. Es lo que debo cuidar.

Hasta el jueves, Orfeo.

Martes

Siento que hace años pisé una mina y que, por miedo a que detone, no me he movido ni un milímetro desde entonces.

Así me siento, estancado, bebiendo más de la cuenta para apagar mi cerebro o interrogando a un pecho que ya no sabe qué responderme porque hace tiempo que dejó de entender lo que le dictan sus latidos en morse.

¿Elijo esta quietud envenenada o la verdad incómoda?

Las dos acabarán matándome, supongo que solo es cuestión de elegir cuánto tiempo de vida quiero que me quede.

Vida, como si se pudiera llamar vida a acostarse con una persona pensando en otra. Como si los cobardes nos mereciéramos vivirla. ¿Cómo era ese dicho que siempre me recordaba mi amigo Carlos cuando jugábamos a rol hace años?

Era algo así como: «Para el héroe no hay muerte, para el cobarde no hay vida».

Tengo claro que llevo unos años sin ser el héroe de mi historia. Y aún más claro que he dejado de escuchar mis propias canciones.

Si me tuviera delante a mí mismo y por un momento dejara de ser yo, me pondría uno de mis temas, me daría una hostia y me diría: «Aplícate el cuento».

Lo cierto es que me falta valentía. Me faltaron huevos el otro día para decirle unas cuantas palabras a Marlena.

Luz.

Arte.

Vida.

Eso significa para mí.

Me faltaron huevos para decirle que estoy enamorado de su mente, de su cuerpo y de su arte, para recordarle que ella fue y siempre será mi Santísima Trinidad.

Me miro el antebrazo derecho y veo el tatuaje de «santa trinidad» que me hice en honor a ella. Recuerdo que cuando lo vio me dijo: «Estás loco», y yo le respondí que sí, de su cuerpo, de su mente y de su arte, y que por ello me lo había hecho, para que no se le olvidara nunca.

Hoy el pasado está atacando con todo, así que lo más sensato es sucumbir a él. Para enfatizar aún más este momento pongo música de Siloé, uno de nuestros grupos favoritos.

Marlena, si me necesitas, llámame.

Hoy, si me dejas, te llamo, te lamo y te amo.

Jueves

Por favor, que empiece la serie de una vez. Estoy de los nervios, de verdad. Llevo toda la semana esperando este momento, como si fuera un enfermo que espera un trasplante para poder salvarse y comenzar una nueva vida. Cada noche me voy a dormir más temprano, para así robarle unas pocas horas al tiempo y poder decir cuanto antes que ya queda un día menos para poder hablar contigo.

No sé si vale la pena chantajear al tiempo, cuando Marlena está robando cada uno de mis latidos. Siento que, si no pienso en ella cada pocos segundos, el tiempo se detiene al creerse inservible.

Supongo que los pechos dejan de latir cuando creen que ya no tienen ningún sueño que cumplir.

Menos mal que me has devuelto la capacidad de soñar, Marlena.

¿Por qué no te he escrito estos días? Supongo que por miedo a que, en cualquier otra hora que no sea la de la serie, mi mensaje sea recibido como una intromisión en tu vida real. De verdad que no quiero estropear nada, lo único que ansío es que seamos.

A la hora de la serie somos, un plural imperfecto y nacido en las condiciones más adversas que puedo imaginar, pero aun así se aferra a la vida con una fiereza que me sorprende y a la vez me enorgullece. Solo dura una hora a la semana, sí, pero cada vez se hace más fuerte.

MARLENA

Nunca había esperado tanto a que empezara una serie, ni siquiera cuando estaba enfermizamente enganchada a *Juego de tronos*. Menos mal que quedan pocos minutos. Miro el reloj pidiéndole en silencio que me dé algo de tregua y acelere un poco, suspiro y me levanto del sofá. Aprovecho que Edu tiene mucho trabajo, como siempre, y está en el despacho encerrado. Me sirvo una copa de vino y espero con ansia que lleguen las diez. Solo falta un minuto, segundos ya, para volver a sentirlo, para volver a estar conectada a él. Cuando comienzan los créditos, cojo el móvil con prisa y le escribo un:

¿Cómo estás?

Me da un vuelco el corazón al recibir a la vez un:

¿Cómo estás?

Marlena y Orfeo han vuelto.
Se me escapa una sonrisa cargada de alivio y vida.

¿Cómo estoy ahora? ¿Cómo quieres que
esté? Feliz de estar hablando contigo.

Uf, error garrafal. Sé que es demasiado directo decirle eso, pero como es la verdad se lo escribo tal cual, y me contesta al momento:

Yo también. Me he pasado la semana
pensando en ti, incluso he desarrollado
una nueva profesión: pensarte, ¿y sabes
qué?, me acaban de ascender, en
realidad no paran de hacerlo.

Joder, qué labia tiene el cabrón, si fuera otra persona pensaría que es pura palabrería, que me suelta todo esto para conquistarme y llevarme a la cama, pero sé que no. Sé que lo dice de verdad, que no puede sacarme de su cabeza por mucho que lo intente. Sé que es verdad, porque yo tampoco puedo dejar de pensar en él. Me pone muy nerviosa hablar con él, aprieto las piernas, estoy excitada y acojonada a partes iguales, siento que, si me lo pidiera, iría a verlo ahora mismo, pero no puede ser, no puedo hacerlo, no puedo hacerle eso a Edu.

Debo cortar esto o al menos… Debo poner alguna barrera porque si no se me va a ir de las manos. Escribo sin saber muy bien cuál es la siguiente palabra de este mensaje:

Creo que debemos poner… reglas.

Eso, reglas, eso es lo que necesitamos, buena idea.

¿Reglas? ¿Qué clase de reglas?
Cuéntame, ya sabes, Marlena,
lo que necesites.

Joder, siempre con esa coletilla, «lo que necesites». Lo que necesito ahora es que me cojas del pelo, me arrastres a un espejo, me desnudes y... Va, para ya, que te desvías superrápido con él. Sé sensata y comunicativa, explícale:

> A ver, creo que ambos tenemos
> claro que algo está pasando aquí y no
> quiero que nos explote en la cara.

ORFEO

Me alegra saber que no estoy loco y que ella también lo ha notado.

Llevamos solo tres semanas hablando. ¿Puede pasar algo trascendente en tan poco tiempo? Si lo miramos con perspectiva, es una miseria, un leve pestañeo, una fisura sin importancia en la escala infinita del tiempo.

Bueno, ahora que lo pienso, Pedro siempre me recuerda, cuando tardo demasiado en acabar un disco, que The Beatles grabaron su primer LP en once horas y media, así que, visto así, en tres semanas se puede conquistar un mundo.

Ella al menos ha conquistado el mío, ha conseguido que me replantee mi relación, mi vida y mi destino. Con unas pocas conversaciones me ha hecho sentir como un hombre de hojalata que escucha su corazón por primera vez.

Ahora noto mi corazón; el problema es que no sé muy bien qué hacer con él.

Me da muchísimo miedo, pero las ganas lo superan con creces, esas ganas que se adhieren a tu ser y que no puedes quitarte hasta que las satisfaces y te comes el mundo. Así que, aun sabiendo que esta conversación abrirá una puerta que casi seguro acabará destrozándome, le contesto:

Sí, tienes razón, no te lo voy a negar,
desde que empezamos a hablar, no soy
capaz de expulsarte de mi pecho, necesito
saber de ti, necesito saber qué haces, si
estás con alguien, si estás bien. Sobre
todo quiero que estés bien.

Creo que no se hace una idea de cuánto necesito esto último. Desde que nos conocimos, desde que la vi en la cafetería con su encantador bloqueo de escritora, empecé a sentirla. Cuando ella estaba mal, el pecho se me oprimía, y cuando estaba bien, se hinchaba, latía con más fuerza. La sentí mucho tiempo, hasta que un día, dejé de hacerlo: de alguna manera se desconectó y a los pocos días me abandonó por completo. Ahora, mataría por sentirla de nuevo.

Pero ahora que lo pienso, ¿no la estoy sintiendo ya?

Vamos a poner unas reglas,
por ejemplo, no hablar de
nuestras vidas reales.

Vaya, significa que nosotros no vamos a ser nunca reales, que vamos a vivir siempre en un mundo paralelo. No es lo que quiero para nada, aunque ahora mismo aceptaría cualquier oferta con tal de compartir algo con ella, de ser un plural de nuevo, aunque este se difumine entre el anonimato que comparten los amantes.

Vale, entiendo que sin detalles, pero
¿puedo preguntarte si tienes pareja?

Lo siento, pero necesito saberlo. Necesito saber lo loco que puedo estar por ti.

MARLENA

No sé cuántos segundos llevo conteniendo el aliento. No sé qué contestarle, sé que debo decirle la verdad, pero… no sé cuál es. Si me hubiera preguntado si estoy con alguien, le hubiera contestado que sí al momento, pero ¿pareja? ¿Edu y yo somos una pareja? Joder, claro que sí, somos un nosotros que funciona y en el que soy feliz, pero ¿yo existo dentro de ese plural?

Sea como sea, esta reflexión tendrá que esperar porque no puedo desaprovechar esta hora.

Contesto sin darle más vueltas:

Sí, la tengo, ¿y tú?

Vale, ahora respiro, pero noto cómo el aire se queda atrapado en mi pecho, pesado y denso como un secreto inconfesable. Quiero que me diga que no. Por favor, que me diga que no.

Escribiendo…

Voy a por un vino, para celebrar su respuesta o ahogar las penas.

No, no, espera, ¿qué estoy diciendo? Es mucho mejor que me diga que sí. Así estaremos iguales. Si me dice que está soltero, me va a costar mucho más contenerme, lo tengo claro.

Yo también.

Bueno, bien, abro el vino y pego un sorbo directamente de la botella. Respiro. Joder, mejor así. ¿Mejor así? Yo qué sé, pero esta información me da pie a poner unas cuantas reglas.

Vale, la primera regla es: nada de
lo que hagamos puede interferir en
nuestras parejas, en nuestra vida real.

Vale, ¿qué más?

Le pego otro sorbo al vino y añado una barrera más a nuestra no relación:

No podemos vernos en persona,
solo hablaremos por mensaje y solo
durante la hora de la serie.

ORFEO

Vale, si no lo he entendido mal, me está ofreciendo un mundo paralelo que solo dura una hora a la semana. Abro la calculadora del móvil y multiplico veinticuatro por siete. El resultado es ciento sesenta y ocho, que, comparado con una, es muchísimo. Miro el reloj que tengo colgado en la pared y hago las paces con él. Últimamente he sido muy duro contigo, lo sé, pero es que creía que tanto tus minutos como los míos iban a estar ligados a una persona, cuyo nombre no me atrevo a pronunciar por miedo a que el eco me lo devuelva teñido en pasado. Y aunque lo hiciera no serviría de nada. No me escucharía… porque no está. Nunca está.

Darnos ese tiempo de repente me resulta inofensivo: ¿cómo podríamos romper lo que tenemos con nuestras parejas por algo que dura solo una hora a la semana? Es completamente imposible.

Esta nueva realidad que acabamos de pactar me tranquiliza y me anima a partes iguales. Como no quiero sentirme limitado ni en inferioridad de condiciones, decido poner otra regla:

> Me parece genial. Otra regla: no hablaremos
> de sexo, ni insinuaciones, ni nos pediremos fotos, ni
> jugaremos en ese plano. Si el objetivo es que no
> se nos vaya de las manos, creo que es necesario.

Esta regla no me gusta nada, pero podríamos decir que es un chaleco antibalas, un cinturón de seguridad que impedirá que me estrelle contra sus caderas.

Y mira que me muero de ganas de estrellarme contra ellas.

MARLENA

Vaya, esto sí que no me lo esperaba, pero, como la idea de poner reglas ha sido mía, me toca aceptarlo sin rechistar. Los dos tenemos miedo de perder el control, así que me parece bien, cuantas más barreras pongamos entre nosotros, más seguro estará el mundo real.

> Vale, y no nos preguntamos por nuestras
> vidas, ya sabemos que tenemos pareja,
> pero no necesitamos tener detalles.

Esto más que una regla, es una necesidad. No quiero saber nada de su pareja, no quiero saber cómo es, ni lo guapa que es, ni cuánto le inspira, y mucho menos quiero saber cómo y cuánto se la folla. En lo que a mí respecta, no lo hacen, comparten cama, pero ni se tocan ni sueñan a la vez.

> Perfecto, creo que solo falta una regla
> por definir: ¿cuánto va a durar esto?
> Todo experimento debe tener un inicio
> y un final claro.

Experimento. No sé por qué, pero el hecho de que haya usado esta palabra para definir lo que tenemos me hace sonreír. Hemos conseguido que parezca un juego, que sea algo inocuo que no va a hacer daño a nadie. ¿Por qué, entonces, deberíamos ponerle fin? No quiero, me niego. Lo mejor es retirarse a tiempo, le voy a contestar que ya iremos viendo, pero, antes de que tenga tiempo me dice:

> Lo tengo, creo que el experimento deberá
> acabar cuando el mundo paralelo
> nos guste más que el real.

Nudo en la garganta, nudo en el estómago, cortocircuito en el pecho. Tiene razón, si eso pasa se acabará todo. Todo, como el capítulo de hoy, como nuestra hora a la semana.

Hasta la semana que viene, Orfeo,
cuídate mucho y sigue haciendo el mundo
más bonito con tus canciones.

ORFEO

Orfeo.

Esas cinco letras, viniendo de ella, provocan una explosión en mi pecho que se extiende por todo el piso y, después, por todo el edificio, como si cada ladrillo hubiera esperado ese momento para desintegrarse. Salgo a la calle sin prisa, porque sé que ningún fuego puede calcinarte dos veces. Hay un montón de gente reunida en la acera de enfrente, tratando de entender lo que ha pasado.

—Habrá sido una fuga de gas —dice una anciana que sostiene un yorkshire en brazos.

—Yo creo que ha sido un ajuste de cuentas —sugiere un hombre con cara de haber ajustado más de una cuenta.

—No ha sido nada de eso —les digo con los ojos vidriosos y una sonrisa que empuja con todas sus fuerzas al miedo para que salga al exterior—. El edificio ha explotado por amor.

Los veo mirarse unos a otros mientras murmuran. Sé que no entienden nada, pero me da igual, no tienen que hacerlo, ni siquiera yo tengo que entenderlo, en realidad, pues lo que está pasando y, sobre todo, lo que está a punto de pasar, no tiene nada que ver con ese órgano dictatorial que nos aprisiona en un presente en el que nosotros no estamos presentes.

—Me marcho, tengo que volver.

Alguien intenta evitarlo cogiéndome de los brazos para que no me adentre en el edificio en llamas.

Entonces la veo: entre el humo y el fuego, distingo la figura de Judit, un reflejo imposible, como si las llamas hubieran adoptado su forma para torturarme. El dolor me atraviesa con violencia, siento que cada músculo de mi cuerpo se tensa hasta desgarrarse. Me veo a mí mismo, una versión rota, vencida por el miedo, incapaz de dar un paso hacia ella, incapaz de no darlo hacia Marlena.

—No os preocupéis por mí —susurro con calma para que me liberen—. Ahora mismo no estoy bien, pero lo estaré, y si tuviera que expresar un deseo para todos y cada uno de vosotros, sería que siempre viváis en una casa en llamas.

Cierro los ojos y, antes de volver a entrar, cojo todo el aire que puedo, porque tanto el amor como el fuego necesitan oxígeno para sobrevivir.

Hasta la semana que viene, Marlena. Sueña bonito y fuerte. Siempre.

Viernes

Estoy con Pedro en el estudio. Hemos hecho una parada técnica porque una de las canciones del nuevo disco no acaba de sonar como nos gustaría y estamos viendo las noticias para despejar la mente. Entre cotilleos y catástrofes, aparece un titular que me llama la atención: el famoso fotógrafo Gustav Scholes ha organizado una rueda de prensa multitudinaria para hacer, según él, el último comunicado de su vida.

—Dorian, ¿qué querrá decirle al mundo este genio loco? —dice Pedro mientras abre un par de cervezas y me pasa una.

—Ni idea, Erik, pero, viniendo de él, cualquier cosa.

Pedro acepta el guiño y extiende el brazo para que brindemos por los genios locos.

Scholes se hizo famoso hace un par de décadas y, desde entonces, ha vendido miles de obras que tienen siempre algo en común: solo se hace autorretratos. Por extraño que parezca, nunca ha fotografiado un paisaje, ni un monumento ni a nadie que no sea él. Ha recibido ofertas millonarias de actores, famosos y gente de la realeza, pero nunca ha aceptado ninguna.

Están retransmitiendo en directo. La sala de conferencias está llena de periodistas esperando a que llegue el fotógrafo. De repente aparece por uno de los extremos un hombre vestido completamente de negro, con una máscara también negra que impide reconocerlo. Los periodistas se miran los unos a los otros, desconcertados, pero el desconocido no da espacio a elucubraciones y, en cuanto se planta delante del micro, se presenta: «Soy Gustav Scholes, el único, mágico e inimitable. Os pediría disculpas por no mostraros mi rostro, pero precisamente de eso trata el comunicado que estoy a punto de hacer. Seré breve, por una parte quiero anunciar oficialmente que me retiro como artista».

La sala se llena de flashes, los periodistas comienzan a murmurar y a levantar la mano para ser los primeros en iniciar el aluvión de preguntas que está a punto de producirse.

Pedro me mira.

—Con lo forrado que está, yo también estaría retirado —dice, antes de pegarle un trago a la cerveza.

Le contesto con una sonrisa:

—Me dejarías tirado, ¿verdad? Estás a una primitiva de bloquear mi contacto.

—A media, estoy a media, viejo amigo —me corrige, y acerca su cerveza para que brindemos de nuevo.

Mientras, Gustav sigue hablando: «No voy a contestar a ninguna pregunta, aquí no hay lugar para el debate, y los motivos de mi retirada son tan míos que no estáis preparados para escucharlos. Además, lo que quiero es pedir, exigir, que todas mis obras repartidas por el mundo sean destruidas de inmediato. No quiero que tengáis mi cara en vuestros salones, galerías o donde quiera que las tengáis, ni un minuto más. Olvidad mi cara para siempre, quiero que os olvidéis de mí. No existo, adiós».

Y después de decir esas palabras, suelta el micro y se marcha.

Pedro y yo nos quedamos sin habla, los periodistas se quedan sin habla. Esto sí que no se lo esperaba nadie. Retirarse es algo lógico y natural, pero ordenar a la gente que se ha gastado miles de euros en tus obras que las descuelgue de sus paredes y les prenda fuego me parece excesivo.

—¿Qué le habrá pasado a este tío? No tiene pinta de que le haya tocado la primitiva —comenta Pedro, acabándose la cerveza.

—No tengo ni idea, siempre ha sido un artista que se pasaba de excéntrico, pero esto me parece una barbaridad.

—Tú tienes una de sus obras, ¿verdad?

—Sí, hace unos años mi ex y yo compramos en una subasta una foto de él simulando que está en el espacio, con la cara pintada como David Bowie.

—¿Y qué vas a hacer?

—No lo sé, la verdad, me ha dejado sin palabras el muy cabrón. Creo que para empezar voy a dar un largo paseo.

Me acabo la cerveza de un trago y le digo a Pedro, que me mira con cara de sospecha, que vuelvo dentro de un rato.

ORFEO

En cuanto salgo del estudio cojo el teléfono y le escribo:

> Sé que tenemos la regla de solo hablar
> a la hora de la serie, pero esto es urgente,
> ¿has visto el anuncio de Gustav Scholes?

En línea, escribiendo… Escribiendo… Escribiendo… Y nada, sin respuesta.

Mierda, ¿lo ves? Por forzarlo, como siempre, lo has estropeado todo. Joder, ¿por qué no te has esperado al jueves para comentárselo? Va a parecer una excusa barata para hablar con ella. Justo lo que es, capullo, admítelo.

Por un momento, el tiempo se congela. Siento que nunca más volveré a hablar con Marlena: el mundo no solo se para, se apaga, huye entre los recovecos de una promesa incumplida. Las calles se tiñen de gris mientras comienzo a deambular, con el móvil en la mano, sin esperanza, vacío y solo.

Marlena me contesta, el mundo comienza a girar de nuevo y recupera su color. Por favor, no seas tan dramático, me increpo a mí mismo.

Disculpa, no me había enterado, estoy preparando
un artículo que debe entrar en la edición de
mañana, lo acabo de ver, ¡qué loco está!

Ya ves, de querer que todo el mundo tenga una foto
de su cara a querer que lo olviden. ¿Por qué crees
que lo ha hecho? ¿Se le ha acabado el arte o el ego?

¡Qué buen debate! ¿Crees que
siempre lo ha hecho por ego?

Qué buen debate. Esas palabras hacen que el mundo no solo tenga color, lo iluminan, lo hacen mejor.

Claro, todo artista crea en parte por el ego,
por perdurar; toda obra no deja de ser una
masturbación artística de su creador.

Me responde:

No lo tengo tan claro, hay gente que sí,
por supuesto, pero también creo que hay artistas
que dejan de lado el ego y que lo que pretenden
es mejorar el mundo, hacerlo más bonito, más
justo. Sabes que, al menos yo, escribía por eso.

Espera, creo que te has equivocado
de tiempo verbal en esa frase.

No…, la he formulado bien.

Vale, el mundo vuelve a ser gris.

Me siento en un banco cercano porque las piernas ya no me sostienen. Esa afirmación me ha atravesado como un disparo silencioso. Que ella haya dejado de escribir es comparable a que yo dejara de tocar, otra clase de muerte, mucho más lenta y dolorosa.

Estoy a punto de preguntarle a una chica que pasa a mi lado con un ramo de rosas si también se ha dado cuenta de que somos víctimas de una dictadura monocromática, pero prefiero contestarle corriendo:

¿Cómo? ¿Qué has dejado de escribir? Eres
idiota si no escribes. ¿Qué te ha pasado?

MARLENA

¿Qué me ha pasado?
Otra preguntaza. La primera respuesta que me viene a la cabeza es «nada». No me ha pasado nada que me haya hecho latir

con fuerza durante mucho tiempo y por eso he dejado de escribir. Creo que el arte precisamente se mueve en esa dirección: si te pasan cosas que te hacen vivir, creas. De lo contrario, dejas de creer y dejas de crear.

¿Qué te contesto? La verdad, siempre la verdad:

> No me ha pasado nada, ya sabes, los
> días pasan muy rápido, y entre el trabajo
> y la vida personal no he tenido tiempo.

Su respuesta es tajante:

Ahora lo entiendo todo.

Mierda. No quiero saber qué has entendido; si te equivocas, me vas a desilusionar, y si aciertas…, lo vas a complicar todo. Da igual, ¿cómo no te lo voy a preguntar?

> ¿Qué es lo que entiendes?

Que, en un momento dado, dejé de sentirte.
Pensé que era porque me habías dejado de querer,
pero veo que era porque habías dejado de crear.

Será gilipollas, qué mal me cae este intento de ser humano, de verdad. ¿Ahora qué es, pitoniso? Es que no sé para qué retomo el contacto con él, a quién se le ocurre, si me saca de mis casillas.
Pero.
Mierda hay un pero.
Pero, si soy sincera, también saca muchas otras cosas de mí, me saca de mi cajita, me libera, me hace ser mejor, más yo. Aun

sabiendo que este débil argumento no le va a convencer ni en cien mil vidas, le contesto:

Bueno, hay que tener prioridades,
no todos tenemos la suerte de dedicarnos
a lo que nos apasiona.

Pero no es cuestión de dedicarte a ello, sino
de hacer el mundo más bonito, tal y como has
dicho. Y, créeme, el mundo es mucho más
bonito cuando tú estás creando. Además, si
nos centramos en lo práctico, tienes el talento
necesario para poder triunfar, siempre
te lo he dicho.

Qué necesario es tener al lado a alguien que cree en ti, joder. Pero a ver, céntrate, Marlena: Edu también cree en mí como profesional, siempre me apoya y me anima para que intente ascender en la redacción, y me quiere, me quiere mucho, quiere que sea su mujer.

Pero Edu no cree que el mundo sea un lugar más bonito cuando creo.

Eso ha hecho que, poco a poco, yo también haya dejado de creerlo, que no me sienta lo suficientemente buena, que considere una pérdida de tiempo todo lo que intento hacer alejado de mi trabajo.

Céntrate en ganar dinero y en progresar, eso es lo único importante. Como si los humanos tuviéramos una barra de progreso como en un videojuego, y subiéramos de nivel cada vez que ganamos experiencia.

Pero yo no quiero ganar, yo quiero sacar lo que llevo dentro, solo eso.

Sé que si le digo todo esto a Orfeo, enloquecerá, me dirá que salga de aquí, e incluso tratará de rescatarme, así que trato de quitarle hierro:

Da igual, quién sabe, puede que
lo retome en algún momento.

¿Tengo ganas? Lo tenía totalmente olvidado, salvo por los pocos intentos desganados de escribir algo estos últimos días; pero, ahora que hablo con él, me despierta de nuevo el deseo de escribir. Le hago una pregunta para cambiar de tema:

En fin, ¿qué vas a hacer con la obra?
¿La vas a quemar?

Pues no lo sé, quería comentarlo contigo
porque, aunque me lo quedara yo, siento
que aún es de los dos. ¿Tú qué harías?

No tengo ni idea de lo que haría. Si un día consigo publicar un libro, lo último que me gustaría es que lo eliminaran de la faz de la tierra como si nunca hubiera tenido importancia.

¿Te gustaría que quemaran todos tus discos?
¿Todo tu legado?

Escribiendo... Escribiendo... Nada.

Es normal que se lo piense, podría añadir que, aunque quemaran todo lo que ha hecho, hay cosas que no podrían borrar. Hay cosas que no se borran ni después de cinco años.

No, no querría, está claro, pero él lo ha pedido.
Te propongo algo. Si algún día lo quemamos,
lo haremos juntos, ¿de acuerdo?

Sonrío. Me imagino haciéndolo, y en esa fantasía improvisada, llevamos muy poca ropa. Me río al escribirle:

> Qué excusa más tonta
> para llevarme a tu piso, ¿no?

Ja, ja, ja, ja. No, no es eso,
aunque ya sabes.

¿Ya sé? No, cariño, ahora mismo no sé nada. Menos mal que mi jefe llama con los nudillos al cristal de mi despacho y me indica con la mano que salga. Salvada por la campana.

> Me tengo que ir,
> me reclaman en la redacción.

Cuídate, Marlena, y recuerda que tenemos una
obra de arte que incendiar.

Será cabrón… Vaya coletillas me deja siempre, como si la vida fuera el estribillo pegadizo de una de sus canciones.

> Cuídate tú también, y no incendies
> nada sin mí. Hasta el jueves, Orfeo.

SEMANA 5

Miércoles

Me está costando horrores no escribirle. Y más después de que el muy capullo se saltara la regla de solo hablar una hora a la semana para contarme la tontería del cuadro.

Y de repente, como si los dioses me hubieran escuchado, Orfeo traspasa el inframundo y me envía un mensaje. Debería ser la mujer más feliz, y lo soy cuando veo su nombre en la pantalla, pero dejo de serlo en cuanto lo leo:

Mañana no podré ver la serie contigo, es nuestro
aniversario… Quiero decir, celebro que hago cinco
años con Judit y nos vamos a cenar por ahí.

Ahora sé que se llama Judit.
Ahora sé que llevan cinco años.
¿Cinco? Pero si hace cinco años que lo dejamos. ¿Qué pasa? ¿La tenía en la recámara? Este tío se va a enterar… Me siento supervacilada, tengo tantas preguntas que no tengo más remedio que decirle:

Ok, pásalo bien. No hace falta que te excuses,

recuerda las reglas: el mundo real está para vivirlo y disfrutarlo al máximo, lo nuestro es solo un juego.

—¿Edu? ¿Estás reunido? ¡¿Edu?! —Levanto la voz para ver si sale de su cueva, y así lo hace, un tanto desconcertado.

—Dime, amor, ¿estás bien? —me pregunta sin despegar la mirada de su móvil de empresa.

—Claro que estoy bien, estaba pensando en que mañana podríamos volvernos un poco locos e ir a algún restaurante bonito, para celebrar la vida. ¿Qué te parece?

Edu se quita los auriculares.

—Perdona, vida, es que me he apuntado a un curso de marketing que se imparte en Nueva York, ¿qué me decías?

¿Qué te decía? ¿Qué me decía?

—Nada, solo quería saber si saldrás a cenar o te preparo algo y te lo llevo al despacho.

—Pues me salvas la vida si me preparas algo sencillo y me lo acercas, hoy acabaré tarde.

Hoy, ese hoy que se ha estirado como un chicle que está a punto de romperse.

—Claro, ahora mismo te preparo algo y te lo llevo.

—Gracias, te quiero —me dice ya con los auriculares puestos y dirigiéndose de nuevo al despacho.

—Y yo —le digo con los labios, pero sin pronunciarlo en voz alta, siendo consciente de que mis te quieros hacia Edu son cada vez más débiles.

Me levanto y voy a la cocina. Rompo unos huevos, tratando de no romperme yo también, y preparo un bocadillo de tortilla francesa mientras bloqueo cualquier pensamiento sincero.

Se ve que el mundo real está plagado de decepciones y lamentos ahogados.

Jueves

ÉL

Cuaderno de bitácora. Hoy ceno con Judit. Buen restaurante, buena comida, buen ambiente.

Todo bien, sí, pero el naufragio sigue siendo inminente. No quiero estar aquí. No aspiro a algo que está bien, no aspiro a la sonrisa superficial que subimos a Instagram. Aspiro a más, a mucho más.

Sé que mucha gente me echará en cara estas palabras y me dirá que soy un pobre iluso, un inconformista que jamás encontrará su lugar. Me da igual, yo les responderé a todos y cada uno de ellos que prefiero vivir soñando y hacer realidad un 10 por ciento de mis ilusiones, que transitar en un camino sepultado por vidas vacías que solo se iluminan cuando una cámara las apunta.

La cena está exquisita, pero Judit le pone varias pegas: el vino no está todo lo frío que debería, las ostras son mejorables, el postre demasiado empalagoso... Por un momento me la quedo mirando, tratando de descifrar la fuente de su inconformismo innato. Supongo que yo solo soy otra pieza imperfecta en el puzle que forma su vida. Antes de marcharnos, discutimos por la propina que quiero dejar al camarero. Judit alega que ha tardado demasiado en traernos la cuenta y que no se lo merece. Yo observo al chico: va de una mesa a otra todo lo rápido que puede, sin dejar de sonreír ni un instante. Dejo un billete de diez euros sobre la mesa, y Judit se marcha con cara de desaprobación.

En el coche conseguimos destensarnos un poco. Ella comienza a meterme mano y me susurra al oído que está deseando que lleguemos a casa. En cuanto entramos por la puerta me besa con pasión y me acaricia en mis puntos cardinales, pero yo no acabo de responder del todo. Cierro los ojos y sin quererlo pienso en otra nuca, en otra boca. Me excito al pensar que, por un momento, las tengo a las dos en la cama. Marlena es dinamita, Judit es esa chispa que aparece de vez en cuando y, aunque no sabes dónde se ha originado, te incendia, y juntos, los tres... Somos un perfecto desastre, implosionamos, nos comemos, nos tocamos, nos decimos al oído mientras nos apretamos con fuerza que queremos que nos corramos como nunca lo hemos hecho.

Y lo hace, a los pocos minutos, Judit se corre de forma salvaje después de cabalgarme con una energía impropia de ella: lo ha dado todo, me lo ha dado todo.

Yo aún no estoy satisfecho, y ella lo sabe, por lo que me pregunta con voz pícara:

—¿Y qué hago contigo ahora?

No espera respuesta, al menos no de mi boca, así que le cojo la cabeza y la acerco a mi entrepierna:

—Pónmela muy dura, hasta que esté a punto de explotar —le digo mirándola a los ojos.

Y así lo hace, me clava la mirada, me come, se entrega a mí por completo, y ahí debo reconocer que me olvido por un momento de Marlena, un momento en el que mi pecho se deshincha, por carencia de tensión, pero también de anhelos. No sé cómo gestionar esa sensación, pero no importa demasiado porque a los pocos segundos siento que me divido en dos, y la mitad buena, la que siente, está a kilómetros de aquí. Mierda.

Pongo a Judit de espaldas y la embisto con cariño, pero con firmeza. Sé que es ella, pero a la vez siento que estoy a años luz de este cuerpo, de esta persona.

Estás buenísima, eres buenísima, y yo estoy a punto de correrme dentro de ti, pero imaginándome que no eres tú.

—Dámelo todo —me grita entre gemidos.

Le cojo las manos y las pongo detrás, así aprieto más, así me adentro más en ella. Claro que me corro, y debo reconocer que es uno de los mejores orgasmos de mi vida.

—Ma… Judit, ha sido increíble.

—Sí que lo ha sido —me dice mientras cierra los ojos.

Está tan agotada como preciosa, y yo estoy tan satisfecho como arrepentido.

Estoy agotado y hambriento, soy mitad hombre, mitad cerdo.

Buenas noches.

ELLA

No puedo dormir.

He visto la serie sola, reteniendo unos mil millones de veces las ganas de escribirle para comentar cualquier tontería, y después me he puesto su película favorita: *El club de la lucha*.

¿Por qué lo he hecho? Porque soy una masoquista sentimental de manual, eso está claro, y también para invocarlo, para, de alguna manera, tenerlo a mi lado mientras estaba con su novia, mientras me olvidaba.

Su novia. Pronunciar esa palabra sabiendo que no me refiero a mí misma me provoca una sensación desagradable en la boca, así que me levanto y me pongo una copa de vino para aliviarme.

He de reconocer que *El club de la lucha* es un peliculón. Bebo un sorbo de vino —que sabe más a excusa que a vino— y sonrío al recordar que un día me hizo ver *El club de la lucha*, *El club de los poetas muertos* y *El club de los cinco*, todas seguidas. Está completamente loco, si es que… de verdad que no sé cómo puedo seguir hablando con un tío que está así de loco.

Será porque yo estoy completamente loca por él. Y no es de extrañar: consigue que mejore en todas mis facetas, hace que mire el mundo con optimismo, me hace sentir que puedo con todo. Que me lo merezco todo.

Me acabo el vino y me tumbo en el sofá, la cabeza me va a mil por hora. No paro de pensar en qué estará haciendo con su novia. Lo que más me incomoda es no poder controlar los celos, si yo no soy nada celosa. Pero ¿en qué consisten los celos? ¿En sentir que la persona a la que quieres se te está escapando? ¿Sentir que te la van a robar? Si es así, lo que tengo no son celos, porque yo no siento eso para nada. Lo que me pasa es que quiero que todo lo bonito y divertido que haga, lo haga conmigo. Quiero ser su cómplice, ya sea para robarle sonrisas a los días grises o para atracar un banco a mano armada como Bonnie y Clyde.

Con Edu nunca me he sentido así y no quiero preguntarme la razón. Mierda, ahora tengo que hacerlo. Me levanto y me pongo otro vino. Ahí va: ¿nunca he sido celosa con Edu porque lo he tenido siempre como algo seguro o porque no me importaría perderlo tanto como me gustaría creer?

Bomba en el pecho. Me siento de nuevo en el sofá y suspiro, cierro los ojos y lo vuelvo a ver a él.

De verdad, deseo que se esté divirtiendo, deseo que pase una noche inolvidable, se lo merece.

Creo que no hay nadie que se lo merezca más.

Me tranquilizo un poco, intento no contestar a la pregunta de Edu y no pensar en Orfeo como esa clase de verdades que te queman el pecho cuando no son para ti.

De repente miro la hora, son casi las doce. Mierda, estoy segura de que ahora mismo estarán haciendo el amor.

Lucho con todas mis fuerzas contra mi imaginación superdesarrollada para no recrear su polvo en mi cerebro, no quiero, no puedo. Es más, por lo que a mí respecta, cuando está con su novia, él no tiene polla. Así lo voy a imaginar a partir de ahora, como un muñeco Ken con barba, tatuajes y nada en la entrepierna, jódete.

De todas maneras, el sexo es solo una de las cosas que me molestan, solo pensar que están charlando sobre algo interesante ya hace que se tambalee mi mundo. Va, serénate, esta noche, le pertenece a ella, pero mañana…

Me levanto de nuevo, para reforzar la idea que se me acaba de ocurrir: mañana voy a ir a verlo. ¿No se ha saltado él una regla, y encima para una chorrada? Pues se va a enterar. Yo mañana pienso saltarme las reglas que hagan falta. Necesito verlo cara a cara, para entender qué es lo que siento. Me voy al baño y me quedo un rato mirándome al espejo. Por más que lo intento, no logro distinguir si mi reflejo llora o grita.

Orfeo, mañana te vas a enterar.

Viernes

ÉL

Estoy en el estudio tratando de darle vida a la última canción, sin demasiado éxito. Me he obligado a escribir un rato sin pensar en Marlena, pero cuando lo intento las palabras escapan despavoridas de mi libreta: supongo que les asusta que escriba un tema de amor que sea una farsa.

Si no te pienso, no sé escribir canciones de amor. Ojalá estuvieras aquí ahora mismo: te imagino con una taza de café gigante, mirándome por encima de tu portátil a la vez que escribes con tanto ímpetu como yo.

Una melodía aparece de repente y algunos versos comienzan a bailar alrededor de ella:

«Dame solo siete días para que, juntos, creemos un millón de universos».

Siete días con ella en nuestro mundo paralelo me harían sentir como el hombre más afortunado del mundo, estoy seguro.

Pero ¿qué pasaría después de esa semana? El vacío que se quedaría en mi interior sería un agujero negro que absorbería todos esos universos en los que fuimos felices.

Ya sé lo que haría: si el destino de repente se tornara clemente conmigo y me diera la posibilidad de estar siete días con ella, le pediría que fueran siete 29 de febrero. Así ella seguiría existiendo durante muchos años, así, cada vez que la viera, tendría la oportunidad de volver a conquistarla.

Empiezo a reírme solo: de hablar una hora a la semana a vernos un día cada cuatro años. ¿Qué se me ocurrirá la próxima vez? No puedo ser más masoquista. Vernos cada cuatro años me volvería completamente loco, pero la idea me parece inspiradora. Escribo en la libreta «29 de febrero» y con eso decido que ese será el título de la canción.

¿Lo ves, Marlena? Hasta sin estar me inspiras. Gracias.

Miro el móvil. Le tengo amor y odio desde que ella apareció, es mi mejor amigo cuando hablamos y el peor de mis adversarios cuando decide quedarse callado. Tengo unas ganas locas de escribirle, y apenas son las once de la mañana. La verdad es que se me antoja una tarea titánica esperar seis días y once horas hasta que volvamos a hablar.

Putas reglas.

Aparto la mirada del móvil y lo lanzo al sillón que tengo al lado, increpándole en silencio por ser un cobarde como su dueño, y, de repente, se ilumina. Parece que me ha llegado un mensaje. Me levanto y me lo quedo mirando: pensar que es de ella significa un 1 por ciento de realidad y un 99 por ciento de fe.

Vale, es de ella.

—¿Lo ves? —le digo al móvil—. A veces hay que tener fe.

Releo el mensaje varias veces con el corazón en un puño, pero también con una sensación extraña, este mensaje no puede ser para mí. En nuestro mundo paralelo, yo nunca recibiría un «Dónde estás, quiero verte».

Quiero verte.

Se me encoge el estómago y solo quedan en él las ganas que tengo de raptarte e irme contigo a una isla donde no nos conozca nadie, adoptar dos perros salchicha, llamarlos Óscar y Mayer, y pasarnos con ellos el día en el parque mientras bebemos vino y leemos un buen libro.

¿Qué hago? ¿Le contesto? ¿La ignoro? ¿Le pregunto si se ha equivocado?

Mejor le contesto con naturalidad un «¿Qué tal? Yo ando muy liado hoy» o algo así:

Yo también quiero verte, es más, ahora mismo estaba pensando en ti, pero nuestra cobardía nos obligó a pactar que el mundo paralelo en el que aún existe un nosotros solo vive una hora a la semana, y, por más que amenazo al reloj para que acelere el tiempo y nos teletransporte a ese refugio temporal, no consigo que me haga caso.

Perfecto, campeón, supernatural, sigue así.

MARLENA

Cabrón, no te pongas poético ahora, dime que nos vemos y ya está.

Estoy en el coche, con las manos en el volante, esperando que me digas que sí para ir a por ti. Sé que no es una buena idea, pero necesito verte y saber que aún existes. Quiero darte un abrazo y comprobar si lo que he sentido estas semanas es real o solo es una fantasía que está creciendo en mi interior a una velocidad vertiginosa. Necesito saber de una vez si me está conquistando la nostalgia o me estás conquistando tú.

A veces creo que me gustas por lo diferente que eres a Edu, pero me niego a enamorarme de alguien por el simple hecho de que es «mejor» en comparación con mi pareja actual. No me parece justo; es más, me parece despreciable.

¿De verdad eres mi persona? Si lo fueras, yo no sería tan mala. Me estaría dejando llevar por un amor que solo pasa una vez en la vida, pero si no lo eres eso me convierte en…

Joder, ¿me lo estoy planteando en serio? La semana pasada pusimos unas reglas muy claras y hoy estoy actuando como si no fueran conmigo.

¿Freno? O…, mejor dicho, ¿me vuelvo a casa? Sería lo más sensato, eso está claro. Le digo que lo siento, que he sufrido una enajenación momentánea y que hablamos el jueves a las diez, como siempre.

Empiezo a escribirle eso y añado «espero que la semana te vaya bien y las musas te inspiren», pero lo borro. ¿Qué digo de musas? Aquí la única musa era yo, su faro, su luz. Su Marlena.

Su novia, ¿es ahora su Marlena? Esa pregunta me provoca un pinchazo agudo en el pecho. ¿Cómo puedo estar tan celosa? Si tengo pareja, por favor, céntrate y contéstale:

> No hace falta acelerar el reloj, podemos vernos ahora, dime dónde estás y voy.

Me contesta un «pero», a secas.

Me acerco el móvil a la boca y le hablo:

—Pero ¿qué? ¿Quieres o no quieres verme? O sí o no, no es tan complicado, chico. Me sosiego un poco y le contesto:

> ¿Pero?

Escribiendo… Leo su respuesta:

Sabes que la vamos a liar, sabes que si
nos vemos romperemos más de dos reglas.

Vamos a analizar este mensaje: estamos hablando fuera de nuestro horario, así que ya hemos roto una regla, aunque, como él la rompió antes, no cuenta, me digo a mí misma con determinación. Le estoy proponiendo vernos en persona, eso rompería otra regla, y no solo eso, rompería una barrera: nos haríamos reales, nos podríamos tocar para averiguar si somos un espejismo o seguimos siendo ese plural que un día iluminó el cosmos. Sí, eso es lo que necesito. Necesito saber si me estoy volviendo loca por una fantasía o si esto es de verdad. Le contesto:

No romperemos ninguna más,
créeme. ¿Qué diferencia hay entre
que hablemos por mensaje o
nos veamos un momento?

ORFEO

No, no, no, no, no y no. No quiero, no quiero, le voy a decir que no. ¿Que qué diferencia hay entre intercambiar mensajes y vernos? Muchísima, abismal, imposible de calcular.

Tenerla al otro lado del teléfono es seguro, forma parte de nuestro mundo paralelo, pero verla y abrazarla, porque estoy seguro de que si la veo no podré contener las ganas de abrazarla, es una historia completamente distinta. Y eso sin tener en cuenta lo complicado que se me va a hacer aguantar la tentación de no meterme en su coche.

Recibo otro mensaje:

No te preocupes, no te voy a meter en el coche.

Mierda, ¿ahora también me lee la mente? ¿Qué será lo siguiente, controlar mi teléfono para contestarse a sí misma con las palabras exactas que quiere recibir?

Me quedo mirando el móvil, esperando a que se ponga a escribir solo. Menos mal que no lo hace, porque me hubiera cagado vivo.

No quiero ir.

Sí quieres ir.

Joder, claro que quieres, no seas cínico, no es necesario deshojar una margarita para saber que le vas a decir que sí.

Mi cerebro enseguida pierde la batalla con el pecho y le contesto que sí, que ahora nos vemos. Le propongo además una calle poco transitada que está a un par de manzanas de mi estudio. Me llega su respuesta:

Estoy ahí dentro de diez minutos.

—Voy a salir un momento —le digo a Pedro mientras me pongo la chaqueta de manera un tanto atropellada—, tengo que...

—Tranquilo, tienes que ir a buscar a las musas, lo sé —me contesta, sin despegar la mirada del portátil.

¿Qué está pasando? ¿Ahora Pedro también me lee la mente?

Salgo del estudio y camino mientras elaboro una gestión de expectativas sobre lo que está a punto de suceder. ¿Qué es lo peor que puede pasar? Que ya no conectemos, sin duda. Lo más doloroso sería que nos abrazáramos y no sintiéramos más que el contacto de alguien que un día lo fue todo pero ahora ya no es nada.

No, espera. Eso, en parte, sería lo mejor porque haría que todo fuera mucho más fácil, me devolvería mi vida normal, podría volver a centrarme en mi carrera y en Judit. Debo concentrarme en proyectar eso. Además, han pasado cinco años, seguro que ha perdido gran parte de su *sex appeal*. Quién sabe, puede que ni siquiera tenga ese pelo rubio larguísimo que tan loco me volvía.

Ojalá sea así.

MARLENA

Estoy a punto de llegar.

Por favor, si existe un ente superior que escucha nuestras plegarias, aunque sea por mero entretenimiento, le imploro que mi ex se haya quedado calvo, que se haya afeitado la barba y le hayan salido mofletes de mapache.

Giro y lo veo al final de la calle, esperándome. Aparco a una distancia segura, para no meterlo en el coche a los diez segundos. Salgo del coche y camino hacia él.

En cuanto doy dos pasos me doy cuenta de que no lo he cerrado, vuelvo atrás y lo cierro. Estoy descentrada, las ganas de abrazarlo ocupan todo mi interior.

Cada paso que doy, con las rodillas temblando, me aleja de lo que he sido estos últimos años. Cada metro que recorta nuestra distancia me aproxima un poco más al punto de no retorno.

Por fin lo veo bien y me doy cuenta de que él es el punto de no retorno.

Mierda.

Puto vikingo de mierda, qué bueno está.

ORFEO

Mierda.

Jodida rubia pibón.

Miro a mi espalda tratando de activar un mecanismo mágico que me teletransporte a un lugar lo suficientemente lejos como para no caer en su magnetismo, pero es imposible. Ya no sé si estamos en el mundo paralelo o en el real. Solo sé que en ambos volvería a ser suyo si ella se lo propusiera.

Se planta delante de mí y me mira con esos ojos azules capaces de incendiar Groenlandia, de conquistar Rusia.

Se queda unos segundos sin decir nada, sonriéndome como si fuera la primera vez que me ve. Así es como mira Marlena, como una niña pequeña que observa las cosas por primera vez y trata de ponerles nombre.

—Hola, Orfeo —dice finalmente, sin dejar de sonreír.

Joder, me cuesta hablar, no logro que ninguna palabra nazca en mi boca, así que hago lo que más me apetece en el mundo y la abrazo.

No recordaba lo pequeña que es y lo bien que encaja su cabeza en mi pecho.

Rusia está jodida.

Antes de separarnos, nos miramos a los ojos y por fin puedo pronunciar un «cómo estás» con un tono de voz que no suena tan seguro como me gustaría. Para qué me voy a engañar: han pasado los años, pero los sentimientos siguen ahí, han encontrado el camino a casa, han derribado la puerta de un soplido y se han instalado de nuevo en su habitación.

Supongo que en mi casa, en el hogar que alberga mi pecho, ella siempre existirá.

Marlena es mi templo, mis cimientos, mi cariátide.

MARLENA

Vaya abrazo me acaba de dar el muy cabrón.

Vaya choque de tres acabo de provocar.

¿Qué esperabas, guapa? Deja de mentirte a ti misma, lo estabas deseando.

Intento que no note lo nerviosa que estoy, así que disfrazo el abrazo de saludo entre amigos y lo meto en la cajita.

Perfecto, otra cosa a la cajita. A este paso, el día menos pensado me explota en las narices.

Me separo un poco más de él y le digo, con el tono menos sexual que consigo poner:

—¿Has visto? No muerdo, aunque, bueno, si quisieras…, ya sabes.

Maravillosa jugada. Ninguna insinuación sexual, ¿verdad? Pues toma, en toda la boca. Si es que para qué engañarme, me puede: sus brazos, su barba, su olor…, y mira que creo que ha cambiado de colonia. ¿Lo ha hecho? Ahora no estoy segura. Necesito saberlo, pero ¿con qué excusa puedo acercarme otra vez? ¡Ya sé!

—Ven, el abrazo no puede durar menos de cinco segundos.

—Pero si ha durado mucho más… —me responde con tono dubitativo.

—Cállate —lo interrumpo, y vuelvo a cobijarme en su pecho.

—¿De dónde has sacado lo de los cinco segundos? —me pregunta.

—Lo leí en una novela —le digo levantando la cabeza y encontrándome con su mirada.

Él me sonríe y me hace sentir que juntos podemos atravesar infinitos. Aprieta un poco más fuerte el abrazo y en ese momento decido quedarme a vivir ahí, en su pecho. Quiero que los latidos de su corazón sean para siempre mi banda sonora.

Aprieto todo lo fuerte que puedo y me quedo ahí. Me siento segura, me siento en paz.

Noto que mis pulmones respiran aire de verdad.

Joder, céntrate, tía. La colonia…, sí, la ha cambiado, sin duda. Pero no importa, sigue oliendo a él. Nunca fue su perfume lo que me atrapaba, era su esencia.

Bueno, como no me despegue ya, pareceré una loca, así que, con todo el dolor de mi corazón, me despido de mi hogar, por ahora.

—Y dime, Marlena, ¿cómo estás? —me pregunta mientras pone esa mirada irresistible.

—¿Sabes que eres la persona del mundo que más me ha preguntado cómo estoy? —le respondo.

Él frunce el ceño a modo de contestación y deja que el silencio transmita por sí mismo lo triste que es la confesión que acabo de hacerle.

—Gracias por no hacer ningún comentario al respecto, me acabo de dar cuenta de que es un poco triste, pero… En nuestro mundo paralelo la tristeza no tiene cabida, ¿vale? —le digo poniendo un tono exageradamente serio.

—Por supuesto —dice levantando las manos. Se abre la chaqueta para mostrarme que no lleva nada—. Mira, me he dejado todas las tristezas en casa.

Ambos suspiramos. Vuelve a reinar el silencio, yo también lo he hecho, yo también...

—¿Qué te gustaría hacer este rato en el mundo paralelo si nadie pudiera vernos? —pregunta, cambiando de tema.

—Eso es una pregunta trampa —le respondo con ese tono de voz que sé que tanto le gusta—. Tenemos prohibido hablar de sexo y lo sabes.

Nos empezamos a reír y, de repente, comienza a sonar la canción «Para toda la vida», de Miss Caffeina. ¿De dónde viene? Miro a mi alrededor y no veo ningún coche cerca, no lo entiendo.

—¿De dónde viene la música? —le pregunto.

—De nuestro pecho —me responde mientras me derrite con la mirada—. Creo que viene de ese piso de ahí —añade, señalando una ventana abierta en la segunda planta del bloque que tenemos al lado.

—¿Te apetece tomar algo? —le pregunto.

La verdad es que me estoy muriendo de frío.

—Claro, aquí al lado hay una cafetería que está muy bien —dice señalando en dirección a una zona donde viven un montón de socios de Edu.

—Mejor por otro lado. ¿Qué te parece si buscamos un bar por allá? —le digo, señalando en dirección contraria.

—Tampoco, por ahí nos pillan seguro.

—Vale, establezcamos un radio de acción seguro: ¿qué te parece si damos un paseo desde ese árbol hasta esa parada de autobús?

—Perfecto, ¿arriba o abajo? —pregunta señalando en ambas direcciones.

—Ya sabes que me gusta más ponerme abajo —le contesto, y acto seguido me empiezo a reír a carcajada limpia.

Por un momento me avergüenza mi risa, últimamente me han repetido muchas veces que no debo ser tan escandalosa, pero él… Él se comienza a reír con las mismas ganas.

Ya no tengo frío.

—No has cambiado nada, Marlena.

Esa frase, tan llena de cariño, provoca que esté a punto de romper a llorar. Porque… pensaba que sí había cambiado, y mucho. Pensaba que mi ser había desaparecido, me sentía como si un extraño hubiera tomado los mandos de mi cuerpo y me estuviera pilotando sin ningún tipo de cariño. Pero se ve que no: si él me ve como siempre, es que aún no es demasiado tarde.

No has llegado tarde, Orfeo. Has llegado en el momento justo para liberarme de mi infierno.

Paseamos, hablamos de arte, de libros, debatimos sobre el amor y la existencia, sobre qué nos hace crear y qué nos hace creer.

Esta, sin duda, es la mejor no cita de mi vida.

Sorteamos con habilidad cualquier comentario sobre nuestras parejas, porque no necesitamos más información sobre ellas: estamos en nuestro mundo paralelo y, aquí, nos pertenecemos.

Después de incontables «calle arriba, calle abajo» nos despedimos con brusquedad porque mi instinto de supervivencia me grita al oído que si no huyo rápido haré alguna tontería.

Al cabo de un minuto, me escribe:

¿Resumen de hoy?

Le contesto sin pensar:

El resumen de hoy es que cada vez
me gusta más romper las reglas contigo. ¿Y el tuyo?

Me contesta al segundo:

Mi resumen de hoy es que me encanta
que mi olor aún te vuelva loca.

Será cabrón…

Sábado

Hoy toca día de chicas con mi madre. Llevamos toda la mañana de compras. Ella se ha comprado un par de vestidos y un bolso, yo me he comprado unos tacones de aguja que me han encantado.

Ahora estoy en los probadores de una tienda de lencería y llevo un rato mirándome al espejo con una admiración que creía irrecuperable: debo reconocer que me gusta mucho como me queda el conjunto de encaje rojo que llevo puesto.

Me siento sexy, poderosa, y siento que este conjunto no es para Edu, ni siquiera para mí.

Es para Orfeo.

Quiero que me lo vea puesto, pero sobre todo quiero que me lo quite con esa mirada de animal salvaje que pone siempre cuando estamos a punto de devorarnos.

No pensaba escribirle, pero me miro al espejo de nuevo y me arde el pecho. Quiero que él me vea, así que, sin pensármelo, le hago una videollamada.

Orfeo contesta al momento:

—Hola…, ¿todo bien? ¿Ha pasado…?

Me pongo un dedo delante de la boca para señalarle que no podemos hablar. Él me sonríe y se me queda mirando. Coloco el

móvil en un taburete y enfoco el espejo de forma lenta, delibera-
da, para que me vea entera.

Juguemos.

ORFEO

Menos mal que no podemos hablar, porque no soy capaz de articular palabra alguna.

Su cuerpo, su cara… Toda ella me vuelve loco de una manera
que es imposible de explicar.

No creo que exista una mujer que me pueda gustar tanto
como ella.

Ese pensamiento es precioso, pero también supone una tre-
menda putada saber que has compartido vida con alguien que
dejó el listón tan alto que las personas que han llegado después ni
siquiera alcanzan a ver que existe ese listón.

Joder.

Se está desabrochando el sujetador muy lentamente, mientras
se acaricia el cuello con delicadeza sugiriéndome que se lo agarre.

Marlena, como me sigas mirando con esa cara de deseo vas a
provocar que todo salte por los aires.

Eres a la vez mi presa y mi cazadora.

Se desabrocha el sujetador por completo y deja que caiga al
suelo, pero se tapa los pechos con una mano y me sonríe con
picardía.

En su mirada ya no hay deseo, hay un campo de batalla en el
que estoy deseando morir.

Me estoy poniendo a mil. La muy cabrona me hace el gesto de
«¿sigo?», y yo le digo que sí con la cabeza.

Sigue y no pares nunca.

Parece que va a quitarse las bragas, pero no lo hace; me mira y se humedece los labios con la lengua. Aunque lo parezca, este juego no es sexual, es de conquista y ella... está ganando.

Se agarra del cuello y baja la mano lentamente; entonces se acaricia los pechos, el escote, y baja hacia el abdomen, las caderas y llega a...

Justo antes de llegar al epicentro de mi terremoto, se detiene y me dice con un dedo «no, no».

Cabrona.

MARLENA

Joder, qué cachonda me estoy poniendo, te prometo que si estuviera en otro momento y en otro lugar...

Se me iría de las manos, seguro.

Es que solo con su mirada me excita de una manera que no es ni medio normal. Mi cuerpo siempre ha reaccionado a él, cuando lo siento estoy a su merced.

Puede hacer lo que quiera conmigo.

Le sonrío y me devuelve la sonrisa, se muerde el labio... Joder, ven y muérdeme a mí. ¿Por qué no estás aquí? Qué injusto es el mundo real.

Cojo el conjunto negro de encaje y me lo pruebo. Para que saboree bien este momento lo hago muy lento, todo lo lento que me permite mi paciencia.

Quiero que me lo quite, pero no con suavidad: deseo que me lo arranque, que se le vaya de las manos, que me demuestre quién manda.

Me acabo de poner el conjunto: este tiene braga brasileña, en lugar de tanga, y unas transparencias sugerentes tanto en las bragas como en el sujetador.

Me muevo un poco por el probador para que me vea bien, lo provoco y me provoco a mí misma dándome la vuelta y poniendo las manos contra la pared. Quiero que me desee tanto que la próxima vez que nos veamos no le quede más remedio que follarme con fuerza.

Cojo el móvil y le digo que espere, enfoco al techo para que no me vea y me desnudo. Me pongo mi ropa y vuelvo a enfocar al espejo. Cojo el conjunto rojo con la mano izquierda y el negro con la derecha, y se los enseño para que elija. Señala a la izquierda: rojo y con tanga, era una apuesta segura.

Me despido de Orfeo, lanzándole un beso inocente. Él me lo devuelve con una mirada que alberga mil noches de sexo y amor.

Somos de todo menos inocentes, pero no importa. Hoy, sin hablar ni una palabra y ni siquiera rozarnos, hemos hecho el amor.

SEMANA 6

Martes

Por fin.

Creo que no hay dos palabras mejores para definir cómo me siento.

Parezco un niño al que le han prometido un imposible durante mucho tiempo; un niño que, inocente pero con reservas, ha escuchado pacientemente un futuro repleto de maravillas que estaban destinadas a él.

Y un día se da cuenta de que todo era verdad.

El niño está flipando.

Yo estoy flipando.

Ella es una maravilla.

Estamos en la habitación 707 del hotel Vela. Marlena está mirando el mar a través del enorme ventanal y yo… Yo no puedo apartar la vista de ella.

—Colócate en el centro de la habitación —le ordeno, firme.

Ella me obedece al instante sin mediar palabra. Aunque no pueda ver su rostro, sé que está mordiéndose el labio, presa de una excitación que va en aumento.

—A partir de ahora no puedes moverte —le vuelvo a ordenar, para que esa excitación explote.

No dice nada, no hace falta que lo haga, como tampoco es necesario que la mire. La conozco a la perfección y sé de sobra que esa simple orden le ha provocado un escalofrío en todo el cuerpo. Noto la tensión en su espalda antes siquiera de tocarla.

Su espalda es uno de esos lugares en los que se debería construir un templo para hacer peregrinajes desde sus costillas. Su espalda se merece una canción, un disco, una vida.

Me acerco a ella y le toco el cuello con fuerza, pero a la vez con toda la delicadeza del mundo. Recorro con los dedos su nuca tratando de inmortalizar ese tacto, cartografiando sus puntos cardinales para poder volver a ella cuando me sienta perdido.

Si no tuviera tantas ganas de desnudarla, me quedaría ahí horas, contemplando el mar desenfocado a través de su silueta.

La rodeo con los brazos y le dedico tiempo a cada uno de los botones de la camisa, que desabrocho con diligencia. Su cuerpo va quedando al descubierto, como si se tratara de una obra de arte que se expone al público por primera vez. Antes de quitarle la camisa por completo, me acerco a su cuello y le doy un beso, acompañado de un amago de mordisco.

Por un momento me pueden las ganas y le arranco la camisa con prisas, pero enseguida me recobro y vuelvo a tomar el control.

Hoy mando yo. Yo controlo.

Me coloco delante de ella y le doy un beso suave en el hombro, porque la ternura y el amor no están reñidos con el sexo salvaje que estamos a punto de tener. Todo lo contrario: en realidad, siempre he creído que, si no amas de verdad a una persona, es imposible que la lleves al límite del placer.

Y hoy es justo lo que busco, encontrar su límite y sobrepasarlo hasta el infinito.

Me agacho y coloco la boca a la altura de su ombligo. No

puedo evitar darle un beso antes de cogerle el pie izquierdo para quitarle el zapato de tacón de aguja que lleva puesto.

Quitarle los zapatos a alguien mirándole a los ojos es una de las cosas más sexis de este mundo.

Hago lo mismo con el zapato derecho. En cuanto sus pies desnudos tocan el suelo de la habitación, soy consciente de que por fin estamos juntos y de que el atardecer que ya comienza a amenazar en el horizonte hoy está de nuestro lado y no nos separará.

Le desabrocho los vaqueros y se los quito, Marlena sigue inmóvil, obediente y preciosa, lleva puesto el conjunto de encaje rojo que me enseñó en la videollamada de hace unos días.

La miro y me enamoro aún más. Hay gente que es artista, otra que es arte. Ella es ambas cosas.

Por fin.

Me coloco detrás de ella de nuevo y comienzo a apretarle las costillas, buscando el punto justo en el que la respiración se sostiene por un hilo muy fino. En cuanto la suelto y recupera el aliento con un jadeo ahogado, me quedo unos segundos apreciándola.

Cuánto follamos, cuánto conquistamos y qué poco miramos de verdad. Ya no apreciamos ni valoramos lo que tenemos delante: nos hemos convertido en esa clase de comida rápida que sacia, pero no alimenta. Es una lástima.

Recorro con las manos toda su espalda y aprovecho para quitarle el sujetador. Vuelvo a apretarla como si se me fuera a escapar.

Se gira y le cojo la cara con ambas manos y nos miramos fijamente, nuestras almas ya están haciendo el amor.

Recorro su cuerpo con suavidad, paso del cuello a las costillas, deteniéndome en su escápula derecha.

Sus escápulas son sinónimo de precipicio, de salto al vacío, de brindis y carnaval.

Me agacho para quitarle las bragas y, de nuevo, me quedo un momento contemplándola.

Por fin.

Contengo como puedo las ganas que tengo de comérmela y sigo acariciándola con suavidad. Le recorro las piernas, desde los pies hasta la cintura, le aprieto el culo y me levanto. Nos damos uno de esos besos que hacen que todo valga la pena. Uno de esos besos que logran que el resto de los besos parezcan simples roces protocolarios que inauguran una reunión familiar.

No nos besamos, nos comemos el alma.

La cojo del pelo y me aparto para mirarla a los ojos: su azul es idéntico al del mar, su mirada es mar.

Nos devoramos, me muerde el cuello, nos dejamos marcas. Joder, tía, hoy no te puedo querer más, me matas.

Dirijo la mano a su entrepierna, le abro las piernas con fuerza y los labios con delicadeza. La giro y la pongo de nuevo de espaldas a mí. Le meto un par de dedos en la boca para que los humedezca y la recorro con suavidad. Noto cómo se estremece, así que aprieto aún más fuerte su espalda contra mi pecho. Su cuerpo es muy pequeño comparado con el mío, pero su esencia llena toda la habitación. Incluso las olas del mar están creciendo gracias a su pasión, a su olor y a su espíritu salvaje.

Sigo tocándola, cada vez más fuerte, y cuando estoy a punto de meterle los dedos, le cojo la mano y le meto los suyos. Ella se vuelve a estremecer y gime cada vez más fuerte cuando empiezo a moverla con fuerza.

En ese segundo de placer y posesión nos fundimos. Sus ganas y mis ganas forman una amalgama que envuelve toda la sala. Mientras muevo su mano, le muerdo el cuello y le aprieto las costillas, después le muerdo la oreja y la beso, la exploro, la conquisto.

Hoy conquistamos Rusia, cariño mío.

Cada vez está más excitada, noto que si sigo así se va a correr enseguida, así que… paro.

No dice nada, pero, por como aprieta los labios y la mirada que pone, me está maldiciendo por dentro. Aguanta, Marlena, interpreta tan bien como siempre tu papel de sumisa, esto no es castigo. Aguanta un poco más.

Pienso cómo de cabrón soy si la hago esperar un rato, pero las ansias me pueden, así que me pongo delante de ella y la cojo. Ella me rodea con los brazos y las piernas y la llevo a la cama.

Ahí la tumbo y la arrastro de los pies para ponerla en el borde, le abro las piernas y me la como.

Sin duda, Marlena sería mi última cena si me condenaran a muerte.

Mientras le lamo suave pero rápido le aprieto de nuevo las costillas y, ahora sí, la dejo sin respiración para que se estremezca y así poder devorarla sin contemplaciones. Su espalda se arquea y forma un medio infinito que me devuelve a la vida.

Por fin.

Me la como cada vez más fuerte, le meto los dedos y me excito como nunca al notar su temblor. No se puede controlar: cuánto más aprieto, más gime; cuánto más gime, más fuerte lo hago, hasta que me coge del pelo y me grita que está a punto de correrse. El orgasmo es largo y potente, y lo acentúo aún más apretando con la lengua y los dedos para que se estremezca.

La vida es un espasmo, la vida son sus orgasmos.

Después de unos segundos en los que tratamos de recuperar el aliento sin mucho éxito, Marlena se incorpora y me mira a los ojos.

Tiene las pupilas dilatadas y le tiembla un poco el labio inferior. Nunca había estado tan guapa.

Me incorporo yo también y la beso para que nuestra saliva se mezcle con su sabor.

Hoy sabemos a mar, hoy sabemos amar.

Me siento en la cama y me la pongo encima. La cojo de la cintura y la levanto para meterme en ella; enseguida comienza a gemir, así que acompaso el ritmo de mis embestidas con sus gemidos, como si estos fueran los directores de una orquesta sinfónica.

La cojo del culo y volvemos a besarnos lentamente mientras muevo sus caderas con firmeza, cada vez más rápido. La agarro del pelo y tiro hacia atrás para que me gima en la boca, le aprieto el cuello, le toco las tetas. Quiero hacerle tantas cosas que, por un momento, siento que voy a colapsar o que me voy a correr, así que la levanto y la llevo a la ventana. Ahí, mirando el mar, la embisto con todas mis fuerzas por detrás; ella, al principio, tiene las dos manos en la ventana, pero enseguida aparta una para empezar a tocarse.

Cada vez nos movemos más rápido, la acerco todo lo que puedo y la beso por última vez antes de correrme.

Le digo que estoy a punto y me contesta que ella también. Eso hace que mi orgasmo sea aún más potente. La cojo de las caderas y aprieto con todas mis fuerzas. Me corro, se corre, nos corremos a la vez mientras gemimos y gritamos como posesos. Conquistamos la séptima planta del hotel y, aún más, conquistamos el océano que tenemos enfrente.

Hemos sido arena, agua y sol. Hemos sido playa.

Sigo dentro de ella, estamos temblando. La abrazo y nos quedamos así un tiempo que no soy capaz de definir. No sé si ha pasado un minuto o una hora.

Solo sé que me quedaría ahí toda la vida.

Por fin.

Y entonces… me despierto.

Por un momento no entiendo lo que sucede: los primeros rayos del día se asoman por la persiana entreabierta y miro a mi lado, deseando con todas mis fuerzas que sea ella la que está ahí. Pero la que está es Judit. Me siento un cerdo y a la vez un iluso; también me siento un mentiroso, un tramposo de la peor calaña: el que está tan acostumbrado a hacer trampas que ya no es consciente de que se las está haciendo a sí mismo. Miro la hora: mi despertador sonará dentro de dos minutos, así que lo apago y me levanto con uno de los peores ánimos que soy capaz de recordar. Hoy me toca viajar a Madrid con Pedro para promocionar la nueva gira, y no me puede apetecer menos. Quiero irme al hotel Vela, quiero estar en la habitación 707 demostrándole al universo que dos almas incandescentes son imposibles de apagar.

Me meto en el baño y pienso en aliviarme la excitación que me ha provocado el sueño, pero después recuerdo que Judit está al otro lado de la puerta y siento vergüenza de mí mismo.

No sé si escribirle o borrar su contacto para siempre. Acabo de soñarla con una intensidad que me hace temblar, y despertarme junto a Judit es como un golpe seco en el pecho. Pensarla tanto y no poder tenerla me desquicia, pero la simple idea de que algún día pueda ser mía lo desestabiliza todo a mi alrededor.

Me despierto excitada, he tenido un sueño húmedo, perverso y maravilloso con… Orfeo.

Estábamos en una habitación de hotel, no sé en cuál: no veía nada más que la cama y un espejo gigante, y eso, los pocos momentos en los que no tenía los ojos vendados.

Nos pasábamos la mayor parte del tiempo delante del espejo. Él me cogía del pelo y me mandaba que me agachara para que me lo comiera con calma: así veía mi espalda en el reflejo y, a la vez, se veía a sí mismo, conquistándome, controlándome.

Me pasaba ahí un buen rato, recreándome, tocándome mientras él estaba cada vez más duro, y después…

Mi móvil se ilumina, no puede ser.

Sí, es él. Me ha escrito un «Buenos días, ¿cómo estás?».

Veo que las reglas que establecimos le importan tan poco como a mí. ¿Aún nos queda alguna sin romper?

Da igual, me encanta que me haya escrito. No sé si decirle que estoy cachondísima o ser un poco más formal. Creo que estos días ya me he excedido bastante, así que le contesto:

> Recién levantada. He abierto los ojos
> y me ha llegado tu mensaje, y, ¿sabes?, me ha
> parecido precioso despertarme contigo.

Vaya, qué poético me ha quedado. Creo que, aunque no quiera admitirlo, los sentimientos están cada vez más cerca de mi pecho.

> Yo también, estoy a punto de meterme en la
> ducha, hoy viajo a Madrid para presentar la gira.

Escribo: «¿Me envías una foto?». Lo borro y escribo: «¡Qué guay, Madrid!». Lo borro, escribo de nuevo lo de la foto y lo vuelvo a borrar.

¡Qué guay lo de Madrid!
¿En la ducha? No me lo creo,
envíame una foto.

Así sí, tía, ya que la vas a liar, líala bien. Estoy cansada de quedarme con las ganas.

Ja, ja, ja, ja. Luego, si te portas
bien, quizá te la envíe.

Qué cabrón, pues al final sí que me voy a quedar con las ganas. Me quito la ropa, me voy al cuarto de baño y le escribo:

Yo también voy a ducharme.

Luego añado:

Envíame una canción para este rato.

«Voilà», de Barbara Pravi. Me la voy a poner
también yo, así, si cerramos los ojos, parecerá
que nos estamos duchando juntos.

Joder, ahora sí que me he puesto cachonda. Una de las cosas que más me gustaban de nuestros polvos es que acabábamos tan sucios que teníamos que ir directos a la ducha. Ahí él dejaba de ser un animal salvaje, me miraba con ternura, cogía el jabón y me frotaba con todo el cuidado del mundo. Después, siempre salía primero para coger la toalla y envolverme en ella.

Que te follen como un vikingo y después te cuiden como un poeta del siglo XVIII es una combinación insuperable.

Me meto en la ducha y pienso en él, pero esta vez me centro en cómo me cuidaba, en cómo hacía que me sintiera la persona más fuerte y a la vez la más protegida del universo.

Joder, así no hay quien se masturbe. Pongo la ducha todo lo caliente que soporta mi cuerpo y vacío el cerebro. Me imagino una habitación repleta de cosas y las voy quitando una a una: la familia, los amigos, el trabajo, las aficiones, el arte, el dinero… Todo, excepto a Edu y a él. Los dos se quedan mirándome, y los expulso a la vez. Estoy sola, sin nadie que me aprecie ni nadie que me juzgue.

¿Quién soy?

¿Quién soy cuando no hay nadie que me oiga responder a esta pregunta?

Salgo de la ducha y me preparo unas tostadas con aguacate. A saber a qué hora se habrá ido Edu, ya no recuerdo la última vez que nos despertamos a la vez entre semana. «El primero en llegar y el último en irse, eso es lo que hacen los líderes», repite siempre con ese tono de tiburón de las finanzas que tan poco me gusta.

Un día, Orfeo me dijo que el éxito era poder desayunar en paz cada día con la persona a la que quieres.

Éxito.

¿De qué sirve el éxito si para alcanzarlo debemos sacrificar el amor?

Joder.

La rueda de prensa ha sido todo un éxito, la verdad es que Pedro la ha organizado a la perfección.

Cuando la hemos acabado, nos hemos ido a comer casi dos kilos de chuletón acompañados de dos botellas de Ribera del Duero y unos cuantos licores de hierbas.

Ahora estoy caminando solo por la Gran Vía. Pedro causó baja en el segundo licor, así que he aprovechado para vagabundear por esta ciudad que siempre me atrapa. Las luces de Navidad iluminan sus calles, pero yo camino perdido. Pensaría que me siento fuera de lugar en esta ciudad, pero en realidad me siento extraño en mi vida.

Como si supiera que estoy solo y pensativo, Marlena me escribe:

¿Qué tal la rueda de prensa? ¿Ya podemos
comprarnos una casa al lado de la de Beyoncé?

Sonrío y me siento un poco menos extraño. Siempre me hacía la misma broma cuando empezamos. Le contesto:

Aún nos queda un poco,
pero nos vamos acercando.

Hablar de nosotros en plural me emborracha más que un millón de licores de hierbas.

Me envía otro mensaje:

¿Qué haces ahora?

Pasear por Madrid,
Pedro se ha ido al hotel temprano.

¿Te apetece jugar a un juego?

Marlena, vaya pregunta, contigo… a todo sí. Le contesto:

Por supuesto.

MARLENA

Llevo más de media hora aparcada a dos calles de mi casa, no me apetece llegar. El coche está parado, como mi vida, como mis latidos en el mundo real.

Sé que no me lo merezco, pero necesito un rato en nuestro mundo paralelo. Necesito un rato con Orfeo, aunque solo sea una ensoñación que cuando termine acrecentará aún más la desolación que corre por mis venas.

Mataría por estar con él ahora mismo, estoy cabreada por no ser lo bastante valiente. Pero, bueno, hoy toca contentarme con jugar un poco con nuestra imaginación. Así que le propongo lo siguiente:

Explícame lo que haríamos
un día entero en Madrid tú y yo.

Escribiendo… Esto es lo que más me gusta de él, no piensa, solo siente. Joder, lo siento tanto… todo.

Empezaríamos con…

Mira que sabe que me molesta muchísimo que corte las frases cuando va a decir algo interesante.

Con un buen…

Que diga polvazo, que diga polvazo.

Desayuno.

Mi gozo en un pozo.

Después te llevaría a ver el *Guernica*.

Escalofrío. De repente, me teletransporto al Reina Sofía y estoy con él, contemplando el cuadro. Estamos muy cerca, pero nuestras manos no se atreven a rozarse. Le respondo:

> Vaya, eso me parece interesante;
> además, nunca lo he visto.

Pues te encantará.

No me ha respondido con un condicional, me ha lanzado una promesa compartida. Nuestras manos ya se tocan.

> Vale, ¿y después qué haremos?

Después de estar delante del Guernica por
primera vez, necesitas un par de vinos y una

buena charla. Así que nos iremos a una
terraza bonita y entablaremos alguno de
nuestros debates.

Orfeo, me gustas.

Me gusta el plan.

Después haremos una ruta de librerías
por la ciudad, de las más modernas hasta
las típicas paradas de libros de segunda
mano que hay en el Retiro.

Orfeo, me enamoras.

¿Compraremos algún libro?

Se lo pregunto sonriendo, al recordar que no había semana
que no lo hiciéramos.

Eso no se pregunta, seguro que
nos regalaremos más de uno.

De repente me asalta la idea de que debo escribir un libro para
regalárselo. Si alguien se merece mi arte, es él.

Genial, me está entrando hambre,
¿dónde me llevarás a comer?

Pues te llevaré a un local de sushi que han
abierto hace poco, ya lo verás, es precioso.

172

Tiene pantallas que lo envuelven y simulan
el cielo, el bosque, el espacio.

El coche se está haciendo cada vez más pequeño y siento
claustrofobia, así que salgo y comienzo a caminar en dirección
opuesta a mi casa.

Estoy por pillar un AVE ahora mismo
e irme contigo.

Mierda.

Es broma.

Lo añado enseguida, aunque es mentira.

Si vienes, Marlena, te rapto.

Me paro en seco en mitad de la calle. No sé qué contestarle,
menos mal que a los pocos segundos retoma la conversación.

Después nos tomaríamos unas copas
en la azotea de un hotel, con la calma de los que
saben que ese día les pertenece.

Me encanta el plan, pero como después de todo eso no des-
cansemos un poco yo caigo.

Y aprovecharíamos que estamos en un hotel
para echarnos una siesta y recuperar energías.

Vale, confirmado. Me enamoro. Le respondo temblando:

¿Qué más?

Pues ya que estamos en la capital, creo
que sería muy feo por nuestra parte no ir al teatro,
así que buscaríamos una buena obra, un musical,
una obra independiente, lo que más nos
apetezca en ese momento.

No sé qué contestarle aparte de:

Planazo.

Espera, que lo mejor está por llegar, falta
la guinda del pastel; después del teatro, nos
iríamos a La Latina a cenar y a tomar unas
copas y, por supuesto, acabaríamos…

¿Borrachos? ¿Comiéndonos la vida en el lavabo de un bar?

Bailando.

Cortocircuito. Sin darme cuenta, comienzo a caminar más rápido, no sé si para acercarme a Orfeo o para alejarme de Edu. Edu odia bailar con todas sus fuerzas, he intentado ir con él varias veces, pero dice que se siente estúpido. Yo le digo que se deje llevar, pero… nunca lo hace. Respondo con una confesión:

Creo que es el mejor plan del mundo.

Pues aún no se ha terminado,
a ver qué te parece esto, mira.

Miro, Orfeo, miro lo que tú quieras.

ORFEO

Le envío una foto sin camiseta, recién hecha frente al espejo, tapándome la cara con el móvil.

Mientras hablábamos he llegado a mi hotel con una sed de ella incontrolable y la certeza de que nos merecemos lo que está a punto de pasar.

Marlena contesta:

Me ha gustado un poquito. Solo un poquito.
No sé si era para mí o te has equivocado,
pero me haré la loca.

Sonrío al recordar lo bien que se nos daban estos juegos.

Pues claro que era para ti, te lo debía
desde el día del probador. Además,
quería explicarte cómo seguiría nuestro día
en el mundo paralelo.

Ella me envía una foto desenfocada, completamente desnuda.

Joder, siempre subes el nivel.

Me dice:

Recomiéndame una canción
para ponerme... De fondo.

                «Quiero follar contigo», de Sexy Zebras.

¿Es una propuesta formal?

                        Cállate y póntela.

Ella me envía otra foto desenfocada, esta vez de su culo.

¿La quieres enfocada?

Noto su tono pícaro en cada uno de sus mensajes y me encanta que aún consigamos encendernos, después de todo.

                    Por supuesto, quiero verlo todo.

Pues muéstrame tu cara.

                                ¿Por qué?

Pues porque me gusta tener datos
exactos de dónde podría sentarme.

Le envío una foto de mi cara, y le vuelvo a escribir:

                            Cuéntame más.

Cabrón, qué sexy eres. ¿Sabes?, siento una
mezcla entre rabia y placer. Me da mucha rabia
que mi cuerpo reaccione a ti de esta manera, y
más después de tantos años.

¿Por qué te da rabia? Me encantaría
tocarte ahora mismo, para que tu rabia aumentara
hasta que explotara de placer.

Me responde:

¿Cómo lo harías?

Pues te pondría de espaldas. Tumbada.
Te cogería del cuello, fuerte, pero no mucho,
aún no. Después te recorrería la espalda con
caricias. Acercaría la boca, pero sin llegar a besarte.
Aún no. Después bajaría, te apretaría las costillas
hasta dejarte sin respiración, como pistoletazo de
salida. Y, a partir de ahí, te giraría la cara para comerte
la boca muy lento. Te metería los dedos, por detrás,
cada vez más fuerte. Y lo que viene después,
creo que no se puede explicar con palabras.

Mierda, lo he sentido todo.
¿Cómo puedo ser tan fácil?

No creo que seas fácil, creo que en el mundo
hay una única persona capaz de volvernos locos,
y creo que, en nuestro caso, somos nosotros.

Añado:

> Espero que ahora mismo
> te estés empezando a masturbar.

Y comienzo yo también a hacerlo.

Sí, de hecho, creo que te deberían de
empezar a picar las puntas de los dedos.

> Algo estoy notando, sí, me gusta. Noto la piel
> caliente y me oigo respirar más fuerte.

Es increíble como me excita con palabras, joder, ojalá tenerla
aquí delante. Le respondo cachondo y enfadado a la vez:

> Cuéntame qué más notas.

Tengo un ligero cosquilleo en el pecho.

> Eso me gusta aún más, dónde más lo notas.

Los pezones se están endureciendo
solos, sin tocarlos.

> Me los quedaría mirando, con esa cara de
> animal que tan bien conoces, pensando en
> encontrar el momento justo para morderlos.

Marlena me envía una foto de sus pezones.

                    Preciosos, joder. Después de morderlos, bajaría
                    a tu abdomen, lo recorrería entero con la boca,
                    bajaría más y te abriría las piernas con fuerza.

Joder, sigue.

Noto como va escribiendo menos, eso significa que se está
tocando cada vez más rápido.

                    Te comería, muy lento, te respiraría e iría
                    jugando también con los dedos. ¿Lo notas?

He seguido el recorrido de tu boca
con mis dedos.

                    Eso quería. Sigue, porque ahora ya no te estaría
                    lamiendo lento y mis dedos no solo jugarían por
                    la superficie, ya estarían dentro de ti,
                    acompasando mis movimientos a tus gemidos.

Me envía una foto de sus dedos.

Lámelos bien.

Joder, qué sexy es.

                    Tengo muchas ganas de que te
                    corras en mi boca.

Creo que me estás dejando de dar rabia.
Estoy ardiendo. Tengo los labios muy inflamados, los

presiono suave, los mojo con mi saliva, me deslizo
suave y lento, cada vez más adentro. Me vuelvo
a lamer los dedos, me gusta mi propio sabor.

A mí me vuelve loco tu sabor. Y pensar que durante años pensé que lo había olvidado, que te había superado.

Sabes muy bien. Imagínate que lo estoy haciendo
yo y que mientras te toco los pezones te cojo del
cuello y te beso lento, saboreándote y mirándote
a la cara con ganas de que te corras.

Lo vas a conseguir.

Lo sé. Y cuando lo hagas te apretaré aún
más fuerte para alargar tu orgasmo, para
eternizarlo hasta dejarte sin respiración,
y eso solo será el principio.

Me envía un audio, con una voz sexy que roza el gemido:

[Se me tensa el abdomen, noto electricidad en
los muslos, y un ligero temblor en las piernas.
Se me cierran por los espasmos, se me escapan
gemidos, mi respiración adquiere un ritmo
frenético].

Joder.

Ese temblor, es lo que llevo buscando toda mi vida.

Tiemblo, me arqueo.

                                    Ahora mismo,
                        estás más preciosa que nunca.

Joder, se me escapa tu nombre en voz alta.
Ya no puedo más. Exploto. Grito.

                                              Grita.

Te aprieto con todo, busco tu brazo
para sostenerme.

                                    Te cojo con fuerza.

Soy toda tuya.

                        Bien, eso quiero, que pierdas
                            el control y me pidas más.

Me envía otro audio, repleto de palabrotas, jadeos y blasfe-
mias.

                        Me ponen muy cerdo las palabrotas,
                        y más cuando las dices así, ya lo sabes.

Los espasmos empiezan a reducirse,
noto el corazón en los oídos, y la garganta
seca. Si no te importa, voy a buscar refugio
en tu cuerpo para descansar un poco.

Le respondo, con la respiración acelerada y las ganas en su
estado máximo:

Quiero más. Yo aún no he terminado.

Lo sé, dame un instante, ahora me toca
a mí. Me levanto y me siento sobre mis rodillas,
con las piernas abiertas.

Bien.

Me estiro hasta la mesita y cojo
una goma de pelo.

Sigue.

Te miro fijamente a los ojos mientras me
hago la coleta, como anunciándote algo, como
si la goma fuera pintura de guerra.

Qué porno eres, cabrona. Te metería
los dedos en la boca, como anticipo.

Aún no, no estoy tan cerca de tu mano
ahora, te toca esperar. Me muevo al final
de la cama. No quiero dejar ni un centímetro
de ti. Me tienes enfrente, alzada y separándote las
piernas. Las quiero dobladas, apoyadas
sobre el pie.

Joder.

Con ambas manos, a la vez las recorro desde
el empeine, suave y lento, hasta las rodillas
y la cara interna del muslo, y ahí me inclino.

                                   Hazlo, joder.

Ahora mismo eres mi Dios.

                                        Rézame.

Lo hago, con la boca abierta, mi lengua
te recorre entero, dejando un camino muy
mojado. Con la punta de mi lengua, afilada,
te miro y sonrío, y sigo, le doy otra vuelta y cierro
la boca. Aprieto los labios y cierro los ojos.

                    Estoy a punto de cogerte la cabeza.

Hazlo, guíame.

Bajo, me espero, subo, bajo, ensancho mi
lengua dentro de tu boca para que la notes
aún más.

                            Me encanta tenerte así.

Mete los dedos entre mi pelo
y sujétame fuerte.

                                        Lo hago.

Joder, estoy a punto.

Apriétame contra ti y aguanta mi primer
impulso de separarme.

Ahora soy yo el que
empieza a tener espasmos,
se me acelera el pulso.

Me sueltas y tomo aire, te alzas,
me inclinas, me bajas de la cama y
me arrodillas en el suelo, y me apoyas
de espaldas a la pared. Tú, yo y pared.

Me corro.

En mi boca, se me escapa por las comisuras.

Y sigues mirándome a los ojos.

Por supuesto, hasta que termines
del todo, hasta que no puedas más.

Es increíble.

Suelto un momento el móvil, voy al minibar y cojo una botella de agua, me la bebo entera, como si hubiera terminado de correr una maratón, y me tumbo en la cama. No sé si estoy mareado o a punto de morir, pero sonrío al pensar que este es el momento perfecto para hacerlo.

Ha vuelto a ser mía. No nos hemos tocado, pero la he sentido. Lo que le he dicho es verdad, creo que hay solo una persona en esta tierra capaz de sincronizarse con nuestra mente, cuerpo y arte a la vez, y Marlena… Es ella.

MARLENA

Me he tenido que tumbar en la cama para recuperar el aliento. Qué pasada, acabo de tener uno de los mejores orgasmos desde… No sé desde cuándo.

Ahora mismo mataría porque Orfeo estuviera aquí. Quiero que me abrace y que nos vayamos a la ducha, para que después me seque con todo el mimo del mundo mientras me da besos en la clavícula.

Quiero que abra un vino y nos pongamos una de esas películas de los hermanos Marx que tanto le gustan.

Quiero que esté y que no se tenga que ir nunca, que seamos verdad más allá de este mundo paralelo; es más, quiero que rompa la barrera que hay entre el mundo paralelo y el real, y que solo exista uno, en el que pueda gritar a viva voz que estoy enamorada de él y que siempre lo estaré. Necesito que me ayude a crear un mundo en el que no existan cajitas en las que tienes que encerrarte para sobrevivir, en el que no existan máscaras que oculten nuestras lágrimas.

Quiero salir de su hotel con él, que nos vayamos a bailar y nos enfrentemos a los miedos y las adversidades con una sonrisa.

Quiero hacerle la vida.

Me levanto y voy a por el móvil. Le escribo:

Ha sido espectacular.

Lo ha sido, como siempre que colisionamos.

Colisión, qué palabra tan acertada para lo que somos. Suspiro, estoy a punto de escribirle que ya hemos roto la última regla, sin duda el mundo paralelo es mucho mejor que el real. Estoy a punto de confesarle que el poco tiempo que paso en el mundo paralelo hace que el real sea soportable. Pero justo escucho el ruido de la puerta, Edu ha llegado a casa.

Me meto corriendo en el lavabo y solo puedo escribir:

No puedo hablar más, hasta mañana.

Y apago el móvil, a la vez que el mundo paralelo, a la vez que mi capacidad de soñar.

Espero que tengas buenas noches, Orfeo. Yo estoy segura de que no las tendré.

ORFEO

Se me ha cortado la respiración. Durante un momento he visto el hilo que une nuestros pechos. Un hilo que pasaba por debajo de la puerta de esta habitación de hotel y que, estoy seguro, llegaba hasta su piso, hasta ella.

Pero de repente se ha roto y el telegrama que dictaba mi pecho con urgencia no ha llegado a su destino.

Marlena. STOP.

No te vayas. STOP.

Quiero ser. STOP

Contigo. STOP.

Algo ha ocurrido, supongo que ha tenido que volver al mundo real.

Si soy sincero, yo no quiero volver a él, siento que esta habitación de hotel nos pertenece y que de alguna manera es el primer lugar de muchos en el que formaremos ese tipo de «nosotros», que no se puede romper.

Le contesto que no se preocupe, que espero que sueñe bonito y fuerte, y que me ha gustado ese «hasta mañana».

Ese hasta mañana hace que el hilo no desaparezca del todo.

Sé que debería llamar a Judit, pero, en lugar de eso, le escribo diciéndole que he tenido mucho lío, que todo ha ido bien y que mañana vuelvo a casa. No le digo que la quiero, supongo que pensará que es un descuido y que no tiene mayor importancia.

No es que haya dejado de quererla, es que hoy por fin me he explicado a la cara el verdadero significado del verbo querer.

Duele entender que has querido mal durante mucho tiempo, pero reconforta saber que aún puedes hacerlo bien.

Ojalá pudiera darte las buenas noches en persona, Marlena.

Miércoles

Quiero verte y, a la vez, quiero que desaparezcas.

Soy adicto a ti, de eso no hay duda, pero no sé si me estás dando la vida o si serás la causa de la muerte que pronunciará el forense con tono de indiferencia antes de cubrir mi cuerpo con una sábana blanca.

Nunca había entendido cómo de un veneno se podía extraer su antídoto, pero ahora no es que lo entienda, es que quiero ambas partes de ti.

Le he propuesto a Judit, debo reconocer que un poco a la desesperada, ir esta noche al concierto de un grupo indie. Me ha dicho que estaba cansada y que, si la hubiera avisado antes, se hubiera arreglado con calma y hubiera planificado dónde cenábamos.

Cuando le he contestado que no importaba, que improvisáramos, me ha puesto cara de: «ya sabes que odio improvisar».

Judit necesita que todo esté controlado, que todo sea perfecto.

No sé por qué está conmigo, si soy el ser humano más alejado de la perfección que conozco.

Me he rendido enseguida. O puede que, en realidad, no quisiera que me acompañara. Se lo he propuesto a Pedro y a Sandra, y, cómo no, han accedido sin titubear: estos dos se apuntan a un bombardeo.

He quedado con ellos de aquí a media hora y los estoy esperando tomando una cerveza en un bar al lado de la sala, cuando se ilumina mi móvil.

Hace pocas semanas hubiera sido imposible tener este pensamiento, pero ahora tengo claro que es Marlena.

¿Dónde estás?

Le contesto con una sonrisa de oreja a oreja:

Estoy al lado de la sala Mezcal, voy a ver un concierto que empieza dentro de un rato.

¿Le pregunto si quiere venir? No debería, lo sé, pero quiero hacerlo, así que empiezo a escribir «¿Te viene...?» y me paro en seco. ¿Y cómo se lo explico a Sandra y a Pedro? Ahora mismo no tengo fuerzas para tener esa conversación. Menos mal que recibo otro mensaje.

Me encantaría ir, pero no puedo, ¿con quién vas?

MARLENA

Por favor, que no me diga que va con su novia.

Es un pensamiento muy egoísta, lo sé, pero si ya estaba confundida sobre lo que siento por él, ayer ya terminé de volverme loca del todo.

He conseguido apartar unas cuantas horas mi debate interno, hasta he conseguido pensar en Florencia sin que me entrara vértigo, pero no puedo. De verdad, necesito verlo, y no como sinónimo de necesidad fea y tóxica, lo digo como sinónimo de «es lo que más me apetece en este jodido mundo».

Me contesta:

Voy con Pedro y Sandra.

Ahora sí que me entra vértigo.

No he vuelto a hablar con ellos desde que lo dejamos, y mira que les tenía cariño. Es una pena que, cuando se rompe una relación, un centenar de lazos que se habían forjado se corten sin aviso ni una despedida como Dios manda. En este caso, la culpa es solo mía, no les dije nada. Hui lo más lejos que pude. Intenté que todo lo relacionado con él desapareciera, tiré sus discos, nuestras fotos y deseché a sus amigos, aunque un día también fueran los míos.

Le contesto:

Me alegro mucho, espero que te lo pases genial.

Añado:

¿A qué hora has quedado?

A las 21:30.

Miro el reloj del coche, son las 21:00, miro corriendo el GPS, estoy a 25 minutos.

Estoy a 25 minutos. Estoy a tiempo.

Recibo su mensaje:

Espérame ahí, llego dentro de 25 minutos.

Pero.
Pero.
Pero.

No entiendo nada. Casi se me cae la cerveza al suelo. En un intento de aferrarla, me la bebo entera, como si en unos pocos segundos fuera a desaparecer. Como me pasa siempre con Marlena.

Pido otra cerveza; mientras me la traen, reúno las fuerzas para preguntarle:

¿Vas a venir a verme por cinco minutos?

Iría por cinco segundos.

Esa respuesta no me rompe a mí, rompe la realidad en la que vivo, esa que con tanto esmero he convertido en una mentira cómoda y apacible en la que poder vivir en paz.

¿En paz? Por favor, deja de mentirte de una vez. Sí, mi existencia en términos amorosos es cómoda, pero ¿por eso mismo no es tan poco satisfactoria?

Me siento como el típico colega que lleva toda la vida en una empresa y siempre se está quejando de su trabajo, pero, cuando le dices que cambie, te mira con cara de «¿y a dónde voy a ir?».

Supongo que, cuando ella me dejó, pensé que nadie más me podría querer y que, cuando encontré a Judit, pude apagar ese desasosiego, pero con él apagué mucho más. Apagué una parte de mí que creía irrecuperable, o más bien imaginaria.

Menos mal que Marlena ha vuelto y ha encendido las luces. Ella es faro y brújula, vela y viento.

Pienso en ponerle una excusa a Pedro y a Sandra para poder quedarme un poco más con Marlena, pero lo descarto enseguida. Ahora que me estoy encontrando, no puedo volver a perder mi identidad precipitándome y dejándome llevar. Si ella es para mí, lo será en la calma, no solo en la tormenta que forman nuestros ventrículos.

Le escribo:

Me sabe mal que vengas.

Recibo un audio al minuto:

```
[Pues que no te sepa mal, lo hago porque quiero
y porque… No sé, porque después de lo de ayer
necesito verte aunque sea un momento. He
intentado borrarte un rato de mi memoria y de
verdad que lo estaba consiguiendo, pero al
final he perdido la batalla y… Y necesito saber
por qué no puedo controlarme como siempre, por
qué contigo no puedo ponerme la máscara y hacer
como que todo está bien].
```

Voy de camino, espérame.

Quince minutos.

Dentro de quince minutos lo veré y obtendré respuestas.

Pero ¿cuáles son las preguntas?

Supongo que solo hay una: ¿es él?

El semáforo se pone en rojo, como si quisiera indicarme que ceje en mi empeño. Lo siento, hoy solo sigo órdenes de una señal, y viene de muy adentro.

No, aparta eso. No esperes nada trascendental. Lo vas a ver un minuto, le vas a dar un abrazo y te vas a ir a casa con Edu. Una vez ahí le propondrás abrir un buen vino y veréis una peli.

Hoy te tienes que demostrar que el mundo real es el que gana.

Diez minutos, el camino se me está haciendo eterno, así que pongo nuestra lista de Spotify en aleatorio. Comienza a sonar «Allí donde solíamos gritar».

Podría haber sonado un tema un poco menos profundo, ¿no? Gritos.

Creo que por error todo el mundo piensa que su lugar ideal es aquel donde no hay gritos, ni llantos ni sobresaltos. Yo en cambio creo que el lugar más seguro para una persona es aquel donde se le permite gritar: de rabia, de emoción, de alegría, de orgasmos, de asco, da igual. Aquel donde se le permite derrumbarse, pero también dar la nota y, cuando todo el mundo se gire a mirarla y esté a punto de sentirse avergonzada, volverse hacia la persona que la acompaña y darse cuenta de que también le acompaña en su locura.

Orfeo me acompañaba en la mía.

Y yo… Yo gritaba en su pecho.

Dos minutos.

He pagado las cervezas y estoy esperando a Marlena en la esquina de la calle. Si viene en coche, tiene que pasar por aquí.

Aparece un minuto antes, mirándome y riéndose con cara de «estoy loca, lo sé».

Se para justo en el semáforo, baja la ventanilla y me dice:

—Hola. ¿qué haces tú por aquí? Vaya casualidad, ¿no?

Nos empezamos a reír y, justo en ese instante, entiendo que la vida no va de momentos perfectos: la vida va de los segundos que conseguimos robarle risas a la tristeza.

Sin pensármelo, me meto en su coche. Ahora es ella la que me mira con cara de: «Vale, el que está loco eres tú». Yo le cojo la cara con suavidad y la acerco a la mía.

El beso que nos damos dejaría a la altura del betún cualquier beso famoso que se haya escrito, filmado, retratado o vivido. Nos damos un beso lento, y no sé si conseguimos parar el tiempo, pero sí que logramos retroceder. Revivimos nuestro primer beso, pero lo mejoramos. Este es más cálido, más íntimo, más nuestro.

Se me clava una flecha en el pecho con un mensaje que dice: «La magia existe». Marlena también la siente, y por eso estamos tan cerca, sincronizados en este instante que solo nos pertenece a nosotros. Sí, existe, y cuando lo sabes, ya no puedes vivir sin ella.

Suena un claxon que nos devuelve a la realidad, se ha acabado nuestro tiempo.

Me separo de ella y me bajo del coche sin decir nada. Me da miedo estropearlo, me da miedo pronunciar mal una sílaba y que eso destruya nuestro encantamiento momentáneo.

Me vuelvo a poner a su lado, me mira a través de la ventanilla bajada y me dice:

—Me ha encantado, pero no puede volver a pasar.

Y sin más, se marcha.

ELLA

Esto no puede volver a pasar.

Esto no puede volver a pasar bajo ningún concepto.

Conduzco hacia casa más rápido de lo que debería. Todos los semáforos están en verde, facilitando mi huida. O quizá quieren decirme que me apresure a cortar la mentira que vivo con Edu.

No, no es mentira. No lo es.

No seas tan dura contigo misma. ¿Te has besado con Orfeo? Sí. ¿Estabas deseando que pasara? Claro. ¿Puede volver a pasar? No. Un «no» como un camión de grande.

Llego a casa y me paro enfrente de nuestro garaje. No me atrevo a entrar.

No pienses en lo mucho que te ha gustado.

No pienses en el gemido que casi se te escapa.

No pienses en que tu boca ya no quiere rozar otros labios.

No puedes hacerle esto a Edu, y punto.

Y es más, no puedes hacérselo a todo lo que has construido con él. Un beso de treinta segundos no puede derrocar un pasado de cinco años.

No puede, pero lo está consiguiendo. No debería, pero un segundo más y me entrego a Orfeo sin dudarlo.

Entro en casa, menos mal que Edu tardará en llegar y podré reponerme. Necesito que me dejen de temblar las piernas.

Introduzco la llave en la cerradura. Por un lado, me siento aliviada, como si al llegar a casa todo el ruido se apagara de repente, incluso el de mi corazón. Por otro lado, me siento prisionera. No quiero estar aquí, quiero estar en mi coche con él. Quiero otro beso.

Pero esto no puede volver a pasar.

A la primera vuelta de llave, la puerta se abre: Edu está en casa. El temblor de las piernas se me extiende a todo el cuerpo. Abro la puerta y lo saludo en voz alta, pero, por si acaso son un par de ladrones, añado:

—¡Cariño, he comprado la pistola que me has encargado, aquí la tengo!

Edu sale de la cocina con cara de «¿qué?» y se empieza a reír.

Yo no puedo hacer otra cosa que imitarlo y por un momento siento que esa risa compartida vuelve a unirnos. Aún hay esperanza.

—¿Qué haces tan pronto en casa? —le pregunto, aún riéndome.

Su risa se apaga enseguida y adopta un tono serio.

—Sé que últimamente he estado mucho tiempo fuera, y quería compensártelo. También quería darte las gracias por tener tanta paciencia conmigo —me dice con voz tierna.

Algo dentro de mí se rompe, o más bien se reconstruye. Noto cómo el beso que le he dado a Orfeo me agrieta los labios y me mata de una sed culpable. No quiero sentirme nunca más así.

—Muchas gracias, la verdad es que hoy estoy rendida —le digo, sin atreverme a añadir que hace pocos minutos me he rendido a los pies de un embaucador.

—Pues qué bonita casualidad —me responde—. Espera un segundo, que voy a por vino. Quiero contarte una muy buena noticia.

Me jode confesar que para mí una buena noticia sería que no le dieran el ascenso, pero ¿en qué clase de persona me convierte eso? Si no te alegras por los logros de tu pareja, ¿en qué te conviertes? En el personaje que estoy interpretando, ese que casi gime en la boca de otro.

Edu vuelve con dos copas de vino llenas.

—Cariño, no te vas a creer dónde vamos el domingo.

El domingo… ¿A una galería de arte? ¿A la ópera? ¿A un concierto? No puedo contener las ganas, seguro que me ha organizado un plan perfecto, mucho mejor que el que hubiera tenido en Madrid con Orfeo.

—No lo sé —le respondo, con unas ganas renovadas en ese domingo que se aproxima cargado de promesas.

—A casa de mi jefe. Ha invitado, como dice él, a la élite, y por eso he decidido salir pronto, para prepararte unos macarrones a la carbonara y celebrar nuestros éxitos.

¿Nuestros? ¿En qué momento se siente con la libertad de ponerle un plural a semejante plan de mierda? ¿Qué le digo? ¿Que es lo peor que puede hacerme un domingo? ¿Y qué me digo? ¿Que el beso de Orfeo me ha dado sed, pero sed de vida?

Ha llegado el momento de decidir a quién miento: a Orfeo, a Edu, a mí misma o a todos a la vez.

Creo que lo mejor es empezar diciéndole que me he vuelto celíaca, así a lo mejor deja de prepararme platos de pasta de una vez.

Me pongo aún más nerviosa, la excitación del coche se mezcla con desesperación y enfado. Ni siquiera puedo hablar, solo puedo pronunciar un… «no».

—¿No qué? —me dice Edu—. ¿Quieres que te prepare otra cosa? ¿Unos espaguetis?

Estoy otra vez en la cajita, solo veo una rendija minúscula en la que puedo gritar una palabra a la vez, así que debo escogerlas con cuidado porque sé que, al mínimo descuido, me silenciarán para siempre:

«… puede…».

—Vale, bueno ya me dices, yo sigo preparando la carbonara, que es lo que más tarda —dice, y hace amago de volver a la cocina.

Sigo gritando en la cajita, pero mi voz llega como un susurro ahogado a nuestro salón: «… volver…».

Edu no entiende nada: por un lado, me da lástima; pero, por otro, sé que Orfeo hubiera completado mi frase y ya me habría consolado. Es más, sé que con él esta situación nunca se produciría.

Orfeo no solo entendía mis palabras, entendía mis silencios, algo que solo está al alcance de las personas que te quieren y te escuchan de verdad.

Nunca había sido tan consciente de mi cajita. Me veo en ella, físicamente. Toco con las manos unas paredes que tratan de aplastarme e intento escapar, romperla, pero solo me rompo a mí misma, más y más, como si mi alma fuera una escultura a la que intentan moldear con un cincel para que sea perfecta, pero, en lugar de eso, le roban la esencia a cada golpe, hasta que llega el golpe que la desmorona por completo.

Prefiero gritar a solas las dos últimas, así que rozo el hombro de Edu y hago un gesto vago que podría indicar que tengo dolor de estómago y me encierro en mi habitación.

«… a pasar».

Esto no puede volver a pasar.

ÉL

Lo único que quiero es que pase de nuevo.

El beso está eclipsando el conciertazo que tengo delante. Viva Suecia lo está dando todo, pero yo solo puedo pensar: «Viva ella y viva nosotros».

Llevamos ya unas cuantas cervezas, eso me permite esquivar la conversación cuando Sandra me mira a los ojos y me pregunta:

—¿Qué tal con Judit?

Supongo que Sandra sabe más de lo que parece, puede que sepa incluso más que yo.

No paro de mirar el móvil a la espera de una notificación, aun sabiendo que no llegará. Lo siento, pero, si el beso que nos hemos dado es ese tipo de error que no te van a perdonar, que no me perdonen nunca. Lo repetiría en esta y en todas las vidas que me quedan.

Sandra vuelve con más cervezas; cuando voy a coger la mía, aparta la mano, se acerca a mí y me dice con tono serio:

—Una cerveza por una verdad.

No hace falta que me sobornen, estoy deseando reventar a verdades. Necesito decir que existes, que existimos y que no estoy loco cuando escribo canciones de amor, así que asiento con la cabeza.

—¿De quién estás esperando ese mensaje que no llega?

Paso de coger la cerveza: no me he fijado en los precios de la barra, pero me parece carísima.

Siento que Sandra sabe la respuesta, pero no sé por qué. No hay indicio ni señal de nuestro beso. No hemos dejado rastro alguno de lo que estamos compartiendo, así que supongo que Sandra no sospecha de lo nuestro, Sandra desea lo nuestro.

Desea que estemos juntos. Desea que seas tú la que no me está enviando estos mensajes.

—Estoy esperando que el destino se decida de una vez y me diga a la cara si soy un necio o el último soñador —le digo a Sandra, sonriendo, pero a punto de soltar una lágrima.

Sandra me pasa la cerveza y me dice:

—Nunca dejes de soñar.

De repente, se apagan las luces y no sé si soy yo o el mundo que se ha teñido de negro. Me toco el pecho para comprobar si aún late. Lo hace, gracias a ti. Suena un piano, se enciende una luz y, a la vez, se enciende una ilusión cuando comienzan a tocar «Deja encendida una luz».

Se enciende otra luz, y otra, y mi pecho empieza a arder.

Por ti.

Marlena, si me derrumbo, tú deja encendida una luz.

Jueves

ORFEO

No hemos hablado desde que nos dimos el beso. Ese pedazo de beso que ha desestabilizado mis cimientos por completo.

Supongo que nuestros corazones tratan de esquivarse para no comerse, como las últimas piezas de ajedrez que, titubeando, bailan un vals mortal en un tablero del que no pueden escapar.

No me apetece ponerme una copa, ni la serie. Lo único que ansío es volver a ser uno con ella. Quiero robarle un par de latidos a este conformismo despiadado que ejerce su dictadura a los amores frágiles del siglo XXI.

Quiero volver a creer que soy algo más que uno más.

No me preparo la copa, pero sí pongo la serie para seguir unido a ella, aunque, por alguna razón, siento que hoy no me va a brindar una excusa para que pueda comenzar nuestro ya típico intercambio de mensajes.

A la mierda, al final sí me pongo la copa, vacío el cerebro y el pecho, y me dejo llevar por la historia que relata la pantalla.

Hoy, una paciente de veintiocho años entra en el quirófano y los médicos enseguida se dan cuenta de que el tumor es inoperable, James dice que no hay nada que hacer, pero Sarah insiste en intentarlo. Discuten como nunca habían discutido.

Llega el momento de los anuncios. Mientras un par de actores olvidados tratan de venderme un colchón por solo doce euros al mes desde ahora hasta que el mundo entero implosione y vuelva la era de los dinosaurios, me pongo a reflexionar:

«¿Soy *team* Sarah o *team* James?», me pregunto, como si no tuviera clara la respuesta. Bueno, si soy sincero, no sé qué habría respondido hace unos meses, antes de que Marlena rompiera los filtros en los que había enmarcado mi vida. Supongo que hubiera preferido sobrevivir un año en cuidados paliativos que arriesgarme a vivir un día de verdad.

Se me escapa una lágrima al pensar que mucha gente ha convertido su vida en eso, en unos cuidados paliativos, en un «vamos a aguantar, ya vendrán tiempos mejores», y al final, esos tiempos nunca llegan, y cuando mueren lo hacen vacíos de vida.

Team Sarah, brindo por ti.

Los anuncios se acaban, James le dice a Sarah que no quiere verla fracasar.

A ver, un poquito *team* James soy, hay que reconocer que el tío es muy majo.

Sarah le contesta que prefiere fracasar intentando algo imposible que vivir sabiendo que no se atrevió a intentarlo.

Nada, *team* Sarah cien por cien. Lo sentimos, James, pero hay que echarle huevos a la vida.

Finalmente, hacen la operación juntos. En el momento de máxima tensión, se miran y se dan fuerzas el uno al otro: es un gesto precioso que llena toda la pantalla. Creo que no hay mejor manera de filmar el amor verdadero: complicidad, compenetración, aliento, fuerza.

La operación sale bien, es un milagro, y todos están contentísimos, pero, en cuanto salen del quirófano, Sarah no se abraza con nadie. Se va sola a la azotea del hospital y llora en silencio.

Ese momento retrata a la perfección la soledad del soñador, lo duro que es no ser parte de un rebaño que sonríe mientras lo entretienen camino del matadero.

No hay nada más agotador en esta vida que ser valiente.

Por un momento pienso en hacer todo lo contrario, tirar la toalla, olvidarme de Marlena y descansar. La idea de echarme a dormir y meterme la mano en el pecho hasta encontrar el interruptor que apaga los sentimientos es tentadora, pero después pienso que sin ella no existe la música, ni la risa, ni esas notas de piano que, sin saber por qué, te emocionan y evaden a partes iguales.

El capítulo acaba con un último plano de James observando a Sarah desde la distancia, parece que va a acercarse, pero no lo hace, y... fundido a negro.

Mierda, se ha terminado nuestra hora y no hemos existido, hoy nuestro plural no se ha rebelado contra el mundo real. No sé qué pensar, pero me niego a arrepentirme del beso. Si lo hemos estropeado besándonos es que no somos tan especiales como creemos.

Le doy un trago al whisky después de darme cuenta de que no lo he probado en todo el capítulo, los cubitos se han derretido, por lo que su sabor se ha diluido.

No quiero una vida con un sabor diluido.

Joder, tío, espabila. Si quieres que algo pase, haz que pase, la vida no es un cuento de hadas en el que miras el móvil esperando que se ilumine y lo hace.

Mi móvil se ilumina.

Marlena me ha enviado un mensaje:

Yo también prefiero fracasar
intentando algo imposible.

Me levanto a ponerme otro whisky, sabiendo que esta vez no permitiré que nada rebaje su sabor. La serie ha terminado, pero nuestra melodía se resiste a hacerlo, y cuanto más pienso en ella, más ecos de eternidad florecen de sus notas.

MARLENA

Sé que no debería haberle escrito.

También sé que no debería haberle besado.

Tampoco debería haber estipulado unas reglas que estaba deseando romper.

Y, si sigo tirando para atrás, me podría reprochar muchas cosas, como haberle contestado hace un par de meses.

¿Y si retrocedo aún más? No, me niego. Lo mejor es entretenerme con una película mala, así que cojo el mando a distancia y cambio de canal, pero, en lugar de eso, rebobino mi vida. Por suerte, todo pasa a cámara rápida por lo que no soy capaz de interpretar si la mayoría de mis expresiones son de felicidad o de amargura.

Mi vida se detiene en el momento exacto en el que sentí que Edu no era para mí. El primer día que me hizo sentir que, para estar con él, tenía que dejar de ser «tan yo».

Tan yo.

Estamos los dos en el sofá, yo estoy sonriendo como una niña pequeña porque acabo de terminar un poema. Se lo enseño a Edu con muchísima ilusión. Después de leerlo, me dice con tono paternal que está muy bien, pero que, si rebajara mi intensidad, llegaría a más gente. Luego me explica que en las presentaciones que hace en su empresa siempre intenta que todo sea lo más neutro posible para que su audiencia esté atenta y no se deje llevar por las emociones.

Estoy a punto de contestarle que acaba de leer un poema, no la lista de la compra. Pero esta es la primera de incontables veces que me trago la respuesta y me mantengo callada.

Mi vida sigue retrocediendo varios años. Me traslada al piso que compartía con Orfeo, justo el día que decidí pintarlo yo misma provocando un absoluto desastre.

Cuando llegó a casa, me encontró llorando por el pésimo resultado, cubierta de pintura de arriba abajo y con las paredes a medio pintar llenas de brochazos de distintos colores. Él, sin mediar palabra, cogió la brocha que estaba dentro del bote amarillo y salpicó todo lo que pudo la pared que tenía al lado.

—Ahora sí está perfecta —dijo sonriéndome.

Con Edu aprendí a callar mis excesos. Con Orfeo descubrí que mi caos podía ser un hogar.

A Orfeo le encantaba que fuera yo, que explotara. Siempre me decía: «Marlena, explótame en la cara, y no solo en plan sexual, que te conozco. Explótame en la cara como la supernova que eres y recuérdame, cuando me olvide, que la vida solo tiene sentido si te vuelves loco con alguien como tú».

Sé que lo nuestro no puede ser, pero… Es que somos Marlena y Orfeo, y contradecir eso es como intentar negar que mañana saldrá el sol.

No me ha contestado aún, lo cual me hace gracia, porque puedo recrear con exactitud lo que estará haciendo:

Para empezar, en cuanto ha acabado la serie, se ha quedado mirando el móvil en plan: «Ilumínate, cabrón, haz que Marlena me envíe un mensaje». Cuando ha pasado, ha cortocircuitado y se ha levantado pensando «¿y qué hago yo ahora?». Y luego, o le ha pegado un trago largo a la copa, o se ha puesto otra.

La verdad es que me encantaría tenerlo delante ahora mismo, con un par de vinos y una mesa estrecha como única distancia de seguridad, que dentro de cinco minutos nos…

Me contesta por fin:

¿Y si no es imposible?

Ya, Orfeo, ya, si es que eso es lo malo, que después del beso me he dado cuenta de que no es que seamos imposibles, es que somos la única verdad que tiene algo de sentido en mi agónico mundo.

Pero… le contesto:

> ¿Y por qué me siento sola en
> una azotea cada vez que nos despedimos?

Y ahí me siento ahora, la película de mi vida ha pasado de ser biográfica a ficción. Estoy en una azotea desierta, a excepción de unas gárgolas que sacan la lengua y se ríen de la vida desde lo alto de unas columnas de hormigón húmedas. Quieren asustar, pero en realidad hacen gracia. Supongo que pretenden asustar porque están muertas de miedo por dentro.

Y yo…, yo quiero asustar a mis miedos, contigo.

Recibo un mensaje:

Porque lo que tenemos no cabe
en el mundo paralelo.

Qué cabrón, si el mundo paralelo ya no existe, ojalá. Estas semanas, aun siendo poco más que una ensoñación compartida, me permitían creer que tenía el control sobre mi vida, pero ahora... Le contesto:

Tampoco cabe en el otro.

Escribiendo...

Marlena, me acabas de poner muy cachondo.
¿Te das cuenta de lo rápido que trabajan
nuestras mentes cuando hablamos?

Sí, y también siento lo rápido que latimos y sentimos cuando nuestros cables se vuelven a conectar.

Tengo mucho miedo, Orfeo.

Tengo miedo de que aparezcas y me descubras que vivo una mentira.

Tengo miedo de que desaparezcas y vuelva a vivir en esa mentira sin darme cuenta.

Tengo miedo de mi yo sin ti, de nuestro nosotros sin mí y de tu yo sin estar preparada para ser el tú que tanto te mereces.

Me encantaría abrirme a ti y decirte todo esto, pero, en lugar de eso, te escribo que Edu ha llegado y que no puedo hablar.

Edu no ha llegado.

No sé dónde está.

Y me da igual.

Yo no sé dónde estoy.

Y también me da igual.

Sábado

ORFEO

No he sabido qué contestarle. Cuando leo «Edu» en la pantalla, me desvanezco tanto del mundo paralelo como del real. A veces me siento una distracción, un simple entretenimiento que sirve para dar vidilla a una persona que está deseando salir de la monotonía, un juguete al que solo quieren a ratos y después olvidan. Otras veces me siento un mero impostor que está ocupando un lugar que no le pertenece. Después pienso en ella como si fuera un lugar y me doy bastante asco. Una persona no es un lugar, no se la puede ocupar.

O puede que sí. Marlena es Rusia y siempre lo será.

¿Y qué consigue Marlena? Que yo siga ahí, unas veces juguete y otras impostor, pero siempre ahí.

¿Y qué quiere Marlena? Supongo que la respuesta a esa pregunta depende del momento en que se la hagas. Sé que a veces se vendría conmigo sin dudarlo, pero sé que muchas otras me guarda en su pecho como un secreto inconfesable y se olvida de mí.

Estoy esperándola en una cafetería apartada de todo rastro de vida conocido por cualquiera de los dos. Esta mañana me ha escrito y me ha dicho que necesitaba verme, aunque fueran cinco minutos.

Dicen que cuando alguien te interesa, o, mejor dicho, cuando quieres a alguien de verdad, sacas aunque sea cinco minutos para verla.

Lo que nadie dice, y lo entiendo porque es una verdad complicada de digerir, es cuánto puede durar ese interés. Cuánto se puede estirar el chicle del amor y del deseo cuando sabes que solo dispones de unos pocos minutos y que nunca dispondrás de más tiempo

¿Cuánto tiempo sigues corriendo en un partido cuando te dicen que hagas lo que hagas jamás podrás ganar?

Ese pensamiento me ha asaltado muchas veces, incluso demasiadas, diría yo, en estos casi dos meses que llevamos hablando. Hace unos pocos minutos, por fin he encontrado la respuesta a modo de revelación:

La vida no consiste en ganar ni en conquistar, la vida no consiste en tiempo, ni espacio ni nada que se pueda cuantificar. La vida consiste en verla sonreír. Da igual si son cinco minutos o cinco segundos, da igual el papel que juegue en su vida, da igual que nunca gane el partido, da igual si un día todo esto se desmorona y yo me quedo con cara de idiota y con un montón de recuerdos que no conseguiré enterrar del todo ni viviendo diez mil vidas.

Da igual todo, la vida seguirá consistiendo en verla sonreír.

Sí, he llegado tarde a su vida, y eso debo aceptarlo. Supongo que por eso hoy he llegado exageradamente temprano al café que nos tomaremos en un rato. Para que la espera se me haga más amena, saco la libreta y el boli y comienzo a escribir: «Me he construido una casa al lado de tu...».

Miro por la ventana, esperando a que venga, deseando que llegue un poco antes y así poder robarle unos míseros segundos a esta tarde de sábado que no tiene la misericordia suficiente para otorgarnos un par de horas a solas en las que poder ser.

Al cabo de un rato, ella aparece por la otra entrada del bar. No llega tarde, pero tampoco temprano. Creo que nunca ha llegado pronto a una cita en su vida. Marlena es la clase de persona de naturaleza optimista que te dice «dentro de diez minutos estoy ahí» mientras se seca el pelo, está a medio vestir y a veinte minutos en coche de donde la esperas.

La miro y veo ese pelo rubio liso que tan loco me vuelve. Viene sonriendo y me dice:

—Vaya infierno de día.

Nos comenzamos a reír y su risa resuena por todo el bar. Se tapa la boca con las manos, pero su risa sigue igual de fuerte, igual de viva.

Su risa hace que el mundo sea un lugar mejor, que el mundo se merezca llamarse hogar. ¿Sabes?, Marlena, ahora mismo me he construido una casa al lado de tu risa, pero no te lo puedo decir.

Me mira fijamente, pero sé que está pensando en mil cosas. Se quita el bolso donde guarda el portátil, deja la chaqueta y me dice:

—Casi no llego, he tenido que pasar por mil peripecias porque hoy he cubierto dos presentaciones de libros, y en cuanto nos despidamos tengo que escribir los artículos. Pero… aquí estoy —dice mientras levanta los brazos, y se vuelve a reír.

Estoy a punto de decirle que un día de estos la rapto, pero para qué voy a hablar de eso, para qué voy a hablar de amor. ¿Acaso tiene sentido regar una semilla que nunca podrá florecer?

—Yo tampoco tengo mucho tiempo, no te preocupes. Sabes que siempre es un placer verte y hablar contigo, aunque sea de esta manera atropellada.

—Sí, siempre está bien, aunque está claro que en algún momento nos cansaremos de estas quedadas fortuitas y de las charlas clandestinas. Por muy especiales que sean, desgasta tanto esfuerzo.

¿Lo ves?, no hay que correr tanto en este partido sin árbitro ni marcador, la copa ya tiene grabado el nombre del ganador, y es Edu. ¿Pensará de verdad lo que ha dicho o lo hace para protegerse? Puede que pretenda que le dé la razón y así poder sentirse más segura de que su vida «real» no corre peligro. Sea como sea, ni se la doy ni se la quito: ya que tenemos poco tiempo no pienso malgastarlo hablando de imposibles, así que le respondo un escueto:

—Aprovechemos mientras dure.

Ella asiente, mientras yo intento con todas mis fuerzas no pensar si está calculando mentalmente nuestra fecha de caducidad.

No lo consigo.

¿La tenemos? ¿Tenemos una fecha en la que nos diremos un adiós sin vuelta de hoja? Me encantaría saber si en algún lugar se esconden los planes de Dios, si tiene el destino de cada uno de nosotros escrito en una libreta raída. Cada uno de nuestros besos, cada uno de nuestros tropiezos. Seguro que la tiene escondida en los cajones de un motel de carretera. Hablando de libretas...

—Te he traído algo —le digo mientras saco una libreta de mi mochila.

Ella pone cara de sorpresa y me pregunta:

—¿Y eso?

Joder, qué guapa está. No se lo voy a decir hoy porque siempre que le lanzaba un piropo me respondía: «Si me lo dices tanto, al final es como el cuento del lobo». Así que te jodes, Marlena, hoy no hay piropos.

—Estás superguapa, ¿sabes?

Me miro el pecho y le saco una tarjeta amarilla imaginaria, otra así y te expulso, avisado estás.

Ella me sonríe y me dice, como no podía ser de otra manera:

—Si me lo dices siempre, ya sabes, es como el cuento del lobo.

En este punto de nuestra historia podría preguntarle si alguna vez ha leído un cuento en el que alguien siente cuándo se va a emocionar la persona a la que quiere, si sabe cuándo se va a reír y cuándo se va a correr. Estoy bastante seguro de que no existe ningún cuento que explique con todo lujo de detalles la sensación que me oprime el pecho cuando presiento que no está bien, y el desconcierto que experimenta mi alma cuando confirmo que así era.

Esto no es un cuento, Marlena.

MARLENA

—¿Me vas a explicar para qué es la libreta o te vas a quedar ahí divagando con tu yo interior como de costumbre?

Le sonrío y me devuelve la sonrisa curvando solo el lado izquierdo de la boca. No le digo lo mucho que me gusta cuando pone esa cara, cuando entorna un poco los ojos y se adentra en su mundo. Tampoco le explico que ese mundo me fascinaba, que disfrutaba como una niña perdiéndome y encontrándome en él cuando debatíamos todas las preguntas del mundo enfrente de la chimenea que conformaba su pecho.

Orfeo es esa clase de pregunta cuya respuesta sabes que te va a doler, pero que, aun así, eres consciente de que debes hacerte. Lo bueno es que siempre, por muy dura que fuera, esa respuesta se me presentaba con delicadeza, con un beso en el hombro o un abrazo, con un: «No pasa nada, juntos podemos con todo».

Vaya melonazo.

Le presto atención a la libreta, que representa en su portada *El beso*, de Klimt, uno de los cuadros que teníamos colgado en el enorme pasillo de nuestro antiguo piso.

Por mucho que la miro no acabo de entender por qué me la está regalando y menos en este momento. Reconozco que he apartado mi arte y con él gran parte de mí, pero ¿acaso no hay que hacer sacrificios para encajar con la persona a la que amamos? ¿De verdad alguien tiene pareja y consigue ser ella misma al cien por cien? No me lo creo.

Yo, al menos, no lo he conseguido desde que dejé de ser Marlena.

Marlena. Abro la libreta nerviosa, sabiendo que en la primera página habrá escrito «Marlena».

Lo ha hecho, pero ha añadido algo.

Ha escrito: «Tú puedes, Marlena».

Yo puedo. ¿Yo puedo exactamente qué, Orfeo? Estoy a punto de preguntarle. Si yo no puedo casi nada, si yo soy la persona más normal del mundo, tengo un par de brazos y un par de piernas, un torso, una cara y muy muy poca valentía.

Yo..., yo no puedo, Orfeo. Quiero, pero no puedo.

—¿Qué se supone que puedo hacer? —le pregunto con el poco valor que me queda.

ORFEO

Comienza a sonar «El sitio de mi recreo», de Antonio Vega. Su melodía y su letra me envuelven por completo y me transportan a un momento en el que estamos juntos, un instante que aún no ha existido, pero que visualizo con mayor nitidez que cualquiera de mis recuerdos.

Marlena, tú lo puedes todo. Puedes ser recreo, hogar y desfiladero. Fuego, hielo y Dracarys.

También puedes ser la persona que me destroce el corazón de tal manera que ni James y Sarah serían capaces de reconstruir, pero eso es otra historia.

No eres consciente de lo buena que estás, y no hablo solo de tu cuerpo, me refiero a toda tú. Cuando me miras así, con esos ojos capaces de detonar universos, me derrito.

—Veamos. —Trato de ponerme serio y le lanzo una mirada directa a los ojos para enfatizar la trascendencia de lo que estoy a punto de decir—. Estas semanas hemos comentado varias veces que no escribes porque nunca encuentras el momento, ¿verdad?

—Así es —me responde ruborizada—, ya sabes…, entre el trabajo y la vida en casa…, no encuentro el hueco para hacerlo.

— Lo entiendo —le digo mientras entrelazo sus manos con las mías—. Además, escribir una novela es algo complejo, está claro. Pero creo que, aparte de encontrar el momento y el lugar adecuados, y obviamente que te acompañe la inspiración, necesitas algo de presión. A veces, necesitamos que alguien nos marque una fecha para que nos pongamos en serio y terminemos nuestros proyectos. Por eso te he regalado esta libreta.

—Gracias, es muy bonita, pero… ¿En qué me va a ayudar una libreta en blanco? Aparte de la dedicatoria de la primera página, claro.

Marlena vuelve a abrir la libreta y se queda unos segundos mirando la dedicatoria. No sé en qué estará pensando, pero yo siento que ahora mismo la quiero más que nunca.

—Es que no está totalmente en blanco —le respondo.

Recorre las páginas con los dedos, despacio, como si temiera romperlas, hasta que se detiene en una. Me mira y susurra:

—¿Para qué son estas fechas?

—Son tus plazos de entrega: quiero que cada semana escribas diez páginas y las comentemos... Sabes que no soy un experto, pero creo que te puede ayudar que las pongamos en común. De esta manera, poco a poco, irás avanzando. Cada semana nos tomaremos un café y revisaremos lo que has escrito..., y seré muy crítico contigo, ¿eh? —le digo con voz cómica para rebajar un poco la tensión del momento—. Quiero acompañarte en este camino. Lo que escribías antes era..., no sé cómo definirlo..., verdad. Y hay muy poca gente que sepa escribir una verdad, que sepa enfrentarse a una verdad.

MARLENA

¿Sé enfrentarme a la verdad? ¿A qué clase de verdad te estás refiriendo? Porque si esa verdad insiste en recordarme con crueldad que no estoy ni con la persona de mis sueños ni en el trabajo de mis sueños..., entonces no. No me enfrento a esa clase de verdad.

Estoy a punto de preguntarte por qué me ves así y cómo es posible que lo hagas si yo misma no lo consigo, pero en lugar de eso, te pregunto:

—Pero ¿has ido hoy expresamente a comprarme la libreta?

—Claro.

Claro, me contesta «claro» como si fuera lo más normal del mundo, como si hoy en día las personas tuvieran tiempo para cuidar y atender a los demás sin esperar nada a cambio.

«Claro»: esa palabra resuena y explota dentro de mí. No hay nada claro aquí, aparte de que estoy deseando que el beso del otro día se repita y que volvamos a dictarnos mil reglas que después romperemos.

Quiero dejar de romperme, y, aún más, quiero romper el firmamento contigo, Orfeo.

Pero… no puede ser, así que me escudo en mi cobardía habitual y reduzco lo que siento a las ganas que tengo de comentar contigo cada semana lo que voy a escribir.

Quiero decirte que lo que creo y en lo que creo convergen en tu pecho, pero no me atrevo.

¿Ves cómo no está tan claro?

ORFEO

A Marlena se le ha cambiado la cara, ha puesto una expresión que no sé definir. O sí sé, pero no me atrevo a decírmela en voz alta.

Joder, claro que me atrevo. Ahora mismo me está mirando con la cara de amor más sincera que he visto en mi vida.

Será cabrona.

Antes me he prometido a mí mismo que hoy aparcaría mi intensidad habitual y no me pondría a hablar de sentimientos como siempre. Pero… Joder, pretender eso delante de ella es como soltar las riendas de un caballo salvaje que lleva tiempo encerrado en el establo, dejarlo en mitad del prado y pedirle, por favor, que no se ponga a galopar como un loco.

Voy a hacer el esfuerzo por ella. Se merece tranquilidad y no solo arritmias por mi parte. Se lo merece todo.

—¿Te parece buena idea? —le pregunto—. El camino se hace andando y, de esta manera, sin darte cuenta, irás construyendo tu historia. No te desmoralices, tendrás buenas y malas ideas, así como rachas de escritura, pero cuando esta libreta esté llena, tendrás tu novela.

—Nuestra novela —me contesta, con los ojos a punto de romper a llorar.

El caballo ha saltado la valla y ya no está en el prado, está en el puto espacio rumbo a Marte con un par de metralletas a su espalda destruyendo las estrellas que osan interponerse en su camino.

—No te haces una idea de lo que esto significa para mí —me dice conteniendo aún las lágrimas y cogiendo la libreta con ambas manos—, lo que una simple libreta y tu proposición de ayudarme significan para mí.

Las lágrimas ganan la batalla y comienzan a recorrer sus mejillas. Mi primer impulso es levantarme y darle uno de esos abrazos apretados que no dejan espacio a la tristeza, pero de repente Marlena me sonríe y entiendo que lo necesita.

Esas lágrimas están explicándole cosas a su pecho que hasta hace unos pocos segundos desconocía.

—Me ves, me ven. Me ven por fin.

Y rompe a llorar de forma abrupta. Esas lágrimas ya no son mensajeras, son mensaje: Marlena necesita vaciarse del todo para empezar a ser de nuevo. Se tapa los ojos con las manos, pero tiene el mismo éxito que cuando trata de contener la risa. A ella no se le puede retener ni la risa, ni el llanto ni el orgasmo. Marlena explota, y, joder, qué ganas tengo de que me explote en la cara.

Sigue sin entender que es imposible no verla así. Es imposible no verla entera, no sentirla.

Cuando se recompone, sellamos el trato y quedamos en el mismo lugar y a la misma hora la semana que viene para comentar las primeras diez páginas. Marlena se marcha un tanto apresurada, como hace siempre que de sus labios está a punto de salir uno de los sentimientos que su pecho guarda a buen recaudo.

¿Qué le habrán dicho sus lágrimas? Me muero por saberlo.

Nos damos un par de besos que no me saben a nada. No quiero que mis labios rocen tus mejillas con miedo, quiero recorrerte la vida a besos. Menos mal que cuando se acerca a dármelos me clava un poco las uñas en el antebrazo.

Mi antebrazo ya es suyo, su risa me ha devuelto la vida, así que supongo que no me queda otro remedio que tatuarme precisamente ahí: «Me he construido una casa al lado de tu risa».

Si seguimos viéndonos, en poco tiempo ninguna parte de mi cuerpo acatará mis órdenes.

Te quiero, Marlena, aunque nunca me atreva a decírtelo.

Domingo

ELLA

> Lo siento pero hoy no podré hablar,
> estaré todo el día acompañada.

Con este mensaje tan escueto me despido de Orfeo hasta mañana. Hoy no tengo fuerzas para disfrutar del mundo paralelo, porque el real me espera cargado de dosis de desidia y apatía.

Estoy en la cama con una pereza que pesa diez mil toneladas. ¿Hay algo que me apetezca menos en el mundo que pasar el domingo en casa del jefe de Edu?

Sí, sí que lo hay, pienso mientras cojo la almohada y me la pongo en la cara para asfixiarme. Pasar el domingo en casa del jefe de Edu rodeada de «la élite».

La élite. De verdad, quien se autodenomina así pierde todos los puntos posibles al momento. Por favor, mujeres del mundo, os pido que no os folléis nunca a un tipo que se haga llamar así.

Espera.

Yo lo hago. Me hago bola en la cama para evitar pensar en ello, pero me es imposible. Qué patética me siento ahora mismo, aunque en mi defensa diré que Edu no era así. Antes estaba lleno de vida y de risa. El Edu al que yo conocí no se parece en nada al de ahora.

La pregunta que no quiero hacerme, pero que me retuerce el vientre es: «Si no me gusta cómo es ahora, ¿por qué sigo con él?».

La bola que me he hecho crece y forma un alud que sepulta mi dormitorio.

Mierda, creo que también he metido a Edu en la cajita.

Menuda hostia de realidad.

¿Lo he hecho de verdad? ¿Qué he metido de Edu en la cajita?

Pues, ahora que lo pienso, no es tan difícil saberlo: para empezar, su carácter egoísta, que, reconozcámoslo, a veces roza el narcisismo.

¿Estoy saliendo con un narcisista?

Me incorporo un poco y me abrazo las rodillas como si de esta manera pudiera protegerme de las verdades que pretenden abofetearme.

¿Qué más? Ya que he empezado, lo mejor es escupirlo todo de una vez.

También he metido todas las horas que me deja sola aun estando aquí. Todos los cursos, reuniones y demás que lo obligan a encerrarse en el despacho, las cenas que se han quedado frías, las veces en que nuestra cama se ha quedado fría.

Resoplo. No puedo más, pero debo hacerlo. He abierto la cajita y lo mejor es inspeccionar meticulosamente lo que contiene. Veo también todo el apoyo que yo le brindo en su carrera y que no es recompensado, y, sobre todo, los chascarrillos y las burlas enmascaradas en forma de broma cuando le digo que quiero volver a escribir.

Todo eso está encerrado, lo ato con fuerza y lo sepulto bajo un millón de excusas para después olvidarlo al instante, lo reduzco a un momento de cabreo, o a que está cansado o estresado e incluso a veces lo defiendo. Sí, soy tan idiota que a menudo esgrimo argumentos a su favor, del estilo: «Si tiene razón, míralo a él, esforzándose al máximo en su trabajo para darnos una vida repleta de prosperidad. Y yo, en cambio, ¿qué hago, aparte de sentirme irrelevante ocho horas al día en un trabajo que no me llena? Soñar despierta, pensar que algo de lo que escriba puede hacer más bonito el mundo, qué tontería».

Estos pensamientos los meto también, y también los olvido. Y una vez hecho eso, ¿qué me queda? Vivir en un mundo en el que me siento inferior a mi pareja. Protegida, pero no cobijada. Fiscalizada. Controlada. Asfixiada. Presa.

—¿Estás bien cariño? No has dicho ni una palabra en todo el camino.

Edu me da la mano y me devuelve al mundo real. Estoy en nuestro coche, pero no recuerdo haber salido de la cama. ¿Qué ha pasado en todo este rato? ¿Lo he metido en la cajita también? ¿Cuánta vida estoy perdiendo en ella?

No puedo evitar sentir un poco de repulsión tras el contacto con Edu, no sé si por la sorpresa o porque, por fin, estoy descifrando mis sentimientos.

—Sí, yo siempre estoy bien Edu, ya lo sabes —le respondo apartando la mano.

—Lo sé, amor, lo que más me gusta de ti es tu entereza y saber estar. Se te puede llevar a cualquier parte, por eso sé que hoy la comida con mi jefe será un éxito.

Mi entereza.

Ojalá supiera decirte que estoy de todo menos entera.

Y eso de que se me puede llevar a cualquier parte, como si fuera un pastor alemán adiestrado, ¿qué me parece?

No seas tan dura con él, está nervioso, hoy es un día importante, préstale tu apoyo y disfruta de los momentos buenos.

Mierda, lo estoy haciendo de nuevo: lo defiendo, lo exculpo, aunque sea en detrimento de mi propio bienestar.

Mientras me pinto los labios en el coche y practico mi sonrisa forzada, en la radio suena «Maybe Tomorrow», de Stereophonics.

Puede que mañana sea el día en el que deje de vivir escondida tras el autoengaño. O puede que no quede ningún mañana si continúo así.

Llegamos a casa de su jefe, somos los últimos en aparecer. Pese a que solo llegamos cinco minutos tarde, noto que Edu me lanza un reproche mudo y yo me hago pequeña, casi invisible. Lo siento, amor, secarse un pelo que te llega hasta el culo no es tan fácil como parece.

Tendría que haberme despertado antes.

Supongo que, para compensar la vergüenza, Edu comienza a conversar con una efusividad exagerada: quiere hacerse notar, necesita que su jefe lo vea, necesita su aprobación. No hace falta que nos presentemos, conozco a todos: están Jaime y Víctor, y sus mujeres, Bego y Mireia, respectivamente.

Su jefe es un ególatra, altivo y de pocas palabras. Desprende esa clase de superioridad burguesa que me revuelve el estómago, no para de fanfarronear mientras, acompañado de su mujer, nos hace un tour por su casa, una mansión de tres plantas, enorme y moderna con incontables metros cuadrados carentes de vida y personalidad.

La conversación gira en torno a clientes y cifras, millones y dividendos, inversiones y porcentajes. No puede ser más aburrida y superficial; Bego y Mireia no abren la boca, y yo tampoco, hasta que llegamos al sótano y entramos en una habitación gigante repleta de libros, antiguos, modernos, cientos, miles. Entro en la sala y comienzo a recorrerla, poseída por su belleza.

—Hacía tiempo que no sufría el síndrome de Stendhal —digo sonriendo de verdad por primera vez en todo el día.

—¿El qué? —dice su jefe—. Yo el único síndrome que conozco es el del impostor, y créeme que nunca lo he padecido.

Jaime y Víctor le ríen la ocurrencia casposa a su jefe. Sus mujeres sonríen, pero me da la impresión de que no lo hacen para acompañarlos, sino para no importunarlos, para que no se sientan menos.

—El síndrome de Stendhal es cuando llegas a un lugar en el que hay tanta belleza que no te salen las palabras, te quedas paralizado, embriagado y a la vez nervioso porque sientes que no vas a poder retenerla toda, que se te va a escapar entre las manos —dice Edu con tono serio, pero, a la vez, visiblemente emocionado.

Vaya, parece que aún queda algo del Edu del que me enamoré. Por favor, si puedes oírme, sigue la luz y sal a la superficie. Lucha contra el invasor capitalista que ha ocupado tu cuerpo. Vuelve a mí.

El jefe vuelve a reírse, esta vez a carcajada limpia, y le da una palmada en la espalda a Edu.

—Pero ¿qué te pasa Edu? ¿Belleza? Esto no tiene ninguna belleza, ¿qué la tiene?

Va, no me defraudes.

A Edu se le cambia la cara.

—La cosa más bella es un gráfico en verde, siempre al alza —dice con el pecho hinchado como un palomo.

—¡Correcto! Por un momento me habías asustado. Subamos a tomar algo. Esta biblioteca no es nuestra, ya estaba en la casa cuando la compramos, y a mi mujer le da pena tirar los libros, ¡en fin!

Todos suben, menos yo, que me quedo unos minutos en silencio, revisando sus libros con tranquilidad. Veo a las Brontë, a Shelley, a Austen, a Sand y a Dickinson. Veo a un montón de mujeres a las que no consiguieron callar.

¿Por qué me tengo que callar yo?

Al cabo de unos minutos, subo las escaleras pensando en si alguien habrá notado mi ausencia, pensando en cuánto tardaría Edu en darse cuenta de que no estoy si ahora mismo saliera por la puerta, cogiera el coche y desapareciera.

Por un momento me divierte la idea de intentarlo, pero enseguida me entristece pensar que mi teléfono no sonaría hasta estar demasiado lejos de todo.

No importa, me visto con mi mejor sonrisa y vuelvo con «la élite». Hoy, como tantos otros días carentes de luz, me toca ser la pareja perfecta.

ÉL

Hoy me he sentado enfrente de Judit y le he preguntado si era consciente de que hace mucho tiempo que no hablamos. Su única respuesta ha sido preguntarme qué me apetecía desayunar, sin ni siquiera mirarme a la cara.

Me hubiera encantado llevármela a la cama y comérmela con las ganas que antes le tenía. Daría lo que fuera, cualquier cosa, para que nuestros cuerpos hablaran por sí solos y que entre nosotros sobraran las palabras. Sin embargo, no es así, entre nosotros faltan muchas palabras. Es más, ahora mismo siento que estamos a una conversación incómoda de separar nuestros caminos para siempre.

Al cabo de un rato me ha preguntado qué serie quiero que empecemos y hemos puesto un rato las noticias.

A eso nos hemos reducido, a lo que vamos a comer, a lo que vamos a ver, a lo que pasa en el mundo.

¿Y qué hay de lo que nos pasa a nosotros?

Comida, Netflix, noticias. Eso nos pasa, que no nos pasa nada.

La magia se ha terminado, ahora solo nos queda algún truco de mago de tres al cuarto que esconde cosas en su chistera. Pero solo es atrezo, no envuelve, no abriga, no acompaña.

Al cabo de un rato se ha ido al gimnasio. No me ha apetecido acompañarla y no parece que le haya importado demasiado. Lo siento, pero prefiero no hablar en casa a no hablar en un lugar público en el que nuestra distancia se hace más palpable y bochornosa.

Marlena hoy no existe y su ausencia me pesa más que nunca. De todas maneras, debo tomar pronto una decisión en el mundo real sin que el paralelo interfiera.

Mi móvil se ilumina e interrumpe mis cábalas, Pedro me está llamando. Descuelgo sin muchas ganas.

—Buenas —le contesto con apatía.

—Buenos días, Huckleberry, ¿cómo vas?

Esa referencia me saca una sonrisa, Pedro tiene la capacidad de hacer que salga el sol hasta en los días más grises.

—Bien, Tom, descansando.

—Me alegro. Oye, qué te iba a decir... Si no estás sentado, siéntate porque... ¡He conseguido que te hagan una entrevista los de *Rolling Stone*! ¡El martes, de aquí a dos semanas!

Y tanto que ha salido el sol. ¡Joder! Casi se me cae el móvil de la emoción.

—¡Por las barbas de los ZZ Top! ¡La de veces que hemos fantaseado con esto! No sé cómo agradecértelo.

—No hace falta que lo hagas, es un sueño compartido, nunca lo olvides. Te tengo que dejar, que voy a salir a comer con Sandra. Por cierto…, ¿todo bien en casa?

Esa pregunta hace que el corazón se me pare.

—Todo tranquilo, sí —le contesto con la boca pequeña.

—No te he preguntado si estás nervioso, Huck, te he preguntado si estás bien.

—No te preocupes por mí. Además, si me has alegrado el día, no podría estar mejor —le respondo esquivando deliberadamente la pregunta.

Estoy muy lejos de estar bien, amigo mío, pero por ahora no te lo puedo contar.

—Ya hablaremos, cuídate —me dice dejándome claro con su tono que mi respuesta no ha sido para nada satisfactoria.

—Y tú.

Cuelgo el teléfono.

Una entrevista en *Rolling Stone*, qué pasada. Estoy a punto de mandarle un mensaje a Marlena para comentárselo, pero no quiero importunarla hoy. Mañana se lo diré y lo celebraremos.

A Judit… ya se lo contaré otro día.

O no.

SEMANA 7

Lunes

ELLA

Aún tengo resaca de ayer, y no alcohólica precisamente, ojalá. Para mí fue agotador estar fingiendo que algo de lo que hablaban era interesante. Si bien un par de veces me di cuenta de que Edu no es como sus compañeros y su jefe, no puedo evitar pensar que cada día está más cerca de serlo.

Pero no lo voy a permitir. Voy a salvarlo. Voy a traer de vuelta al Edu que tanto quería, cueste lo que cueste.

Hoy es festivo en Barcelona y me niego a quedarme todo el día encerrada en esta casa. Hoy el Edu del pasado y yo vamos a salir de aquí.

Miro a mi alrededor y le pido perdón a la casa en silencio. Me gusta, sobre todo nuestro jardín y toda la luz que entra por las enormes ventanas, aunque últimamente no sienta que ese sol me calienta; es más, diría que hasta molesta, me ciega, me aparta de mí misma.

Está claro que casa y hogar no son siempre sinónimos, ojalá fuera así.

Joder, llevo dos ojalás ya para desayunar, y eso que me había despertado sin hambre.

Me levanto del sofá para preparar el desayuno.

Venga, calla un poco y baja revoluciones, que siempre te despiertas acelerada por la mañana. Estoy segura de que Edu estará entusiasmado con el plan que le voy a ofrecer. Miro el reloj que tenemos en la cocina: ya es hora de que se despierte, así que lo llamo.

—¡Edu!

Me asomo por el pasillo, Edu sale del despacho: ¿cuándo demonios se ha metido ahí?

—No me digas que estás trabajando —protesto con una cara de «si me dices que sí, te mato».

—No, no, solo estaba organizando la agenda para mañana —me dice excusándose.

No me ha dado ni un beso al levantarse y se ha metido directamente en el despacho. Alucino bastante, pero no voy a permitir que esta tontería estropee el día que he organizado.

Me acerco a él y le doy un beso cariñoso mientras lo rodeo con los brazos.

—Cariño, a ver qué te parece este plan, estoy segura de que te va a encantar, qué te parece si... Nos ponemos guapos....

Edu me sonríe.

—Nos vamos a dar un paseo y hacemos un vermú...

Edu sigue sonriendo.

—Comemos por ahí en un restaurante bonito...

Lo estoy haciendo bien, la sonrisa cada vez es más grande.

—Tomamos una copa y por la tarde nos vamos a una galería...

La sonrisa se apaga. No de repente, es más, me doy cuenta de que intenta conservarla, pero aun así se convierte en una mueca.

—Vaya, mira que iba bien, ¿eh? —le digo con un sarcasmo que no me apetece disimular.

—No, no —responde Edu, nervioso—, si el plan es perfecto, pero es que por la tarde debería trabajar. A ti también te iría bien, ¿no? ¿Qué te parece si hacemos todo lo demás, pero después de comer nos venimos aquí y adelantamos trabajo? Nos ponemos los dos aquí, abrimos un vino y le dedicamos la tarde a algo útil. ¿Te apetece?

Lo que me apetece es que la palabra útil no tenga un significado tan distinto en nuestros diccionarios. Para mí pasar una tarde en una galería comentando obras no solo me parece útil, me parece necesario. Me da oxígeno y vida. Pero, bueno, pensándolo bien, el Edu que tengo delante tampoco compartiría ese rato conmigo, no habría debates, solo me acompañaría a regañadientes por complacerme, y seguro que estaría mirando la hora cada cinco minutos para que nos fuéramos.

—No te preocupes, vámonos a comer y después tú te vienes a trabajar y yo me voy a la galería, no hay problema —le digo con una sonrisa.

Edu puede ser muchas cosas, pero tonto no es. Estoy segura de que sabe que sí hay un problema, pero no dice nada al respecto, solo entona un «vale» y se va a la ducha.

En otro momento lo hubiera seguido a la ducha para que nos diéramos los buenos días como es debido, pero no me apetece. Ya no me nace.

¿Puede que ni siquiera se esté dando cuenta de que nos estamos distanciando? Recuerdo que una compañera de la redacción nos explicó hace tiempo que, cuando le pidió el divorcio a su marido, él se hizo el sorprendido. Le dijo que no se lo esperaba para nada. ¿De verdad puede ocurrir algo así? ¿Hay gente que está tan sumamente centrada en su ombligo que no se entera de que lleva tiempo transitando un camino distinto al de su pareja?

Empiezo a ponerme triste al pensar que, o bien Edu lo sabe y no hace nada al respecto, o bien ni siquiera es consciente del problema que tenemos.

Ninguna de las dos opciones evita que me inunde la tristeza.

ORFEO

—A ver, camarada Raskólnikov, ¿cuánto tarda un amor en convertirse en anécdota?

Pedro me suelta esa perla de pregunta y se marcha a la barra a pedir otras dos copas de vino. Me lo quedo mirando mientras trato de construir una respuesta sólida antes de que vuelva, pero… Pero… El amor nunca puede ser una anécdota, ¿verdad? El amor es motor, faro y guía, pero nunca, bajo ningún concepto, se puede reducir a algo que comentamos entre copas para pasar el rato.

Pedro vuelve, con el semblante serio que solo pone cuando está a punto de lanzarse al precipicio de las filosofadas, así que le allano un poco el terreno y le respondo con firmeza:

—Señor Karamázov, mi respuesta es nunca: el amor nunca morirá en una anécdota, y de ninguna manera, viejo amigo, podrás hacer que cambie de opinión.

Una palabra tan aplastante como «nunca» seguida de un reto intelectual es lo que necesita Pedro para entrar en acción, así que, sin esperar ninguna otra señal, se arremanga el jersey y comienza su diatriba:

—¿Nunca? Eso ya lo veremos. Empecemos por una pregunta sencilla: ¿cuánto tiempo tarda en curar un corazón roto después de una amarga decepción?

—Joder, no lo sé. —Le doy un trago al vino para evitar confesar que yo nunca podría olvidar a Marlena—. Depende del caso, ¿no? No hay una fórmula matemática para ello —le respondo.

—En eso te equivocas, amigo. —Le pega un sorbo lento al vino para darle algo más de misterio a su siguiente frase y suelta—: La fórmula del olvido es $x/2 = y$, donde x son los meses que estuviste con esa persona e y el tiempo que tardarás en…, digamos, dejar de beber los vientos por ella. Por cierto, salud, por despejar esas íes griegas que tanto desconsuelo causan en los corazones de los amantes.

Pedro es la única persona capaz de decir algo como «la fórmula del olvido», soltar ese pedazo de brindis y quedarse tan tranquilo.

Pedro es de las pocas personas que logra hacerme escarbar en mis adentros.

Marlena también lo consigue.

Marlena… ¿Cómo la podría superar a ella? ¿Cómo se supera a alguien con quien no has llegado a tener nada?

A ver, vale que ella es mi ex, pero, rompimos hace años y yo ya no pensaba en ella. ¿De verdad ya no pensaba en ella? De verdad. Estaba cien por cien centrado en Judit, había hecho foco en ella.

Foco. ¿Por qué ahora hablas como Marlena? Qué mierda.

Lo mejor será utilizar la fórmula, aunque no sé si es aplicable a los amantes reincidentes. ¿Debería añadir una nueva variable? ¿Una épsilon que indique cuántos días de llantos ahogados sostuvo mi almohada? No, me niego a complicar aún más la matemática del amor de Pedro, así que en la x pongo el número de meses que hemos estado juntos. Eso es fácil, cero. No estamos juntos, nos hemos visto, nos hemos sentido, pero no hemos sido pareja, ni lo seremos, así que, 0 entre 2 es igual a 0.

El tiempo que tardaré en olvidarla es cero. Joder, qué bien, ¿no?

—Camarada, brindemos por tu fórmula —le digo a Pedro con tono jovial.

Espera, no cantes victoria tan rápido.

Parpadeo fuerte; es más, cierro los ojos durante unos segundos para darle más énfasis a la revelación que presiento que está a punto de llegar. Los abro y rebusco en mi corazón, para ver si su recuerdo ya se ha disipado por completo.

Para nada, su recuerdo está intacto, fuerte como un roble.

Supongo que 0 entre 2 no es 0 cuando ese cero está pintado con un millón de miradas que traspasan el firmamento. Supongo que el tiempo es relativo para la gente que sabe pararlo cuando abraza con sus pies los de otro por debajo de una mesa, que juraría ante un tribunal que esas dos personas se han «encontrado por casualidad» en esa cafetería. Supongo que la «x» no existe para la gente que sabe aprovechar cinco minutos, que sabe disfrutar de un fugaz beso robado al destino como si fuera el mejor manjar del universo.

Supongo que cero, si se divide entre nosotros dos, siempre será infinito.

Y lo siento Pedro, pero los infinitos no entienden de anécdotas.

—Camarada Raskólnikov, sé qué te parecerá un crimen que me vaya tan temprano, pero debo irme —me dice Pedro mientras se pone la chaqueta—. ¿Te vienes?

—No, señor Karamázov, voy a quedarme un rato aquí, preguntándome a mí mismo por qué, si todo está permitido, vivimos tan limitados.

Me doy cuenta de que a Pedro le encanta la referencia. Me sonríe y nos despedimos haciendo el típico saludo militar con la mano.

Me quedo a solas en el bar y le pido otro vino a la camarera; se me acerca una chica y me pide un autógrafo y una foto. Le dedico mi mejor sonrisa y lucho contra la tentación de escribir mi epitafio en lugar de mi firma.

Le agradezco su apoyo y cruzamos unas pocas palabras. Cuando me quedo solo, pienso de nuevo en la fórmula del olvido y se me aparece Judit. ¿Cuánto tardaría en olvidarme? ¿Realmente me recuerda? Estamos juntos, pero somos poco más que compañeros de un gélido piso que ya no sabe lo que es arder de pasión. Y yo… ¿La olvidaría al momento o me dejaría llevar por la nostalgia y las típicas preguntas de «qué hubiera pasado si lo hubieras hecho de otra manera»?

Es una mierda cuando pasa eso, cuando tu mente te traiciona y te planta en las narices un montón de futuros felices con la persona que has dejado escapar. Te hace sentir un gilipollas, un inútil, la peor persona del mundo.

¿Y Marlena?

Levanto la copa de vino medio vacía en señal de victoria, o más bien, como símbolo de una derrota por fin confesada. Porque si ignoro a mi cabeza e incluso a mi corazón y le pregunto a mi vientre, que solo es capaz de responder «sí» o «no», me escupe en la cara que nunca conseguí olvidarla del todo.

Supongo que eso significa que ella es mi destino, pero no ese destino adornado de amor eterno y perfecto en plan película de Disney. Que estemos destinados no significa que vayamos a compartir almohada: significa que siempre estará conmigo, en mis pensamientos, sueños y latidos.

Fórmula del olvido, infinito, destino, Marlena.

Cojo el móvil y sin pensar, con el pecho al descubierto, le envío un mensaje:

MARLENA

Me giro y lo busco por todas partes. ¿Cómo es posible que me haya hecho esta pregunta?

No lo veo en la galería. Pero, si no sabe que estoy aquí, ¿por qué me habla de cuadros y de destino?

Precisamente ahora, que estoy parada enfrente del *Sísifo*, de Tiziano. He tenido la suerte de venir al museo justo el día que termina una exposición temporal de uno de mis pintores favoritos. No sé cuánto tiempo llevo aquí, y no sé cuándo va a permitir este cuadro que me vaya. No me importa, no tengo ninguna prisa.

Me alegra no haber venido con Edu, que seguro me hubiera insistido en hacer un recorrido rápido para irnos lo antes posible a hacer algo «útil».

—Hacer algo útil. ¿Qué opinas tú de eso Sísifo? —le pregunto en voz alta.

No puedo apartar la mirada de él: su historia siempre me ha fascinado, su rebelión contra los dioses y su lucha por tener libre albedrío.

—Tú te atreviste a decir: «Sí, aquí estoy yo y no pienso ser como los demás esperan que sea, os acordaréis de mí». Cuánto tenemos que aprender de ti.

Su castigo fue ejemplar: subir una piedra gigante a lo alto de una montaña y, cada vez que lo conseguía, ver cómo la piedra rodaba hasta abajo del todo y tener que volver a subirla. Así por toda la eternidad.

A nuestra manera, todos somos un poco Sísifo. Todos vivimos en una rueda de hámster en la que creemos que avanzamos, pero, si nos da por detenernos un instante, nos damos cuenta de que el paisaje nunca cambia.

Sísifo decide seguir luchando, aun sabiendo que nunca ganará.

Sísifo me recuerda mucho a Orfeo, lo que me hace pensar que yo soy la roca que no puede estar en la cima durante mucho tiempo.

La cima como sinónimo de felicidad, la piedra gigante huyendo de ella porque no cree merecerla.

Estoy cansada de huir, así que le envío a Orfeo una foto del cuadro, acompañado de un:

Así va mi destino, ¿qué te parece?

Enseguida me contesta:

Pues ahora mismo te envidio por dos cosas:
por estar delante de ese cuadro y por darte
cuenta de que tu destino seguirá en bucle
por toda la eternidad a menos que hagas
algo. Aunque el pobre Sísifo no pueda hacer
nada, tú sí puedes.

El mensaje abre un debate que me encanta: ¿se puede salir de ese círculo vicioso al que llamamos vida? ¿Podemos un día romper con lo establecido, gritar al horizonte que no somos felices y marcharnos sin más? ¿Y qué pasa con la gente que dejamos atrás? Qué pasa con el daño que hacemos, con los corazones que rompemos.

Le envío un mensaje:

¿Crees que Sísifo es feliz?

Escribiendo…

No sé qué respuesta espero. En parte me gustaría que me dijera que no, para así tener una excusa más para no salir de mi rueda de hámster, de mi cajita, pero…, por otra parte…, necesito que me dé esperanza.

No, no creo que sea feliz en el sentido que le
damos normalmente, pero creo que ha llegado
a un punto más elevado de la existencia.

Un escalofrío me recorre todo el cuerpo. Esto sí que me interesa. Le respondo:

¿A cuál?

Al de la verdad: Sísifo no tiene una existencia
complaciente, no tiene comodidades ni falsos
placeres disfrazados de entretenimientos,
pero vive una vida de verdad. Sus acciones
están en consonancia con lo que le dicta su
pecho, y creo que eso es a lo máximo que
podemos aspirar.

Consonancia con lo que le dicta su pecho, potente, muy potente. Sabes que siempre te voy a llevar la contraria en todo, Orfeo, pero esta vez tienes razón. Estar alineado con lo que te dice el pecho, hacerle caso, vivir en paz. Qué fácil es decirlo y qué complejo se me antoja. ¿Alguien lo hace hoy en día? ¿Yo lo he hecho alguna vez?

¿Qué te pasa, Marlena? Noto tu pecho
acelerado, estás nerviosa, la cabeza te va
a mil por hora, ¿puedo hacer algo?

Ya estamos. Qué rabia me da que me lea tan bien. Recuerdo que un día estaba comiendo fritos en el coche mientras hablaba con él y de verdad que no dejé de hablar, no hice ningún sonido detectable por un ser humano normal, pero el muy cabrón, con oídos de elfo, se dio cuenta de que se me había caído un frito y lo estaba buscando por el asiento.
Le respondo:

No puedes hacer nada, y sí, estoy bastante
acelerada, y mira que llevo media tarde aquí.

Escribiendo...
Dime que vienes, dime que vienes y que me raptas. Hoy me dejaría raptar por ti.

¿Sabes?, debería ir para ahí y hacer arte
contigo, en la modalidad que prefieras:
podríamos ponernos a bailar un tango
imaginario en mitad de la galería, o darnos un
abrazo digno de una escultura de Miguel
Ángel. O, mejor aún, podríamos hacer el amor
en el lavabo y pintar con nuestros orgasmos
una nueva capilla Sixtina.

Quiero.

De verdad que quiero.

Pero creo que por ahora seguiré especializándome en el arte
de engañarme.

Estaría bien, pero no puede ser.

Hablamos mañana, Orfeo, tú sí que eres arte,

no dejes de serlo nunca, por favor.

Hasta mañana, Marlena, tú no dejes
de hacer el mundo más bonito con lo
que creas y lo que crees.

Miro el cuadro por última vez antes de marcharme.

—¿De verdad hago el mundo más bonito? ¿Puede una cobarde como yo mejorarlo de alguna manera?

Qué más da, me temo que, como todas las preguntas que me hago últimamente, estas también se quedarán sin respuesta.

Hasta siempre, Sísifo. Gracias por todo.

Martes

ORFEO

Llámame si quieres.

Joder, comenzamos el día potente. No nos hemos dado ni los buenos días y lo primero que recibo de Marlena es este mensaje.

No me lo esperaba para nada, pero me resulta impensable no aprovechar la oportunidad, así que le digo a Pedro que voy a comprar vino, salgo a la calle y la llamo. Escuchar su voz hace que el día sonría.

—¿Qué tal? ¿Cómo estás? —le pregunto mientras me siento en un banco de la calle y abro la libreta por instinto.

—Pues a punto de comer; espera un segundo, que justo viene el camarero a decirme qué hay de menú.

Se hace el silencio durante unos segundos. Luego oigo una conversación en voz muy bajita y, de repente, su risa, a modo de carcajada, a modo de misil que derrumba cualquier tipo de tristeza concebida por el hombre. Unos pocos segundos después se vuelve a poner al teléfono.

—Joder, tío, es que soy de lo que no hay —me dice, incapaz de contener la risa.

No sé lo que ha pasado, pero me empiezo a reír con ella. De repente, la luz del sol se hace más intensa.

—¿Qué ha pasado? —le pregunto con un buen humor recién nacido.

Una señora pasa a mi lado y me mira raro. Sí, señora, aún queda gente feliz que sabe sonreír, que sabe vivir.

—Pues, verás —dice riéndose aún—, estoy en un restaurante. El camarero me ha dicho lo que había de primero y de segundo, y le he contestado: «No me acuerdo de los segundos, pero de primero ponme gazpacho». Y me ha respondido: «Genial que no te acuerdes de los segundos, pero de primero no tenemos gazpacho, es salmorejo». Y me he empezado a reír sola y, claro, todo el bar se me ha quedado mirando. De verdad que lo que no me pase a mí...

—¿Sabes?, una de las cosas que más me gustan de ti es lo espontánea que eres —le digo casi en un susurro.

—Pues... —responde Marlena, cambiando el tono, como si se avergonzara de lo que va a decir—: Debo confesarte que lo soy mucho más desde que has vuelto, me siento más... yo.

Esa afirmación me atraviesa, no soy capaz de contestarle todo lo que se me pasa por la cabeza: para empezar, cogería el coche e iría a por ella, para que nos fugáramos a un lugar donde nadie nos conociera. La llevaría a un mar que nunca haya tenido la suerte de acogernos en su marea infinita. La llevaría a todas partes, le regalaría todos mis latidos.

—¿Más tú? No me digas esas cosas si no quieres que me vuelva a enamorar de ti.

Ambos nos reímos. Supongo que los dos sabemos que ya es demasiado tarde para eso, que es evidente que ya lo estoy y que ella también ya lo está. Que ya somos, aunque nunca seremos una realidad.

—Pregunta: ¿cuándo somos realmente nosotros? —Prefiero comenzar un debate que seguir zambulléndome en el océano del desamor.

—Qué interesante —contesta. Noto que su mente se activa a mil por hora—. Yo creo que eres tú de verdad cuando estás a solas, ya sabes, cuando nadie te ve.

—Sí, creo que tienes razón, porque, dependiendo de con quién estemos, somos de una manera o de otra.

—Exacto, ya sabes, las máscaras.

—Putas máscaras —decimos a la vez, y nos comenzamos a reír de nuevo.

—Entonces, supongo que tienes que quedarte con la persona que más te haga sentir tú. Que te haga estar en paz y sin miedo, como cuando estás a solas —le digo después de que nuestra risa se apague.

—Exacto, y… ya que estoy en modo confesión, quiero que sepas que tú eres esa persona: tú haces que me parezca muchísimo a como soy cuando nadie me ve.

Vale, ahora sí que me enamoro. Si me quedaba alguna duda, si creía que existía un mínimo resquicio para poder salir de esto con el corazón de una pieza, está claro que no. Mi corazón es suyo y hará con él lo que quiera.

«A veces, soy tuyo y a veces del viento», canta Alejandro Sanz, pero el viento me grita tu nombre, Marlena, así que supongo que para mí es lo mismo.

Miércoles

Llevamos días hablando sin parar, cada vez con más soltura e intensidad. No importa que muchas veces no nos despidamos: nuestras conversaciones se acaban, pero no las ganas de seguir hablando. Lo noto, y seguro que ella también.

Me da miedo reconocerlo, pero sin darme cuenta se ha hecho un hueco en mi vida. Ya no la concibo sin ella, ya no la quiero sin ella.

Me envía mensajes y notas de voz mientras conduce, está esperando para hacer una entrevista o se va a comer. Siempre le pasan un montón de cosas, no puede evitar interactuar con el ambiente. No es de esas personas que pasan desapercibidas, por mucho que ella crea que sí.

Ella es esa clase de brillo que no se puede apagar ni con un millón de noches tristes.

Hoy estoy especialmente melancólico. Esta mañana he ido a darle la mano a Judit y, justo cuando iba a rozarla, la ha apartado sin darse cuenta. Por un momento me ha reconfortado la idea de que nuestro olvido está sincronizado y que nuestros cuerpos ya entonan la melodía de un adiós plagado de incertidumbre. Pero después me ha entristecido pensar en todos los momentos en los que deberíamos haber dicho algo que no supimos pronunciar y que podría haber salvado lo nuestro. En todas las acciones que no fuimos capaces de llevar a cabo.

Nos hemos mirado y no nos hemos dicho nada; supongo que con eso nos lo hemos dicho todo.

¿Qué haces cuando te das cuenta de que el infinito que habías escrito en tu futuro se desvanece como el dibujo de un niño en la orilla del mar?

Por un lado, está la parte poética: la derrota, la inseguridad que te provoca no saber elegir a tu compañero de vida a estas alturas de tu existencia. ¿Habrá algo roto en mí o es que se está fragmentando el mundo? Por otro lado, está la parte práctica: si esto se ha acabado, hay que afrontarlo, hay que sentarse a hablar. Hay que llorar y presenciar las lágrimas de la persona a la que un día llamaste «mi vida». Hay que cortar en dos el infinito, repartirlo y tumbarse cada uno en su lado, a la espera de un mañana que no provoque ansiedad ni culpa, que no nos haga sentir vacíos e incompletos.

Marlena, no sé si eres mi mañana, mi infinito o mi ojalá, pero te pienso lo suficiente como para saber que eres mucho más que ese quizá que no te atreves a afrontar por si al final no sale bien.

Por eso te envío este mensaje, porque me atrevo y quiero que lo nuestro no sea otra derrota en mi antología de corazones rotos:

Si me interrogaran hoy,
confesaría que tú eres mi infinito.

MARLENA

Esto ya no es un escalofrío, es un seísmo. Que me digas esto, justo ahora, me descoloca por completo.

Estoy en una floristería comprándote un lirio negro. Llevo días buscándolo, y hoy, cuando por fin lo he encontrado, me he reído con amargura cuando he comprendido que no te lo podré regalar.

La chica de la floristería Jardín Idílico me ha preguntado si estaba bien y me he sentido orgullosa al contestarle que no, que estoy muy lejos de estar bien, pero que, al menos, conozco el camino de vuelta para estarlo.

Conozco el camino de vuelta hacia mí misma, y en gran parte pasa por estar contigo, Orfeo.

Yo también quiero que seas mi infinito, pero ahora solo puedo pensar en que me he saltado una reunión para comprarte una flor que se morirá, o por exceso de amor, o por mi indiferencia despistada, como siempre me pasa con las cosas que me importan.

No existen los infinitos, Orfeo, deja de soñar.

Después de contestarle, meto el móvil en el bolsillo y me prometo a mí misma que no lo sacaré de ahí hasta que llegue a la redacción.

Lo saco al minuto. Resoplo y me doy un toque en silencio, ¿Qué clase de persona soy si no puedo cumplir una promesa tan pequeña?

Una persona que está cansada de que la tachen de simple, supongo.

Me siento en un banco de la calle con el móvil en una mano y el lirio en la otra. Le hago una foto, pero no se la envío, aún no.

Recibo un mensaje suyo.

Por más que quiera, no puedo abrirlo. Sé que hacerlo será enfrentarme a mi cobardía. Da igual las veces que lo niegue o trate de restarle importancia, sé que estoy siendo una falsa, un hazmerreír disfrazado de persona feliz que lo tiene todo bajo control.

Estoy de nuevo en la cajita, y entre sus paredes implacables no se me permite llorar. Aquí no existe la tristeza ni la nostalgia, tampoco hay sueños ni aspiraciones ni nada que haga sentir vivo a mi corazón. Solo hay máscaras que interpretan con falsa satisfacción sonrisas y besos perfectos frente a la cámara. Besos que no saben a nada. De repente, noto que el mensaje de Orfeo abre una pequeña fisura en la cajita, meto la mano y se hace más grande. La idea de salir me aterra y me atrae a partes iguales. No sé lo que me espera fuera, pero no puede ser peor que este letargo eterno, así que saco la cabeza aguantando la respiración.

Tengo frente a mí un abismo que me mira directamente a la cara, pero, para mi sorpresa, no me lanza reproches airados, ni me grita ni intenta absorberme. Sé que no tiene sentido, pero la paz que me brinda me rompe por completo y comienzo a llorar. La primera lágrima es tímida, prácticamente imperceptible. Las que le siguen salen disparadas como el gas de un extintor que sabe que no podrá apagar el incendio que tiene delante. No sé cuánto tiempo me paso llorando, el abismo no me permite volver al banco en el que estoy sentada hasta que me vacíe por completo. Con las lágrimas se escapa mi rabia, mi dolor, mi incapacidad para salir de aquí y mi talento innato para decir que quiero cosas que en realidad detesto; mi cobardía, en cambio, se resiste a abandonarme como el frío que aún sientes pese a llevar media hora metida en un baño caliente. Ese frío que, por más que lo intentes, no consigues templar porque proviene de tu interior.

Sin dejar de llorar abro el mensaje:

Claro que existe el infinito,
lo que está dejando de existir
son las personas que están
dispuestas a luchar por él.

Miro el lirio: primero mío, luego tuyo, después nuestro... y, al final, nada. Solo un lirio frente a un móvil.

Hoy quiero retar al infinito, al destino, a Sísifo, a Orfeo y a todas las historias escritas y por escribir.

O mejor aún: hoy necesito descalzarme, tumbarme en mitad de la carretera y esperar a que me atropelle el futuro que me merezco.

Me encantaría escribirte todo esto, pero en lugar de eso te envío la foto del lirio, como si con su mera imagen pudieras adivinar por lo que estoy pasando ahora mismo.

Escribiendo...

No quiero que me respondas, así que te envío otro mensaje:

Me merezco que la felicidad me encuentre,
aunque le cueste tanto como a mí encontrar
este lirio que he comprado para ti.

Deja de escribir. Noto desde aquí cómo su pecho le pide ayuda a su cabeza para procesarlo.

La calle se llena de gente, es la hora del almuerzo y todo el mundo sale corriendo de los bloques gigantes de oficinas para llenar las cafeterías y los bares. De repente, me siento pequeña o, más bien, invisible.

Orfeo, si hicieran un *Buscando a Marlena*
en plan *Buscando a Wally*, ¿me encontrarías?

Escribiendo.

Dime que sí. Si me contestas que me encontrarías en la oscuridad, yo lo dejo todo. Te llevo el lirio, cogemos el coche y nos largamos de aquí.

Marlena, tienes un par de neones
resplandecientes en las alas, eres imposible
de esquivar o de olvidar.

Me levanto del banco, dispuesta a ir a por ti, pero justo en ese momento recibo un mensaje de Edu:

Cariño, ¿qué tal estás? Yo llevo un día de locos
y me he escapado para enviarte este mensaje,
a veces eres lo único que me hace mantener
la cordura. Llegaré tarde hoy, pero te lo
compensaré.

Recibo otro mensaje de Orfeo:

¿De verdad ese lirio es para mí?

El abismo me mira con cara de pena.
La cajita me engulle de nuevo.

Dejo de llorar al instante. Estoy a punto de coger el espejo que llevo en el bolso, pero me detengo a medio camino. No hace falta que me revise el maquillaje, estoy segura de que está perfecto.

Estoy bien.

Todo está bien.

Le contesto a Orfeo:

> Qué va, era una broma. Me lo ha encargado mi jefa para no sé qué artículo. Ya sabes, cosas de periodistas. Me tengo que marchar, hasta mañana.

Luego le contestaré a Edu, no me apetece mentir dos veces en cinco minutos, así que entierro el móvil en el bolso y vuelvo a la oficina.

No tengo un par de neones, Orfeo. A veces siento que brillo, pero después me doy cuenta de que es solo un espejismo.

Nada está bien.

Jueves

La cabeza me va a explotar.

Las sienes me palpitan desde hace un rato, así que comienzo a masajearlas mientras trato de averiguar si el dolor de cabeza me lo provoca Marlena o el hecho de no poder estar con ella.

Marlena, ese incendio inconsciente de que podría prender el mundo entero si quisiera.

Supongo que así es como muere la poesía, con una mezcla de ceguera y cobardía.

No sé qué canción poner para que me acompañe en este momento. ¿Qué tema es el que mejor nos define?

Me levanto y me pongo un whisky para que me inspire.

—Sí, ya lo tengo. Alexa, pon «Me equivoqué», de Sharif y Mxrgxn.

Escucho la frase «no me arrepiento» acompañada del tintineo de los cubitos al caer en la copa y me la tatúo en las sienes, que están a punto de reventar.

Marlena, ¿eres la piedra, el puerto o el acierto? Joder, lo eres todo, no sé por qué me lo sigo preguntando.

Me dejo caer en el sofá. Hoy no me apetece un futuro impuesto por la dictadura de las promesas incumplidas. Lo que quiero hacer es reventar el ahora contigo, llevarte a la playa y follar como posesos contemplando el mar.

Concédeme ocho horas y después coge un revólver y vuélame la tapa de los sesos, así a lo mejor mi cabeza me da el respiro que tanto necesito.

Comienza la serie. Hoy, por fin, James y Sarah se ven fuera del hospital. Han quedado en una cafetería apartada. Mira, Marlena, ellos —al igual que nosotros— para ser, necesitan que nadie los mire.

Sarah le dice a James que está pensando solicitar el traslado a otro hospital, le confiesa entre lágrimas que lleva cinco años enamorada de él y que no puede aguantar más. La destroza verlo cada día y no poder ser su pareja, su todo.

En serio: ¿en qué momento una serie de médicos le afecta tanto a un hombre hecho y derecho, y un tanto deshecho, reconozcámoslo, de cuarenta y dos años?

¿Y por qué justo lleva enamorada cinco años? ¿Los guionistas me están vacilando? No concibo que haya tantos paralelismos con nuestra historia.

Sarah está bebiendo vino. Es la primera vez en toda la serie que se muestra frágil, que se muestra entera.

Me destroza pensar lo mucho que nos cuesta desnudarnos ante otra persona. La ropa nos la quitamos enseguida y ante cualquiera, pero los sentimientos casi siempre los dejamos debajo de la armadura.

No sé si escribo yo, mis sienes o los guionistas de la serie que han tomado el control de mi vida, pero cojo el móvil y le pregunto:

¿Cómo te gustaría que acabara esta escena?

Marlena, necesito saber cómo quieres que acabe lo nuestro.

MARLENA

¿Cómo me gustaría que acabara?

Pues mira, Orfeo, hoy he tenido un día de mierda en la redacción, pero un día de esos que logran que cualquier otra jornada desastrosa parezca un paseo por el campo. Así que he decidido dejarme aconsejar por una compañera, que me ha dicho como diez veces que siempre que está de bajón hace un ritual de belleza casero, y así estoy, con la cara llena de una crema verde que huele a pies de orco y una copa de chardonnay a punto de rebosar. Una copa que he tenido que llenar dos veces porque en la primera se ha pringado con la crema.

Estoy a punto de contestarte que me encantaría que la escena se zanjara en plan película de Tarantino: aparecen de repente un par de tipos vestidos con esmoquin y revientan a tiros a todos los del bar, James y Sarah incluidos.

Muerto el amor, se acabó la rabia.

Sí, no sé en qué momento ha pasado, pero hoy he renegado del amor y..., ¿sabes qué?, siento que sin él vivo mucho más tranquila.

Deseo estar en paz, llegar a mi casa, descansar, leer.

Edu casi nunca está, y cuando llega suele irse al despacho a terminar alguna operación, por lo que nuestras interacciones son breves y prácticas. Es un poco triste, pero siento que podría estar así toda la vida.

¿Y por qué no hacerlo? En lugar de correr hacia mi destino voy a quedarme tumbada en una hamaca, y a ver qué pasa. Si en algún momento llega un tsunami, ya me enfrentaré a él como pueda.

Le envío este mensaje sabiendo que le va a doler en lo más profundo del alma. Lo siento, Orfeo, pero te estoy haciendo un favor: un mensaje como este es lo que necesitas para tirar la toalla. Hazlo de una vez y demuéstrame que lo nuestro no es tan mágico como nos obligamos a creer.

Vaya, parece que llevar la cara verde me está convirtiendo en la bruja malvada de *El Mago de Oz*.

No sé por qué estoy pagando mi mal día con Orfeo. Además, soy yo la que necesita que tire la toalla, porque yo no lo haré nunca. Yo podría vivir toda la vida así, con nuestro mundo paralelo dándole sentido al mundo real.

Me contesta:

No me mientas, y, sobre todo, no te mientas.

Bum, muchas gracias por participar en el juego de «hazte la dura con tu ex», tienes el récord de eliminación temprana.

Me termino el vino. Orfeo tiene razón. No sé para qué le miento precisamente a él, que me lee la mente y el pecho a kilómetros.

Ahora en serio: ¿cómo debería acabar la escena? Se merecen un final feliz. Se merecen estar juntos, así que, yo haría algo así como…

La serie interrumpe mis pensamientos. James se pone a llorar, se levanta y, en ese preciso instante, comienza a sonar «Stand By Me». Le tiende la mano a Sarah, que también se levanta y se ponen a bailar en medio del bar. Le escribo:

Joder, así debía acabar, lo han clavado.

Sí, encima con «Stand By Me» de fondo.
Ahí me han tocado la fibra, los muy cabrones.

Nos reímos, no lo escribimos, pero sé que ambos nos reímos. Me pregunta:

¿Cómo va tu pecho?

Uf. Lo siento, cariño, pero hoy he decidido renegar del amor y mantenerme firme…, por lo menos hasta mañana. Le respondo:

Lo voy a apagar por hoy, no puedo más.

Orfeo, a veces siento que no te puedo querer más, y eso me desconcierta y me asusta a partes iguales.

Sueña bonito y fuerte,
Marlena.

Sueña bonito,
Orfeo.

Sueña conmigo, con nosotros.
No puedo irme a dormir así. La cabeza me da vueltas, me es-

toy mareando y comienzo a verlo todo borroso. Necesito parar, no del todo, pero sí frenar un poco, así que le escribo:

¿Te parece bien que no hablemos hasta el lunes?
No es por ti, de verdad. Necesito pensar en todo.
Y contigo rondándome la cabeza me es imposible.

Me contesta:

Claro, no hay problema, lo que necesites.
Para cualquier cosa, ya sabes dónde estoy.

Gracias, Orfeo, gracias por entenderme siempre, hasta cuando ni yo misma me entiendo.

Viernes

ELLA

Es viernes por la tarde, tengo todo el fin de semana por delante y ningún plan. Edu se pasará horas trabajando, así que me preparo una taza de café gigante y abro la libreta que Orfeo me regaló.

Sin pensar, dejo que las palabras fluyan. Al principio, garabateo pensamientos inconexos, pero enseguida empiezo a tejer una historia.

La protagonista es una chica que un día se da cuenta de que le queda poco tiempo de vida. No por culpa de una enfermedad terminal ni de una catástrofe natural. No sabe muy bien por qué, pero le apuñala la certeza de que algo funesto le va a ocurrir y decide que bajo ningún concepto quiere pasar sus últimos días como hasta ahora.

Sale a la calle con esa sensación que le aplasta el pecho y ve que en el cielo ha aparecido un reloj gigante que indica una cuenta atrás de una semana.

Mira a la gente que tiene a su alrededor. Todo el mundo tiene la vista clavada en el cielo.

—¿Qué cuenta atrás tienes tú? —le pregunta a un chico que tiene a su lado.

—Dos días —le responde con cara de pánico.

—Vaya, veo que no es igual para todos.

Suelto el boli superanimada. ¡Me gusta esta idea! Podría desarrollarla de la siguiente manera: la cuenta atrás no significa el tiempo de vida que les queda a los personajes, es el tiempo que tienen para encontrar a su amor verdadero. Si no lo consiguen cuando el reloj marque cero, estarán condenados a vivir con el vacío del conformismo toda su vida.

Edu se acaba de levantar de la siesta. Ayer estuvo trabajando hasta tarde así que le he preparado una tortilla para merendar y he cargado la cafetera.

—Hola, cariño, ¿qué haces? —me pregunta medio dormido.

—Pues resulta que estoy escribiendo una nueva historia —le respondo, contenta—. Trata sobre un reloj gigante que aparece en el cielo y a cada persona le marca una cuenta atrás diferente.

Mientras se pone el café parece perdido en otro mundo. No me contesta, ni siquiera me mira.

—¿Qué te parece? —le pregunto ansiosa.

—¿El qué? Perdona, cariño, estoy muy cansado, ¿qué me decías? —Se coloca frente a mí y comienza a desenvolver una magdalena. Veo que ha ignorado mi tortilla tanto como a mí—. ¿Estás escribiendo un artículo para el periódico? Cuéntame.

Lo miro y le sonrío con una tristeza que se acentúa al comprender que no la detectará. Que se la tomará como una sonrisa cómplice.

Edu ya no entiende mis sonrisas, ni mis silencios, ni mis palabras. El que ha sido mi pareja durante años ahora es un extraño con el que comparto casa y cama, pero nada más.

Aun así, porque una pequeñísima parte de mí se niega a aceptarlo, le pregunto:

—¿Qué harías si te dijeran que tu vida se acaba dentro de dos días?

El pobre casi se atraganta con la magdalena.

—Vaya pregunta a estas horas, pues… —Se queda pensando unos segundos—. Supongo que todo dependería de si son los dos últimos días solo para mí o para todo el mundo.

—¿Qué diferencia habría? —le pregunto con verdadero interés.

—Bueno, no sé… Si es para todos, reinaría la anarquía, pero, si es solo para mí, me encargaría de dejar mis asuntos en orden.

—¿Qué asuntos son esos, Edu? —le pregunto.

No me lo habría planteado así nunca.

—Pues me dedicaría un rato a hacerle el traspaso de todas las operaciones que tengo en el trabajo a algún colega, y después trataría de ordenarlo todo económica y legalmente para que a ti no te faltara de nada.

Me quedo sin palabras. Entiendo su respuesta, de verdad. Entiendo lo formal y recto que es, y sé que haría esas cosas pensando en mí, al menos en parte, pero no es lo que esperaba.

—¿Tú qué harías? Algo parecido, supongo —me pregunta.

—Sí —le respondo sonriendo de nuevo—. Algo parecido. Voy a seguir escribiendo el artículo, ¿vale?

—Claro, trabaja mucho. Ya que estás, voy a aprovechar yo también, y así adelanto alguna operación.

Me da un beso en la frente y se encierra en el despacho. No hay portazo, pero algo en mi interior resuena.

Me quedo sola con mi libreta. Me prometo a mí misma que en sus páginas no habrá nadie que se dedique a trabajar y a rellenar documentos en sus últimas cuarenta y ocho horas. Las ocuparán yendo a la playa, follando como locos, bebiendo, riendo y disfrutando de la vida.

Miro el calendario que tenemos colgado en la pared.

Quién sabe si este fin de semana es el último de mi vida.

No pienso hacer balance, me niego. Cierro la libreta y lloro en silencio, aunque no sé por qué. Edu no me oiría por mucho que gritara, por mucho que me desintegrara ahora mismo en la alfombra de nuestro salón.

Sábado

ÉL

Le he preguntado a Judit si trabajaba hoy. Hace un tiempo que su horario se volvió un misterio para mí, supongo que ya no le presto la atención que se merece.

Me ha contestado que doblaba todo el fin de semana y que por eso se quedaba a dormir en casa de Silvia, una compañera de trabajo que vive al lado del hospital.

Cuando ha venido a despedirse, me ha dado un beso en la mejilla casi imperceptible y me ha soltado un «hasta el lunes» que me ha sabido a despedida perpetua. Mientras recorría el pasillo para salir del piso le he preguntado si le preparaba algo rápido para almorzar. El portazo ha sido la única respuesta.

Hasta el lunes, Judit.

Antes, aunque doblara el fin de semana, siempre le robábamos algún latido al tiempo para estar juntos. Iba a buscarla en un descanso y cenábamos algo rápido o dejaba preparado algo aquí y veíamos una peli, aun sabiendo que a los cinco minutos se iba a quedar dormida. Pero este «hasta el lunes» jamás había sucedido.

Sería más cabrón de lo que ya soy si se lo reprochara, para qué se va a esforzar si yo ya no lo hago.

Hace semanas que veo diferente a Judit, antes incluso del retorno de Marlena.

¿La veo diferente o por fin la veo como es de verdad?

Miro el reloj, son las ocho y veinte, demasiado pronto para ponerme una copa. Demasiado tarde para lo nuestro.

Me siento con una taza de café en la mano. Está ardiendo, cosa que contrasta a la perfección con lo frío que está nuestro piso.

Un día dije que Judit era la primavera, pero ya no estoy tan seguro.

Hay personas que han nacido para ser flor, otras para ser jardinero y otras se contentan con disfrutar del paisaje.

Supongo que son las tres maneras que existen de lidiar con el amor.

Sin duda, mi pareja es de las terceras. Aunque me temo que no lo disfruta realmente. Lo observa, sí, pero hace como si no fuera con ella. Como si el mismísimo amor no fuera con ella.

Amor.

Esa palabra me suena anticuada desde que Marlena ha regresado a mi vida. Como si la hubiera usado tan a la ligera que ha dejado de tener valor.

Con ese pensamiento tan agridulce me dirijo a la nevera y saco una botella de albariño. Sé que es temprano, pero es sábado y mi melancolía en auge me permite esta licencia. Además, presiento que hoy es el día en que acuñaré un nuevo término. Un nuevo verbo que demuestre lo que siento por ella sin sesgos ni interpretaciones.

Descorcho la botella y me pongo una copa. Me la quedo mirando como si fuera Marlena. Te deseo, pero no te voy a probar. Aún no ha llegado nuestro momento.

La palabra. Vamos a buscarla juntos, aunque tú no estés.

¿Cómo explicar la sensación que tengo cuando te abrazo? Me siento el hombre más afortunado del mundo y a la vez el más desdichado por no poder perpetuar ese momento.

No, ese pensamiento, pese a tener mucho sentimiento, sigue sonando a amor. Es más, suena a tragedia griega o shakesperiana.

Mierda. ¿Puede que el amor actual sea solo un *remake* barato de lo que ya se sintió en un pasado? Ese pensamiento se merece un trago de vino, sin duda.

Bebo y continúo. El alcohol, pese a que no ha llegado aún a mi torrente sanguíneo, me anima a seguir. Cojo la copa y la levanto como si estuviera a punto de soltar un discurso en una boda.

—A veces creo que el amor es un ente errante e hiriente que está dividido en partículas, y que, cuanto más nos entregamos a él, más rápido se agota. Como si viviera en una despensa lejana, a la que nunca podremos regresar para llenarla de nuevo. Un día cualquiera se acabará por completo, y lo más triste de todo es que nadie, en este bulevar de sueños rotos, se dará cuenta de ello. —Hago una pausa—. Alexa, ponme una canción —le digo, esperando que me lea el pensamiento.

—Aquí tienes la emisora Hits de hoy en Amazon Music.

Comienza a sonar una canción de reguetón. Parece que hoy nadie me sabe leer la mente.

—Alexa, para —le digo, nervioso—. Pon «Por el bulevar de los sueños rotos».

Marlena, si Sabina estuviera conmigo ahora mismo, compartiendo el albariño; estaría de acuerdo en que lo que siento por ti no es amor. Es algo más grande, algo único.

Estaba a punto de dar otro trago, pero dejo la copa con enfado en la mesa.

¿Por qué siempre me las doy de único y especial? ¿Acaso no es eso lo que sienten todos los amantes, ya sean primerizos o veteranos, que han librado mil guerras amorosas? ¿No consigue cada nuevo amor que nos sintamos únicos en el planeta Tierra?

Si precisamente esa es la gracia del amor. El sentimiento comunista y, por desgracia, consumista logra que nos sintamos únicos en el planeta Tierra. Nos hace a todos iguales, pero a la vez especiales. Da igual que seas un vagabundo o un marajá, todos acabamos igual de majaras por su culpa.

Ya, pero lo que siento por Marlena es…

Dilo.

Es…

Atrévete, sabes lo que quieres decir.

DIFERENTE.

Perfecto, pero… ¿y eso por qué? Imagínate que estás en un juicio. Se te acusa de colocar tu amor en una posición superior al del resto de los mortales. ¿Cómo te declaras?

CULPABLE. En esta y en todas las vidas que me quedan por vivir.

¿Culpable? ¿Y te quedas tan tranquilo? De acuerdo, juguemos. Ya que estamos adentrándonos en tu pecho, deléitanos, si eres tan amable, con ese amor tan excepcional que estás experimentando.

Me levanto y me meto en el papel del reo que está a punto de fallecer en el cadalso. Miro al jurado y solo veo rostros grises rebosantes de autocomplacencia. Sé que no me van a entender, pero de todas maneras me aclaro la garganta y me dirijo a ellos:

—Para empezar, cada vez que la veo, siento que es la primera vez. Supongo que por eso le dedico tanta atención. Supongo que por eso la atravieso con la mirada y la recorro con calma, agradeciéndole a un ser superior que me otorgue la posibilidad de estar frente a ella unos minutos.

—Entiendo —dice con malicia el abogado de la acusación que hay en mi cabeza—. ¿Podríamos decir, entonces, que cada vez que la ves, la «estrenas»?

No me deja responder y sigue con su interrogatorio.

—Ya que estás tratando de encontrar una palabra, quedémonos con las dos primeras letras de estrenar: ES.

No acabo de entender lo que está pasando, pero pronuncio en voz alta:

—Es más acertado decir que cada vez que la veo estreno mi corazón, pero…

El abogado de la acusación se echa una mano a la cabeza.

—Esperad —dice dirigiéndose al jurado con sorna—, que hay un pero.

Lo ignoro, pues es lo único que podemos hacer los soñadores frente a los escépticos insomnes.

—Pero a la vez siento que la conozco de todas las vidas. Siento que Marlena y yo una vez, hace millones de años, compartimos corazón y que el caprichoso destino nos separó para que, generación tras generación, nos encontremos de nuevo.

»A veces lo hacemos a tiempo y conseguimos estar juntos. Otras, el universo no es tan permisivo y solo nos regala un mísero segundo en el que, por descuido, nuestras manos se rozan.

»Pero siempre siempre coincidimos.

El juzgado se ha quedado en completo silencio. El abogado acusador lo rompe con un tono nada acusador:

—Así que estrenas el corazón cada vez que la ves y, por los siglos de los siglos, la buscas para que sea tu mujer. Y a veces, solo a veces —dice, y debo de estar loco porque siento que aquí se le rompe la voz— la encuentras. De acuerdo, ya tenemos las dos siguientes letras. EN.

ES-EN.

Mi mujer. Sí. Definitivamente, sí. Siempre y cuando ese «mi» no implique propiedad, celos o ansiedad. Es mía no porque la posea, si no por lo mucho que la deseo.

El abogado está a punto de llorar, el jurado está a punto de llorar, yo también. No sé qué está pasando, pero me preguntan desde el fondo de la sala:

— ¿Entonces? ¿Qué es lo importante?

Me giro y le grito a la interminable sala:

—Lo importante, lo único importante es que cada vez que nos vemos le echamos un pulso al amor y siempre ganamos.

—Sigues hablando de amor, pero con un toque de adoración, eso es todo —me gritan desde mi derecha.

—La tienes idealizada —me escupen desde mi izquierda.

Vale, escépticos hijos de puta del amor, ya me habéis cabreado. Os vais a enterar.

Por arte de magia, tengo la copa de vino en la mano y estoy en el estrado, pero no me defenderé. Es hora de atacar.

—Disculpad, pero no es así. Se puede idealizar lo que aún no se conoce del todo, eso lo admito. Se idealiza el rompecabezas incompleto. Se idealiza lo que refleja con timidez un espejo empañado. Pero, creedme, este no es el caso. A Marlena hace mucho tiempo que la veo del todo, entera, su reflejo es puro e inmaculado. De ella lo veo TODO.

—Todo. —El abogado defensor es ahora Judit, que me increpa desde el banquillo—. Siempre usas esa palabra cuando hablas de ella, aun sabiendo que los absolutismos son despiadados y solo nos dirigen a un destino fatídico. Querer, amar, o el verbo que tratas de inventar es sumamente peligroso y presagia un final funesto. Otra vez.

Recorro la sala con nerviosismo: el público me mira con una mezcla de compasión y condescendencia. El abogado se tapa la boca y finge un bostezo. Después se cruza de brazos y vuelve a la carga con desprecio:

—Ha llegado el momento de hacerte la última pregunta: ¿qué harías si te dijera que todo lo que has sentido no es más que una ensoñación y que ella nunca te corresponderá?

Por un momento, ese pensamiento me provoca una punzada en el corazón: estoy a punto de morir en mitad de la sala, desplomado, desprovisto de sueños, pero enseguida lo comprendo. No importa que ella me corresponda. No importa que esté con ella. No importa que me regale un minuto o una vida, lo que siento siempre será verdad. Puedo vivir toda la vida prendado de Marlena sin que ella sepa siquiera de mi existencia. Me da igual.

Lo único que no podría permitir en este injusto devenir de los años que me esperan es que dudara de lo que siento.

Si lo hiciera, no me quedaría más remedio que emular a ese Romeo tan entregado, y a la vez poco avispado, y darle a mi corazón una dosis doble de cianuro para terminar con sus latidos.

Judit me manda callar y entona en voz alta:

—CIANURO. CIA. Tu palabra es: ES-EN-CIA.

Sonrío, estoy agotado y un poco ebrio de amor, o más bien de esencia. Es una palabra bonita, y lo es aún más cuando es verbo: esenciarse significa unirse íntimamente con otro ser, formar parte de su yo más profundo y primigenio.

Y eso es lo que siento por Marlena. No es amor, no es deseo: es esencia. No importa que lo nuestro no logre traspasar el mundo paralelo. Ella forma y formará siempre, por mucho que le jodan a los cobardes los absolutismos, parte de mi ser.

Visto para sentencia. He ganado, o al menos eso creo.

Hasta siempre, Judit.

Hasta el lunes, Marlena.

Domingo

ORFEO

Me niego a quedarme en casa un domingo.

Quiero despejarme, tomar algo, dejarme llevar y evadirme. He cruzado tres palabras por mensaje con Judit y ninguna con Marlena. No puedo más.

Mi pecho es una bomba nuclear que está a punto de estallar. Debería alejarme todo lo que pueda de la multitud, pero no lo voy a hacer. Quiero que todo el mundo contemple mi apoteósico a la par que evidente final.

Estoy en un callejón sin salida. Lo más sensato sería dar media vuelta y desaparecer para comenzar una nueva vida en algún lugar donde nadie me conozca, pero no quiero eso.

Sé lo que quiero.

Sé a quién quiero.

Supongo que por eso estoy en una calle repleta de bares, llevo la mochila con la libreta, un libro de Steinbeck y un desánimo que va en aumento.

Tengo una sensación asfixiante que no me permite respirar del todo, trato de mantener la calma, pero apenas lo consigo. En mi mochila también llevo culpa, remordimientos y promesas incumplidas.

Y lo que pesa más de todo: una cobardía que me paraliza y amarga a partes iguales.

¿Qué se supone que estoy haciendo con mi vida?

Entro en el primer bar que veo medianamente vacío y me aproximo a la barra, esperando que la cerveza que me sirvan me dé la respuesta. Le doy un trago largo y le echo un vistazo al local.

No puede ser.

Marlena, al final será verdad que te encontraría en cualquier parte.

No sé de qué me extraño, brilla como esas estrellas que no son conscientes de que albergan cientos de deseos. Ella no me ve a mí, pero siento que todo el local la está mirando con atención. ¿Cómo no hacerlo, si insufla más ganas de vivir que todas las poesías que alguna vez se han escrito, que todas las canciones que se han tocado, que todo lo bonito que alguna vez ha creado el ser humano?

Le pego otro trago a la cerveza dudando si ir al lavabo para llamar su atención. En parte, me sabe mal importunarla después de que me pidiera que no habláramos hasta el lunes. Pero por otra parte…

Por otra parte, o le echas huevos a la vida, o el destino que tanto creías que era para ti se escapa el día menos pensado.

A la mierda, voy a por mi destino.

Me levanto y voy hacia el baño, siento que camino a cámara lenta. Sé que no es así, pero por un momento me voy a permitir ser el protagonista de esta película y hacer que todo, excepto nosotros dos, se detenga durante un instante.

Enseguida me miras y se te dilatan las pupilas. Lo noto, aunque no estemos cara a cara. También noto que te has quedado sin respiración, como te pasa siempre que sientes algo muy bueno o muy malo.

Dos segundos después, el bar vuelve a cobrar vida y brindas con tus amigas como si yo no existiera. Eres una gran jugadora de póquer, Marlena, pero ni los mejores pueden ganar siempre de farol.

Me quedo un rato en el lavabo esperando a que vengas a darme un beso y me digas que no quieres pasar ni un día más sin hablar conmigo. Esperando a que me prometas la vida, el tiempo y el espacio, pero no apareces.

Salgo cabizbajo, con una sensación de derrota que también he metido en la mochila. Miro hacia tu mesa y ya no estás. Tanto tú como tus amigas habéis desaparecido.

Por un momento me planteo la posibilidad de que todo haya sido producto de mi imaginación, no solo el haberte encontrado hoy, si no toda tu existencia. Puede que Marlena no sea más que la personificación de un amor puro que jamás mereceré, una musa que siempre se me escapará.

Menos mal que recibo un mensaje suyo que me devuelve algo de cordura.

Mira debajo del servilletero que
hay en la mesa en la que estaba.

Lo hago al momento y veo que ha dejado una nota: «La Zentral».

Le contesto:

¿Qué es esto?

Estoy de pie delante de su mesa con la nota en la mano. No sé si la gente me mira, pero me da igual.

Es el bar al que vamos ahora. Te espero.
No estaré sola, así que siéntate cerca, pero
haz como si no me conocieras.

Qué idea tan absurda, ¿quién en su sano juicio aceptaría esa proposición?, pienso mientras busco en el GPS cómo llegar hasta La Zentral y me pongo en marcha.

Está a cinco minutos, así que decido ponerme una canción que acompañe este momento. «I Think I'm Paranoid», de Garbage, comienza a sonar en mis auriculares. Así es como me siento en este momento: me he bebido una copa de cerveza de dos tragos, veo algo borroso, y no sé qué me depararán las próximas horas. Estoy paranoico y enamorado por tu culpa, Marlena, y la canción me recuerda en cada acorde que ya no hay marcha atrás.

MARLENA

¿Por qué tardas tanto? Me he tomado dos copas de vino y sabes perfectamente que después de la segunda soy muy peligrosa. Así que yo, Marlena, te invoco a ti, Orfeo. Manifiéstate ahora mismo y colócate en la mesa que tengo delante.

Orfeo aparece con su barba perfecta y esa camiseta negra ajustada que siempre consigue que apriete las piernas.

Te haces el despistado, pero tengo claro que me has visto, pides una copa de cerveza y te colocas enfrente de nosotras. Estoy con un par de amigas, Bea y Ari: las conozco desde hace un par de años, así que no hay riesgo de que sepan lo que tuvimos.

De que sepan que tú...eres mi «tú».

Además, con ellas también interpreto el papel de pareja perfecta de Edu. Un papel que yo misma me he creído durante años.

Hoy solo somos un par de desconocidos.

Te sientas enfrente, tal y como te he pedido. En la vida mando yo, en la cama… soy toda tuya.

Me he colocado en la esquina de la mesa estratégicamente para poder sacar el móvil sin que mis amigas vean lo que escribo. Sin pensármelo dos veces, comienzo el juego y te envío un mensaje:

Qué bueno estás hoy, cabronazo.

Sonríes, con una sonrisa que dice «esta tía está loca», pero también «esta tía me vuelve muy loco».

Lo mismo te digo, ¿puedes hacerme
el favor un día de no ser el pibón máximo
de todo garito que pisas?

Me contengo la risa. Me encantas, me llama la atención tu físico y me embriaga tu mente. El corazón se me acelera, soy tuya.

Brindo con mis amigas, pero te miro a ti, que pegas un trago al mismo tiempo. Te escribo:

Qué bien lo haces.

¿Sí? ¿Aún lo recuerdas? Pues creo que
he mejorado, tengo un par de trucos nuevos
que deberías experimentar.

Te contesto:

¿Sí? Si tu porcentaje de ganas de follarme
está al cien por cien, tócate la oreja derecha.

Lo haces sin pensarlo. Me miras y me sonríes con esa cara de depredador salvaje que solo tú sabes poner.

Me escribes:

Ahora te toca a ti, quiero saber cuántas ganas
me tienes; si me tienes pocas, tócate la oreja;
si tienes bastantes, tócate la boca; si tienes
muchas, tócate el cuello.

Te miro y, cuando me aseguro de que tengo toda tu atención, me toco la teta. Espero que con este gesto te quede claro lo que quiero.

Aprieto aún más las piernas, y en ese instante siento la tensión romperse como un cristal. No puedo seguir escondiéndome detrás de excusas ni medias verdades. El miedo sigue ahí, latiendo, pero esta vez pesa más el hambre de vivir lo que llevo tanto tiempo negando. Decido que hoy no habrá solo palabras, ni besos robados de treinta segundos, ni conversaciones que se apagan a medias por culpa de la cobardía. Hoy quiero más.

Hoy me merezco más.

Le pongo una excusa tonta a mis amigas y les digo que dentro de un rato vuelvo, no les doy tiempo a que me contesten. Me levanto y mientras me dirijo a la puerta te escribo:

Sígueme.

Sé que no debería, pero en el momento en que te levantas y me giro para mirarte el culo tengo claro que mi voluntad ya no me pertenece. Así que no me hago el despistado cuando, después de esperar unos pocos segundos, te sigo.

Estamos en la calle, mantengo una distancia prudencial por si aparece algún conocido. No sé adónde te diriges, pero me da igual. Cruzaría mil infiernos para encontrarte.

Me pongo los auriculares y comienza a sonar «Take me out», de Franz Ferdinand. Me has llevado fuera Marlena, espero que nuestra canción hoy sí suene hasta el final.

No me haces esperar demasiado, a los pocos minutos te metes en un garito prácticamente vacío y vas directa al baño.

Me pido una cerveza, no sé si para disimular o para calmar los nervios, pero después de darle un trago tímido, te sigo.

Abro la puerta del baño, en el centro hay una pila, a la izquierda, el lavabo de mujeres, y a la derecha, el de hombres. Me lavo las manos con tranquilidad, esperando a que salgas. Me siento un cirujano que se lava concienzudamente antes de operar a corazón abierto. Supongo que en parte lo soy y que, en parte, lo que vamos a hacer también nos abrirá en canal.

Abres la puerta del baño de mujeres y cuando me ves pones una cara de sorpresa que no sé si es real o fingida, pero me pone supercachondo.

Te tapo la boca con la mano y te meto de nuevo en el baño de mujeres. Entro detrás de ti y echo el pestillo. Lo de ahora, cariño, no lo vamos a fingir.

Durante unos pocos segundos nos quedamos mirándonos, inmóviles y expectantes, sin articular palabra, pero yo no puedo resistirme y te doy un beso en la boca, más lento, pero más fuerte que el que nos dimos en el coche. Más fuerte que todos los besos que nos dimos cuando estábamos juntos.

Eso hace que pierdas el control y me empieces a tocar con devoción, como si estuvieras comprobando que soy real. Lo soy, amor mío, lo somos.

Me acaricias la espalda, después el abdomen, y después bajas, me desabrochas el pantalón y me acaricias. Me estremezco, no solo por lo que estás haciendo, lo hago sobre todo por lo que está a punto de pasar, por lo que estamos a punto de ser.

Te cojo de ambas manos y te coloco contra la pared, a partir de aquí eres mía, entera. Te bajo las bragas mientras tú te quedas completamente inmóvil, me mojo los dedos más por protocolo que por necesidad. Sé perfectamente que entrarán sin dificultad. Así lo hacen, acompañados de un gemido y un temblor que me pone a mil.

Tengo la mano derecha dentro de ti y con la mano izquierda te aprieto los pechos, después las costillas y después el cuello, por fin.

Por fin eres mía.

No sé cuánto tiempo pasa, pero sé que te corres enseguida. Te tapo la boca con la mano, pero aun así tu orgasmo resuena en todo el baño.

Giras la cabeza y me miras con esa cara repleta de delicadeza que pones cuando te acabas de correr, mitad placer, mitad paz.

Es hora de meterme dentro de ti.

Es hora de que nos demos guerra.

Así lo hago, te cojo de ambas manos y te embisto fuerte, todo lo fuerte que puedo. Tú sigues jadeando como una loca, por lo que decido rebajar un poco el ritmo y te suelto la mano derecha para que te toques. Sé que puedes darme más, y quiero que me lo des justo cuando yo me corra.

Pasamos así un tiempo precioso, somos uno y no solo en el plano físico: nuestras mentes y nuestras almas también están haciendo el amor.

Mucha gente sabe follar cuerpos, pero follar la mente así solo lo consiguen quienes están conectados de verdad, quienes se ven de verdad.

Yo te veo como no he visto nunca a nadie. Ese pensamiento romántico hace que me excite muchísimo más.

—Me voy a correr —te digo entre jadeos.

Te separas y te pones de cuclillas a una velocidad impresionante, te sigues tocando mientras abres la boca y esperas complaciente la explosión.

Y explotamos a la vez.

Y no solo nosotros, explota el lavabo, el bar, el edificio y toda la ciudad, explota el mundo.

Mientras tratamos de recuperar el aliento, nos miramos, con cara de sexo y de amor, con cara de sed de nosotros y sueños etéreos pero alcanzables.

No nos decimos nada, nuestras bocas suspiran y tiemblan, pero nuestros ojos, nuestros ojos se lo están diciendo todo.

No quiero tener sexo si no es así.

No quiero tener sexo si no es contigo.

No quiero nada si no es contigo.

—Me esperan —me dice después de darme un beso en el hombro.

Me voy a tatuar tus labios en mi hombro.

Yo te espero, Marlena, y te esperaré siempre.

En cuanto llegue a casa, dejo a Edu.

Decidido.

No puedo continuar viviendo entre dos mundos.

Esto se me ha ido de las manos, yo no soy así, me niego a ser así. No soy de naturaleza infiel, jamás lo he sido, pero él me puede, no es solo físico, es… él.

Hay que aceptarlo, no se puede tener todo. No puedo tener la estabilidad con Edu y el vértigo con Orfeo, ninguno de los dos se merece que me entregue al 50 por ciento.

Y yo… Yo tampoco me lo merezco, por mucho que no haya hecho las cosas bien, por mucho que esté engañando a todo el mundo.

¿Estoy enamorada de Orfeo? Sí, eso creo, pero a veces siento que más bien estoy luchando contra una mala decisión que tomé hace cinco años. ¿Y si solo estoy utilizándolo para escapar de un amor que ya no es de mi talla?

No importa. Me he tomado demasiados vinos tratando de tranquilizarme, pero no lo he conseguido. Me he pasado toda la tarde pensando que aparecía Orfeo o Edu, o los dos.

Estoy volviendo a casa en taxi con el corazón a punto de estallar. No sé qué me deparará el futuro con Orfeo, pero lo que tengo con Edu se acaba hoy.

Rompo a llorar al pensar en él. No es perfecto, pero es tan bueno conmigo… No me merezco estar con él. ¿Cómo puede ser que le haya hecho esto? Lo siento tanto.

Cuando llego a casa, abro la puerta con una mano temblorosa y en cuanto entro veo…

Mierda.

No sé qué pensar. No puedo describir lo que ha pasado. Todo lo que sé es que quiero que vuelva a ocurrir. Una y otra vez.

Irme a casa y que Marlena no venga conmigo me parece una broma de mal gusto. Me siento un hazmerreír por no haberme atrevido a dejar a Judit antes de comenzar un juego del que estaba claro que iba a salir escaldado.

Estoy en un banco de la calle, no tengo claro dónde. He estado horas deambulando y escuchando música, esperando una revelación divina o cualquier señal que me libere de este estado. Estoy congelado, hace un rato se ha levantado un viento inclemente que diría que trata de reprocharme mis actos de estos últimos meses.

Suena «Hysteria», de Muse. No cuenta como revelación, pero debo admitir que encaja a la perfección con mi estado emocional.

Soy lo peor, un embaucador de la peor calaña. Me las doy de artista y de sensible, pero en realidad me hago el tonto todo el tiempo para no admitir todos mis errores. ¿Pensaba que lo mío con Marlena no iba a prosperar y por eso he alargado tanto mi relación con Judit? Sí, en parte sí, pero también albergaba la pequeña esperanza de que lo nuestro se solucionara. Lo he intentado a mi manera, pero a mi manera también la he engañado y me he engañado muchísimo.

Por más que lo intente, no encuentro justificación para lo que he hecho hoy. La infidelidad sentimental ya me reconcomía, traté de traspapelar el beso entre los recuerdos y los sueños, pero lo de hoy, ni quiero ni puedo ocultarlo.

Se acabó.

Quiero estar con Marlena, mi persona favorita, pero, independientemente de que lo vaya a conseguir, Judit no se merece que esté con ella por estar, aunque sienta que ella lleva tiempo desconectándose de mí.

Saco el móvil del bolsillo y le envío un mensaje en el que le digo que mañana tenemos que hablar. Sé que es cobarde y rastrero hacerlo así, pero, como hace meses que nos comunicamos más por mensaje que en persona, me parece hasta apropiado.

Le envío el mismo mensaje a Marlena.

Tenemos que hablar de lo nuestro de una vez por todas.

No lo recibe.

Supongo que se le habrá apagado el móvil.

Espero que esté bien.

Joder, lo único que deseo es que esté bien.

SEMANA 8

Lunes

Supongo que tenía que pasar.

Al final, todo lo bonito que creemos tener se nos escapa de la palma de la mano si no somos lo suficientemente rápidos para atraparlo. Y si, por fortuna lo somos y lo cogemos, lo acabamos matando de asfixia o, aún peor, de indiferencia. Supongo que en el fondo no importa lo que hagamos, el resultado siempre es el mismo: la felicidad un día se marcha de nuestro lado sin avisar ni dejar una mísera nota de agradecimiento por el tiempo compartido. Da igual lo que nos esforcemos en cuidar a la persona que más queremos, dan igual todos los detalles que hemos ido poniendo en el lado positivo de la balanza. El día menos pensado la balanza ya no existe, porque deja de existir un «nosotros» por evaluar.

Mierda.

No sé qué hacer. Me visto con prisas y salgo a la calle, como si en el rostro de algún extraño fuera a encontrar la respuesta a todas las preguntas que me asaltan. Deambulo como un zombi, recorro avenidas en zigzag buscándome desesperado en el reflejo de los escaparates, pero no me encuentro. Poco a poco, el mundo va perdiendo color, el verde desaparece y, con él, mi esperanza. Vaya topicazo, lo sé. Casi ni me preocupo hasta que el rojo abandona mi universo como si nunca hubiera formado parte de él. Supongo que por eso cruzo una calle sin mirar el semáforo, y por poco me atropella un coche indeterminado. El sonido de su claxon y el insulto posterior me devuelven a la realidad.

Vamos, Orfeo, no te desanimes, tú puedes.

No, no puedo. ¿Por qué diablos tengo que poder? ¿Por qué no se me permite hacerme bola en el sofá y esperar a que la vida pase de largo?

—No, tío, no —me reprocho a mí mismo—. Tú escribes canciones de amor, de vida y esperanza, tú… tienes que dar ejemplo, así que respira hondo, recapitula los hechos, encuentra una fisura en el problema y soluciónalo, como siempre has hecho.

Vale, empecemos por el problema: ¿cuál es? ¿Qué ha pasado?

Me detengo en seco en mitad de la calle. La gente sigue caminando, ignorándome como si fuera parte de un decorado que simplemente se debe sortear.

Por un momento siento que así es nuestra existencia, carente de valor o repercusión alguna. Sonrío con amargura al pensar que ahora mismo podría tenderme en el suelo y a nadie le importaría lo más mínimo. Así es la sociedad que hemos creado, egoísta y mezquina, viviendo en piloto automático, ansiando poseer cosas, pero no siendo nada. No soñando con nada.

Nos han robado los sueños. Hemos perdido.

Me obligo a seguir caminando, me camuflo entre el asfalto implacable y un cielo que se vuelve más gris conforme intento alcanzarlo.

—¿Cuál es el problema? Suéltalo de una vez, capullo —me recrimino de nuevo.

El problema es que ella… ya no está.

Esta mañana, como todas desde que «somos», le he escrito para darle los buenos días. Me ha parecido extraño no recibir respuesta enseguida, pues nuestras conversaciones siempre son fluidas y fáciles. Al principio lo he achacado a un problema en el trabajo o a un imprevisto personal de poca importancia.

Pero imaginad mi sorpresa cuando me doy cuenta de que no solo no me contesta, sino que ni siquiera recibe mis mensajes y, además, su foto de contacto ha desaparecido. Sí, esa foto en la que está preciosa y sonríe dándole algo de sentido a esta vida de mierda.

Al principio he pensado que se le había jodido el móvil. Puede pasar, a todos nos ha pasado. He apartado mi preocupación y he intentado comenzar mi mañana como un ser humano funcional, esperando que de repente volviera su foto y, con ella, nuestro futuro juntos.

Ese futuro que nos espera en un mundo paralelo que se nos ha comido por completo y del que tan adictos nos hemos vuelto.

Han pasado las horas y no he recibido ninguna señal de ella. De camino al estudio he decidido escribirle por Instagram y ahí es cuando me he empezado a preocupar de verdad: usuario no encontrado.

La mitad de mi ser ha desaparecido en ese momento.

La he buscado por Facebook solo por inercia, sabiendo lo que me iba a encontrar, y, efectivamente: usuario no encontrado.

Llegados a este punto está claro que aquí pasa algo muy malo. ¿Me ha bloqueado de todas partes? ¿Ha decidido de manera unilateral acabar con nuestro experimento? Si es así, ¿por qué? ¿Qué he hecho mal? No me parece propio de ella desaparecer sin más, así que he entrado en una cuenta anónima que tengo en Instagram, en la que hace un tiempo subía relatos eróticos, la he buscado y he obtenido la misma caótica respuesta: usuario no encontrado.

Vale, no me ha bloqueado a mí, ha desaparecido de la faz de la tierra.

No he sabido qué hacer ni a quién acudir: nuestra relación es totalmente clandestina, así que no tenemos ni siquiera un compinche común que sepa de lo nuestro. No tengo ninguna justificación para preguntar por ella a sus amigos, así que solo me quedaba ir a su oficina y esperarla.

Y aquí estoy, en la puerta, asimilando que no solo me ha dejado a mí, sino que también ha dejado el trabajo. No me han querido dar detalles, simplemente me han dicho que Marlena ya no trabaja ahí.

Cortocircuito.

Exploto.

Muero.

Inexisto. Sí, me invento la palabra porque no hay otra que explique cómo me siento.

¿Adónde van todos los «te quiero» que no podemos enviar porque el amado ha decidido borrarnos de su vida? ¿A dónde voy yo ahora, roto e inoperable?

Le escribo con prisas un email abriéndome en canal, explicándole que estoy desesperado y que no entiendo qué ha pasado. Le ofrezco mi ayuda para lo que sea que le esté pasando. No le ofrezco mi ventrículo izquierdo, mi corazón y todos mis latidos de milagro, pero se los entregaría sin dudarlo con tal de que volviera.

Recibo un mail automático que me escupe a la cara una verdad a la que no me quiero enfrentar: su cuenta de correo ya no existe.

Me siento en la terraza de un bar, pido un café americano y me pongo a revisar uno a uno todos mis contactos con la esperanza de encontrar un alma indulgente a la que pueda pedir ayuda.

Me detengo en la eme. Marta es su mejor amiga, seguro que sabe dónde está, pero no le escribo porque tengo la sospecha de que nunca le he caído del todo bien, así que será mejor encontrar a alguien que esté un poco más de mi parte, o, al menos, que no piense que soy un cerdo. Retrocedo un poco y me paro en la jota. ¿Jorge? Su mejor amigo de la universidad. Siempre nos llevamos bien, aunque en cuanto lo dejamos no nos cruzamos ni siquiera el típico mensaje de «estoy aquí para lo que necesites». Sonrío con cinismo al pensar que ese mensaje casi siempre lleva escondida la coletilla «pero seré mucho más feliz si no me escribes nunca».

Me da igual, esto es una emergencia, así que le pregunto:

Jorge, ¿cómo estás? Mira, te parecerá
una locura después de tanto tiempo, pero…

Dejo de escribir. Pero ¿qué? ¿Qué excusa pongo para saber de ella justo ahora? Vale, ya sé:

Pero estoy escribiendo una canción y me gustaría
comentarlo con Marlena. Llámame tonto, pero
me ha invadido la nostalgia por un momento.
El tema es que no la localizo, ¿sabes si se
ha cambiado de número?

Enviado, ahora solo toca esperar. Mientras, miro a la gente que pasa a mi lado, indiferente a mi tribulación interna, indiferente a todo lo que no sea su ombligo. ¿Me escucharía alguien si ahora mismo lanzo un grito a pleno pulmón?

Menos mal que Jorge me contesta y no me da tiempo a comprobarlo:

Buenas, tío, todo bien, como siempre, espero
que tú también, la verdad es que no sé nada
de ella desde hace unos meses, lo raro es que

he ido a comprobar su número y parece que
ya no me tiene en la agenda o algo, porque
no veo su foto de perfil.

Mierda, Jorge tiene menos información que yo, así que me despido de manera cordial y sigo con mis pesquisas. Envío el mismo mensaje a Sara, Javi y Rebeca, y al cabo de unos minutos recibo la misma penosa contestación: nadie sabe nada de ella.

Se la ha tragado la tierra y se ha llevado la primavera: qué egoísta y caprichosa me parece ahora mismo.

No sé qué hacer, lo único que se me ocurre es acudir a mis exsuegros.

El prefijo «ex» acompañado de «suegros» me llena la boca de pereza mezclada con vergüenza. No me apetece nada verlos, pero creo que no tengo otra opción. Necesito respuestas. Necesito saber que está bien. Si no quiere verme más, lo aceptaré. Dolerá muchísimo, lo pasaré fatal, pero lo aceptaré. Solo necesito saber que es feliz.

Querer que tu persona favorita sea feliz, aunque no sea contigo, es la manera más pura de amor que existe.

Joder, qué duro es pensar en todas las palabras bonitas que no han nacido de mi boca por el miedo a equivocarme. Siento un pinchazo en el corazón al darme cuenta de que he vivido esto como si no fuera a acabar, como si fuéramos eternos.

El amor y la vida se deben exprimir al máximo, por lo que pueda y, sobre todo, por lo que no pueda ocurrir.

Pasa un coche por mi lado con una canción a todo volumen. Suena «¡Hazlo! Como si ya no te jugaras nada. Como si fueras a morir mañana». No sé si reír o llorar. Puto Leiva, tiene toda la razón. Insuflado de valor por la canción, paro el primer taxi que veo y le doy la dirección de mis exsuegros. En cuanto llego, toco el timbre con contundencia, supongo que para no amedrentarme y salir corriendo como el niño que lleva a cabo una travesura y se arrepiente en el último momento.

Me abren la puerta enseguida, juntos. Su padre pone una cara de sorpresa genuina, pero detecto algo en la mirada de su madre, como si de alguna manera me estuviera esperando.

En el recibidor tienen un par de maletas gigantes, lo cual hace que acelere aún más mi discurso:

—Buenas, disculpad que me presente así, sé que ha pasado mucho tiempo y os debe parecer muy raro que esté aquí, no os entretendré mucho. Además, os vais de viaje, por lo que veo —les digo mirando las maletas con descaro, como si de ellas pudiera extraer una pista del paradero de mi amada.

—Sí —me contesta Iván, su padre—, mañana nos vamos de vacaciones.

—Qué bien —les digo forzando una sonrisa.

No porque no me alegre de que les vaya bien, sino porque estamos alargando la conversación con protocolos insustanciales. Cada segundo que paso sin saber dónde está Marlena, cae un grano de arena en mis bolsillos. Pronto no podré moverme de donde estoy por su peso, así que ataco directamente el «problema».

—Veréis, estoy escribiendo la canción más importante de mi carrera —les digo frotándome las manos con nerviosismo— y… quería comentarla con ella. No hace falta que os diga cuánto me ayudó siempre… —Su padre me mira con una mezcla de indiferencia e incredulidad, su madre lo hace con cariño y pena, y yo…, con todo, prosigo—: He intentado contactar con ella, pero no lo he conseguido. ¿Se ha cambiado de número hace poco?

Omito que he estado a punto de mandarle una paloma mensajera y que incluso he estado en su trabajo hace apenas un par de horas.

—Ella está bien —contesta su padre, seco y altivo—. Si no tienes su número, por algo será, ¿no? Creo que lo mejor es que olvides el pasado, muchacho.

¡Zas!, en toda la boca, sin anestesia ni aviso: el «olvida el pasado» es como un puñetazo en el abdomen, y el «muchacho» del final es la hostia con la mano abierta que duele menos de lo que te humilla.

—Ya…, si lo sé, solo quería hablar con ella por un tema artístico, pero al ver que no recibía mis mensajes, me he preocupado.

Miro a su madre suplicando clemencia con las pupilas dilatadas por la excitación del momento. Su padre está a punto de contestarme, pero su madre le coge la mano y lo interrumpe.

—Ella está bien. Se ha marchado de España, pero está bien, de verdad. Nos ha dicho que cuando llegue a su destino contratará una nueva línea de teléfono.

—¿Se ha marchado de España? —Estoy a punto de disparar una serie de preguntas del estilo: ¿por qué? ¿Con quién? ¿Para siempre? Pero me centro en la única que ahora mismo me interesa—. ¿Adónde ha ido?

—Creo que no deberíamos decírtelo —comienza a decir su padre, pero su madre lo interrumpe de nuevo.

Me mira directamente a los ojos y me dice:

—A Florencia. Se ha ido a vivir a Florencia.

No recuerdo muy bien lo que ha sucedido después. No sabría reproducir las pocas frases de despedida que he intercambiado con sus padres, tampoco sé qué he hecho exactamente cuando he salido de su casa, solo sé que…

—Amigo, ¿adónde lo llevo?

Estoy sentado en un taxi que no recuerdo haber cogido. El mundo se mueve a cámara lenta, supongo que está esperando con una intriga que roza el voyerismo mi siguiente movimiento. Lo más sensato es volver al estudio, volver a casa con Judit, volver a mi vida.

—Al aeropuerto.

Pero la vida y el amor no están hechos para los sensatos.

Repaso lo que llevo en la mochila, ya que va a ser mi único equipaje junto a mi guitarra. Llevo la documentación, algo de dinero, la tarjeta de crédito y el cuaderno que me regaló Judit. Lo abro por inercia y veo que en la primera página ha escrito: «Aquí puedes escribir todo lo que no llegamos a ser».

Joder, parece que Judit lo ha tenido siempre más claro que yo. Cuando empezamos, recuerdo que un día le dije a Pedro…

¡Pedro! Mañana tenemos la entrevista en *Rolling Stone*. Me va a matar, esta vez sí que me estrangula con sus propias manos.

Cojo el móvil con firmeza, arrugo un poco la nariz, como si estuviera a punto de entrar en un ring de boxeo y lo llamo.

—Buenos días, Gatsby. Tenemos que preparar la entrevista de mañana.

—Buenos días, Pedro —le digo. Lo siento pero ahora no tengo ánimo para jugar a los personajes literarios—. Justo de eso te quería hablar, no la voy a poder hacer —le suelto.

Noto el microinfarto de Pedro desde aquí. Sé lo mucho que le ha costado conseguir que nos entrevisten. Me dejó muy claro que era una de esas oportunidades que se presentan solo una vez en la vida

Me da igual. Marlena sí que es esa oportunidad que solo aparece una vez. La oportunidad de ser feliz, pleno y completo. La oportunidad de compartir la vida con alguien que te impulsa y te anima. Ahora que lo tengo claro, no estoy dispuesto a perderla.

—¿Estás bien? No te lo tomes a mal, pero espero que te hayas roto un dedo del pie como mínimo, porque de lo contrario pensaré que estás loco.

—No la rechazo. Por favor, consigue aplazarla. Dame tres días. Volveré dentro de tres días, te lo prometo.

—¿Cómo que volverás? ¿Adónde vas? ¿Qué está pasando?

El pobre está de los nervios. No sé si mis explicaciones lo tranquilizarán, pero lo intento.

—Me voy a Florencia, a buscarla.

Pedro se queda en silencio unos segundos. No hace falta que le diga a quién voy a buscar. Nunca ha sido necesario decir en voz alta el nombre de la protagonista de mis sueños. Ella es creación, vida y arte. Ella es un paseo por la playa justo cuando el sol acaricia el firmamento. Ella lo es todo. Ella es Marlena.

—¿Y Judit? —me pregunta con tono serio.

Otro puñetazo en el abdomen. Sé que le debo a Judit una buena explicación. Ahora le escribiré diciéndole que me tengo que marchar unos días por un imprevisto y le volveré a decir que tenemos que hablar.

Vuelvo a leer su dedicatoria. Parece que, de todas maneras, ella ya se ha despedido de lo que un día fuimos.

—Judit lo tiene más claro que yo, Pedro —le contesto.

—Bueno, si te sirve de consuelo, todos lo tenemos más claro que tú. Te doy tres días, ni uno más. Voy a emplear mi magia para que muevan la entrevista.

—Muchísimas gracias, Pedro.

—No me las des. El universo me debe una mansión en el cielo, por lo menos, pero… Espera, ¿cómo vas a ir a Florencia? Vas a tardar días.

—Voy en avión —digo, y en cuanto pronuncio esas palabras se hacen reales.

¿De verdad me voy a atrever? Me doy cuenta de que Pedro está procesando esa información.

—Joder, lo que no hagan dos tetas… —me contesta riéndose.

Me sumo a su risa y libero algo de tensión, supongo que sabía que lo necesitaba urgentemente. Porque así es, voy a coger el primer avión de mi vida.

En cuanto llegamos a la terminal, me dirijo al primer puesto que veo y le imploro a la recepcionista que me dé un billete para el primer vuelo con destino a Florencia. Trato con todas mis fuerzas de no parecer el protagonista de una comedia romántica barata que acaba interrumpiendo la boda de su amada *in extremis* cuando el cura entona el típico «si alguien se opone a este enlace, que hable ahora o calle para siempre».

Parece que la chica del mostrador no se aclara mucho. Miro el nombre de su tarjeta.

—Cristina, ¿todo bien? ¿Cuándo sale el próximo vuelo a Florencia? —le pregunto con cariño.

Cristina me mira con nerviosismo y vuelve a revisar su ordenador.

—Disculpe, es mi primer día y aún voy un poco lenta. El próximo vuelo es dentro de dos horas, a las 15:30.

—¡Perfecto!

Te quiero, Cristina, toma todo mi dinero y llévame en tu corcel de acero hacia la eternidad compartida que tanto nos merecemos. Me dispongo a sacar la cartera del bolsillo del pantalón, pero Cristina me interrumpe:

—Pero me temo que no hay asientos disponibles. Está totalmente lleno. Le puedo ofrecer un billete para el siguiente vuelo.

Esperar dos horas ya se me antojaba una tarea insoportable, me da miedo preguntar cuánto tendré que esperar ahora, pero lo hago:

—Vale, ¿y cuándo sale?

—Mañana a las 15:30. ¿Cómo desea pagar el billete?

—¡¿Mañana?! —Elevo la voz lo suficiente como para que la gente que está a mi alrededor se gire para ver qué está pasando—. Lo siento —le digo a Cristina, esta vez en un tono extremadamente bajo para compensar—, verás, es que tengo que estar en Florencia hoy mismo, es un asunto de vida o muerte, o más bien… de sobrevivir o comenzar a vivir de verdad.

No sé si es por la cara de cachorro abandonado que estoy poniendo en estos momentos, pero Cristina se apiada de mí y busca con más ahínco. Aunque no sé qué va a poder hacer, la pobre.

—Parece que sí hay un asiento disponible, qué raro. En el programa de facturación indica que todo está vendido, pero en la disposición de asientos veo uno libre.

—¡Mío! —vuelvo a exclamar—. Me lo quedo, ¡no mires más!

Y, como por arte de magia, tengo un billete hacia mi destino, o, mejor dicho, hacia la persona que quiero que lo comparta conmigo.

Facturo con prisas la guitarra, aprovecho y compro un cargador de móvil en una de las tiendas del aeropuerto y me como un bocadillo que me sirve más de distracción que para saciar mi apetito.

Cuando veo que ya podemos subir al avión, se me acelera el corazón. Me acerco al bar más cercano y me pido un whisky doble con hielo. Las prisas y los nervios no habían dado espacio al terror irracional que le tengo a volar, pero ahora conquista todo mi ser y monopoliza cualquier movimiento o pensamiento. Entro en pánico, el cuerpo no me responde, estoy paralizado. Me bebo el whisky en dos tragos y respiro hondo. Joder, ¿y si se estrella el avión? ¿Y si soy parte de ese porcentaje tan miserable de accidentes que, precisamente por ser tan bajo, no pasa de anécdota, de cifra fría y olvidable?

¿Y si me muero hoy?

Vuelvo a respirar hondo. Estoy delante del letrero luminoso que indica «Florencia». Mi instinto de supervivencia me grita al oído izquierdo que me marche, que coja un taxi de vuelta, escriba la canción, lleve a Judit a un restaurante lujoso y después le haga el amor con todas mis fuerzas. Me grita que siga como estaba, alegando a la desesperada que tampoco estaba tan mal, ¿acaso no hay gente que está mucho peor? Tienes una buena economía, salud y una chica preciosa a tu lado, ¿para qué embarcarte en un viaje que solo te traerá decepciones y dolor? ¿Acaso no es mejor la vida apacible que tenías hasta ahora?

Y, de repente, lo veo todo con claridad: veo lo fácil que es caer en la tela de araña de la comodidad y la costumbre. Miro hacia arriba y, por primera vez, soy capaz de distinguir todos los hilos que están moviendo a este apesadumbrado títere: la seguridad, el miedo, la costumbre, el qué dirán, los complejos, los deseos, los sueños, el arte, todo lo que me hace ser yo. Supongo que, en realidad, la vida consiste en decidir cuál de esos hilos toma las riendas cada vez que nos enfrentamos a una decisión transcendental. Yo ahora lo tengo claro, así que corto el hilo del miedo y comienzo a caminar. Doy unos pocos pasos, cortos e inseguros, pero cada vez lo hago con mayor fortaleza y velocidad. Llego al avión casi corriendo y con el pecho acelerado, pero no por miedo, sino por unas ganas de soñar que ya no me caben en el tórax.

Busco mi asiento, que está al final del avión, mientras le echo un vistazo al grupo variopinto de pasajeros. Hay una pareja de ancianos que me llaman la atención por encima del resto: ella le está quitando algo de la camisa a él, con un cuidado y cariño que bien se merecen una canción. Supongo que aún hay esperanza y que el amor sí puede ser eterno.

Yo quiero un amor eterno y no pienso conformarme con menos.

Sigo avanzando y veo a lo lejos a mi compañero de asiento, un tipo con una pinta un tanto extraña: lleva una gorra de béisbol de los New York Yankees y unas gafas de sol que le tapan media cara. Además, está como encogido, tapándose la boca con la mano derecha. Es evidente que trata de pasar inadvertido, pero consigue justo lo contrario. Quizá más tarde pueda entablar conversación con él y descubra qué famoso se esconde tras su máscara. Ahora lo importante es sobrevivir al despegue.

Cuando me acerco más a mi asiento, veo que está ocupado, pero no por una persona, sino por un transportín para animales. Me quedo plantado y le digo a mi compañero de viaje:

—Disculpa, este es mi asiento, ¿puedes poner esto con el equipaje?

El hombre dirige su mirada hacia mí, o al menos eso creo, porque no se quita las gafas de sol. Me contesta muy bajito, casi susurrándome, lo que me obliga a acercarme más a él. Cuando lo hago, veo que el transportín está ocupado.

—Vale, perdón, veo que tienes un animal. ¿Es un perro pequeño?

El famoso se quita las gafas y me mira como si fuera idiota. El caso es que su cara me resulta extremadamente familiar, así que le pregunto:

—Perdona, ¿nos conocemos?

—Shhhhhh —me manda callar como si el siguiente sonido que produjéramos fuera a activar una trampa que nos sepultará a todos—. Es un gato, ¿no lo ves? He comprado un billete para él, y este es su asiento. Ahora, cuando despeguemos, lo sacaré del transportín para que esté más cómodo.

Un gato en un avión, un avión y un gato, las dos cosas que menos me gustan en el mundo juntas: ¿qué probabilidades había? No sé si el universo me está diciendo con neones rojos que salga corriendo de aquí o simplemente es una prueba para que le demuestre que voy en serio, que esta vez voy con todo pase lo que pase.

Prefiero tomármelo así, como un pulso que la vida me está echando para cerciorarse de que mis sentimientos hacia Marlena son mucho más que un simple capricho o esa acumulación de autosatisfacción del ego mezclada con la dopamina que solo saben inyectarte los amores prohibidos.

—Pero…, pero… —comienzo a balbucear—, mira, yo también tengo este asiento y necesito coger el avión a Florencia hoy mismo.

—Lo siento, amigo, pero mi agente compró estos billetes hace mucho, se deben de haber equivocado.

Por un momento estoy a punto de recular, de rendirme y salir del avión. Al fin y al cabo, puede que realmente Marlena no sea para mí, puede que sí deba volver a la vida apacible que estaba viviendo con Judit. Estoy a punto de dar media vuelta, pero algo me lo impide. Es el hilo de títere en el que puede leerse «sueños».

El mundo se vuelve a parar, miro a mi alrededor y veo de nuevo a la pareja de ancianos que se han quedado congelados a media sonrisa con una mirada cómplice que denota verdadero amor. Yo quiero eso, no estoy dispuesto a vivir a medias nunca más, me niego rotundamente. Además, pase lo que pase en Florencia, tengo que ser sincero conmigo mismo y con Judit. Ella también se merece compartir la vida con alguien que esté loco por ella, que sienta que sin su compañía la vida carece de sentido, que sienta que sin ella mueren todas las canciones de amor. Se merece a alguien que la quiera como yo quiero a Marlena.

—Lo siento, pero yo hoy viajo a Florencia —digo en voz alta para que me escuche todo el avión, aunque solo me dirija a, espero, mi futuro compañero de vuelo—. Discúlpame, parece que tienes razón y que en la agencia han cometido un error vendiéndome el billete que ya estaba asignado a tu gato, pero ¿acaso la vida no es un constante error? Al menos yo soy especialista en coleccionarlos. Si miro atrás y me dedico a desgranar mi vida, me doy cuenta de que soy una de las personas más imperfectas sobre la faz de la tierra. Siempre cargado de buenas intenciones, sí, pero a la vez adicto reincidente a los callejones sin salida. Pero ¿sabes qué? —Miro a mi alrededor y veo que tengo la atención de prácticamente todos los pasajeros, así que sigo con más ímpetu—: Hoy he decidido romper con todo eso, he decidido romper las cadenas que me anclaban al suelo, unas cadenas que yo mismo había forjado a base de miedos e inseguridades. Hoy he decidido que el amor de verdad puede con todo, y por eso necesito ir a Florencia. Sí, sé que dicho así no parece para tanto, que todos hemos estado enamorados alguna vez en la vida, pero yo hablo de otra clase de amor, ese que no tiene nada que ver con la posesión ni con la ilusión de un proyecto compartido que nos solucionará muchos aspectos de nuestra vida. Hablo de ese amor que revienta el pecho, que no es egoísta, que solo quiere regalar latidos y sonríe cuando ve a su amada feliz, aunque no sea con él. Esa clase de amor que en parte es adoración, pero sin mitificar ni poner en un falso pedestal a la otra persona. Es adoración a la vida en todo su esplendor, es vivir en una constante primavera, agradeciendo que el universo por una vez haya sido magnánimo y te haya dado la oportunidad de conocer a tu persona favorita. Y es que no voy a Florencia a buscar solo a mi amada, voy a buscar a la persona que le da sentido a la risa, que consigue que vuelva a mirar este mundo decadente con optimismo; voy a buscar a la persona que convierte un día de mierda en un carnaval con un simple «cómo estás» y una caricia. Voy a buscarla a ella. Así que, por favor, por lo que más quieras, haré cualquier cosa que me pidas, cédeme el asiento, lo compartiré con tu gato. No hay problema. Hazlo por el amor verdadero.

Durante unos segundos se impone el silencio absoluto, como si el tiempo se hubiera detenido, pero de repente la pareja de ancianos se pone a aplaudir y poco después los imitan el resto de los pasajeros del avión. Yo soy incapaz de contener las lágrimas; ni puedo ni quiero, en realidad. Por fin he dicho en voz alta lo que mi pecho me grita desde hace varios meses, desde hace años, en realidad, desde que la conocí. ¿Cómo es posible que la dejara marchar la primera vez? Me siento un necio por haberlo hecho, por no haber puesto toda la carne en el asador, por no haber aprovechado todos y cada uno de los momentos que estuve a su lado, pero creedme: esto no me volverá a pasar. He aprendido la lección. Voy a darlo todo para estar con ella.

Mi futuro acompañante es el único pasajero que no ha aplaudido. Me sigue mirando a través de sus enormes gafas de sol, lo que me impide conocer mi sentencia. ¿Vencerá el amor o tendré que salir de aquí con el rabo entre las piernas?

Por fin toma la palabra:

—Por favor, volved a vuestros asientos e intentemos tener un viaje tranquilo, este buen hombre necesita descansar. No es aconsejable perseguir nuestros sueños con poca energía.

Los pasajeros vuelven a aplaudir, pero esta vez a él. Yo me enjugo las lágrimas y le agradezco varias veces que me permita tomar el asiento de su gato.

Supongo que, cuando quieres de verdad, al universo no le queda otra opción que rendirse y ayudarte.

—Muchísimas gracias, de verdad —le vuelvo a decir mientras me siento a su lado.

—No es nada. Podríamos decir que soy un sentimental y también podríamos decir que no me has dejado otro remedio, qué presión social acabo de experimentar. Si te digo que no, esta gente me lapida. Espero que no te moleste el gato, cuando despeguemos y estemos estables, lo sacaré para que esté más tranquilo —me dice mientras lo acaricia a través de las rejas del transportín.

—No te preocupes. A ver, no te voy a mentir, los gatos no son santo de mi devoción, pero…

Justo en ese momento aparecen las azafatas para indicarnos las normas de seguridad, y de nuevo soy consciente de que estoy en una jaula mortal de varias toneladas. Me aprieto todo lo que puedo contra mi asiento y comienzo a respirar cada vez más fuerte. Mi acompañante me mira extrañado.

—¿Qué te pasa? —me pregunta.

—Es la primera vez que vuelo. Me prometí a mí mismo hace años que jamás lo haría. Le tengo un pánico terrible.

—Esto mejora por momentos. ¿Qué sueles beber?

—Whisky —le digo, con la voz entrecortada.

—Azafata, por favor, dos whiskies dobles para mi amigo y para mí.

Puede que la azafata haya notado la urgencia de esa petición, porque a los pocos segundos aparece con las bebidas.

Mi acompañante coge su copa y me acerca la mía.

—Brindemos por la gente valiente como tú. Sois muy necesarios en el mundo. Deseo que tengas mucha suerte.

Y así, como quien no quiere la cosa, hago un amigo. Sé que es un poco extraño, este pensamiento, pero me reconforta pensar que, si nos estrellamos, no moriré solo.

Brindamos, bebemos y, sin darnos cuenta, el avión despega. La sensación es tan nueva como perturbadora. Siento que dejo de tener el control de mi vida: ahora mismo le pertenece al avión, a su piloto, a su ensamblaje y la piedad de la diosa meteorología.

Estoy a la merced de factores externos, y eso debería ponerme mucho más nervioso, pero por alguna razón me apacigua no poder hacer nada. Si pasa algo, no tengo ningún tipo de poder ni capacidad para cambiar la situación. Eso, acompañado del whisky, consigue que me relaje. A decir verdad, no recuerdo la última vez que estuve tan en paz conmigo mismo como ahora.

—¿Lo ves? No es para tanto —me dice mi acompañante cuando las luces que nos obligan a tener los cinturones de seguridad abrochados se apagan—. Voy a sacar a Groucho.

Miro la puerta del transportín como si dentro se escondiera un ser diabólico que en cuanto se libere saltará sobre mí para arrancarme el alma. Observo a mi alrededor, no tengo escapatoria. Si supiera de vuelos, sabría a cuántos pies de altura estamos, y así podría darle más énfasis al drama que estoy viviendo, pero, como tengo ni idea, me quedo esperando a que salga el gato para enfrentarme cuanto antes a él.

Mi acompañante lo saca con todo el cariño del mundo. Es un gato común completamente negro, a excepción de una mancha blanca encima de la boca que se asemeja a un bigote.

—Vale, ahora entiendo lo de Groucho, y… ¿se porta bien?

—Mejor que tú y que yo —dice mi acompañante mientras le pone un pequeño arnés—. Escúchame bien, Groucho, este chico te ha robado el asiento, pero no te puedes enfadar con él porque está yendo a buscar al amor de su vida, ¿vale?

Como si Groucho entendiera todas y cada una de las palabras que su amo le dice, me mira durante un rato y, acto seguido, se pone en mi regazo, se hace una bola y cierra los ojos.

No puedo describir la sensación que me embarga. Su ronroneo calma las pequeñas turbulencias que vamos atravesando. Levanto un poco la mano y, reuniendo el poco valor que me queda, lo acaricio. Groucho estira el cuello en señal de placer.

Debo de estar visiblemente perplejo, porque mi acompañante me pregunta:

—¿Por qué no te gustan los gatos?

—Bueno, no es que no me gusten —digo, bajando la vista hacia mi regazo. Groucho se está dando un baño mientras hablamos—. En realidad, solo había coincidido con uno hace muchos años: Salem, el gato de mi tía. Era supercariñoso con todo el mundo, excepto conmigo; se dejaba acariciar y coger por cualquier persona de la familia e incluso por extraños, pero, siempre que lo intentaba yo, me bufaba y se marchaba.

—Le tenías miedo, ¿verdad?

—Le tenía un miedo atroz —confieso.

—Pues ahí lo tienes, viejo amigo, a los gatos como a las personas o a cualquier otro ser vivo, no se les puede querer con miedo. Querer con miedo es como intentar atravesar un puente colgante al que le faltan la mitad de los tablones sin la convicción necesaria: tarde o temprano, te acabas cayendo al precipicio.

Miro a Groucho y lo vuelvo a acariciar. Ahora que lo pienso, puede que siempre haya querido con miedo, miedo a entregarme por completo y no dejar ni un atisbo de lo que soy como medida de seguridad por si la relación se trunca. Miedo a perderme entre latidos ajenos y no saber volver a ser yo.

—Gracias por el consejo —digo, al tiempo que le acerco la mano para estrechársela—. Me llamo…

—Sé quién eres —me dice, aceptando el saludo—. Tengo todos tus discos, pero si me llamas fan en algún momento te tiro por la ventanilla del avión.

Ambos sonreímos, y mi acompañante se queda un rato sin decir nada, hasta que se quita las gafas de sol y la gorra de béisbol.

¡No puede ser! ¡Es James, el doctor buenorro de *Opérame el corazón*!

—¡Joder! Si eres...

James se vuelve a poner automáticamente la gorra.

—Shhh. ¡Baja la voz! Mañana por la noche vamos a hacer una presentación especial y es un secreto de Estado. Nadie puede saber que viajo a Florencia.

—Tranquilo, James, no diré nada.

—Gracias, pero mejor llámame Álex, que es mi nombre real.

—Lo sé, lo sé, disculpa. Yo sí que me he puesto en modo fan. Es que es muy fuerte —le digo gesticulando por la emoción más de lo debido—. Tu serie ha conseguido que vuelva a conectar con mi ex, así que en parte estoy aquí gracias a ti.

—Eso se merece otro brindis. ¿Te apetece otro whisky? —Álex llama a la azafata sin esperar mi respuesta.

Nos lo tomamos en silencio y entablamos una charla ligera para pasar el rato, cuando de repente un hombre se empieza a encontrar mal. Parece que se ha atragantado con algo de comida. Las azafatas se empiezan a poner nerviosas y un pasajero grita:

—¿Hay algún médico en la sala?

Álex y yo nos miramos, por un momento estoy a punto de decir que sí, que a mi lado tengo el mejor médico del mundo. Parece que Álex me lee el pensamiento porque dice:

—No, tío, no.

Menos mal que un hombre se levanta, le practica la maniobra de Heimlich y le salva la vida. Todos nos ponemos a aplaudir de nuevo. ¿Serán así todos los vuelos? Declaraciones de amor, famosos, gatos con bigote y una vida que se salva en el último momento. Nadie me había dicho que fueran tan entretenidos.

—¿Sabes qué? —comienza a decir Álex—. Te envidio, ojalá yo fuera tan valiente como para dejarlo todo e ir a buscar a la persona de la que estoy enamorado. —Estoy a punto de contestarle, pero prosigue—. Sí, sé lo que me vas a decir: eres un actor famoso, el tío bueno de la serie, seguro que tienes un montón de chicas haciendo cola para estar contigo, y no te lo negaré. Pero no quieren conocerme a mí, quieren conocer al personaje. Se han formado una fantasía en su cabeza y simplemente ansían hacerla realidad. Me utilizan, no de forma consciente, pero no tienen ningún interés en saber quién soy en realidad, además…

—¿Además? Cuéntame —le digo mientras le toco el hombro para insuflarle valor.

—Además, estoy enamorado de Sofía.

Espera un momento… ¡Sofía es Sarah! ¡Esto es incluso mejor que la serie!

—Entiendo, ¿y nunca se lo has confesado?

—No, y nunca lo haré —dice Álex suspirando—. Soy un cobarde, me da mucho miedo que me rechace y que nuestra relación cambie. He aceptado la situación, prefiero que seamos amigos a que no seamos nada.

—Te entiendo, pero ¿y si te dijera que sí?

A Álex se le ilumina la cara; no puede evitar sonreír ilusionado.

—Si me dijera que sí, sería el hombre más feliz de la tierra.

—Pues, en mi opinión, creo que vale la pena arriesgarse. Ahora mismo estás invirtiendo todo tu amor en una persona que ni siquiera sabe lo que sientes. ¿No te parece injusto para ella? Nunca nos deberíamos callar un «te quiero». Vivimos en una sociedad en la que el odio y la envidia campan a sus anchas, y, en cambio, nos cuesta expresar las cosas bonitas.

Álex se queda un rato pensando y finalmente me dice:

—Puede que tengas razón, quién sabe. Parece que sí tenías que coger este vuelo.

Volvemos a brindar cuando nos avisan de que estamos a punto de llegar a Florencia. El viaje ha sido agradable, Groucho no se ha despegado de mí ni un segundo. Joder, ahora quiero un gato. En cuanto nos indican que vamos a aterrizar, Álex lo vuelve a poner en el transportín y yo cierro los ojos con todas mis fuerzas para mitigar la impresión del descenso.

Tocamos tierra y estoy en Florencia. Marlena, lo he conseguido. Supongo que hay cosas que solo se pueden logran impulsadas por el amor.

—Bueno, ¿y dónde se aloja la chica de tus sueños? —me pregunta Álex.

—Pues… La verdad es que no tengo ni idea. Lo único que sé es que está aquí, pero no tengo forma de llamarla ni localizarla.

Álex se quita las gafas de sol y me mira mientras suspira.

—Estás loco, me encanta, pero sabes que Florencia es bastante grande, ¿verdad? No es como si te la fueras a encontrar en el bar del pueblo.

—Lo sé…, había pensado empezar por los monumentos más típicos. Sé que ella ha llegado hoy, así que puede que esté haciendo turismo.

—Vale, de todas maneras, tendrás que elegir, mira —me dice mientras busca en su móvil «qué ver en Florencia»—. Podría añadir a la búsqueda «si estás loco y quieres encontrar al amor de tu vida en unas horas». Perdón, chiste malo, pero es que aquí hay muchísimo por visitar: iglesias, palacios, galerías de arte, un montón de monumentos literarios.

—¡Espera! ¡Empecemos por ahí! Marlena tiene que estar en uno de estos lugares.

Deslizo la pantalla del móvil de James, perdón, de Álex y digo:

—¡Aquí está! ¡Presiento que está en la Biblioteca delle Oblate. ¡Vamos!

Álex me sigue, creo que sin saber exactamente por qué. Yo no lo acabo de entender tampoco, pero por alguna razón siento que somos un equipo, un don Quijote del siglo XXI, que lucha contra molinos de viento, y su inseparable Sancho Panza, que de vez en cuando le dice con cariño que esos gigantes en realidad son un *ghosting* como una catedral. Noto cómo la cabeza de Álex va a mil por hora, pero solo consigue preguntarme:

—¿Marlena?

—Te lo explico en el taxi, ¡la biblioteca nos espera!

En el taxi suena «Torna a casa», de Måneskin, y, por un momento, me siento aturdido. Aún no me creo que haya cogido un avión, aún no me creo que esté con el doctor buenorro de *Opérame el corazón* y su gato en un taxi de Florencia buscando a Marlena.

Marlena, quiero ser tu hogar, pero no esa clase de hogar que te protege bajo la comodidad y la seguridad del que un día hizo una promesa y con eso cree que ya no necesita esforzarse. Quiero ser el hogar de tus huracanes y tus playas, de tus vicios y tus virtudes, quiero ser el hogar que tu pecho escoge cada día para no ceder al olvido ni al desgaste al que sucumben los corazones cobardes.

Marlena, *torna a casa*, por favor.

Llegamos a la biblioteca: es impresionante, majestuosa y plagada de rincones en los que te visualizo, en los que nos visualizo en un futuro casi inmediato. Sé que mis ganas de encontrarte me impiden contemplarla como es debido, así que le pido perdón a la belleza que estoy dejando escapar. No te preocupes, volveremos aquí juntos.

Formamos un trío bastante cómico: Álex con gorra y gafas de sol parece más un investigador privado de tres al cuarto que un actor famoso. Nos vamos turnando el transportín de Groucho, que va maullando intermitentemente. El pobre tiene que estar alucinando.

No te veo, me siento un idiota al pensar que ibas a estar esperándome como si esto fuera una comedia romántica de las que poníamos a la hora de la siesta. Me acerco al mostrador y les pregunto a las dos chicas que atienden si hoy ha estado aquí una chica rubia de ojos azules con el pelo muy largo y unas caderas capaces de reconstruir el Imperio bizantino.

Vale, creo que me he pasado porque las dos chicas del mostrador se están mirando entre ellas con cara de: «¿Llamamos a la policía o nos apiadamos de este pobre enamorado?».

Enamorado y enajenado son, cada vez más, sinónimos en mi diccionario.

Menos mal que optan por lo segundo y me explican que te han visto hace un par de horas deambular por los pasillos y que te has pasado mucho rato revisando un ejemplar antiguo de *La Divina Comedia*, de Dante, que está en una de las mesas de la entrada.

Les doy las gracias, asimilando por fin que esto no es un sueño, que estoy en Florencia y tú también. Pero lo que no alcanzo a entender es: ¿qué haces aquí? Y lo que es más importante: ¿por qué no te has despedido de mí?

Por más vueltas que le dé, no comprendo tu huida, tan fría y precipitada. No me cabe en la cabeza, es como si hubieras matado a alguien y estuvieras escapando de la justicia. Me tienes muy preocupado. Como no te encuentre, me vas a matar a mí también.

En cuanto abro *La Divina Comedia* me siento conectado a ti. Toco con suavidad su lomo como si estuviera recorriendo tu columna, ese pilar que subiendo me lleva al cielo de tus labios y que bajando me lleva al infierno de nuestros pecados compartidos.

Paso las páginas como si a través de ellas pudiera adivinar dónde estás ahora, como si escondieran un enigma que solo yo puedo descifrar. Y así es, porque en la mitad del libro encuentro una nota.

Tiene tu letra. Se me para el jodido corazón cuando la leo:

«Al amor que perdí antes siquiera de tenerlo, espero que algún día me perdones. No soy tan valiente como quisimos creer».

Se ha marchado de verdad, y no solo en el plano físico: esta nota de despedida es la confirmación de que no vamos a estar juntos por mucho que me esfuerce, por mucho que la busque e incluso que la encuentre en alguno de los recónditos monumentos de esta ciudad que ahora me recuerda a uno de esos *escape rooms* pasados de moda. Esta nota es el aplastante veredicto del universo: la vida no es justa, el amor no es justo, así que, cuanto más sueñes, peor será la decepción.

Para qué volar si sabes que acabarás cayendo. Qué frase tan poco apropiada para el día que he cogido mi primer avión.

Una desolación como nunca antes había experimentado me envuelve por completo y rompe las murallas que resguardan mi felicidad. Todo se derrumba ante mis ojos. Me siento como un niño pequeño que hace castillos de arena ignorando las olas que los destruirán en pocos minutos. Supongo que lo que más rabia me da es que estábamos muy cerca de conseguirlo. Ahora que por fin nos habíamos reencontrado, ahora que por fin he sido valiente, ahora nos tocaba ser felices para siempre.

Puede que mi valentía haya llegado demasiado tarde. Aprieto los puños con rabia al pensar que si ayer no hubiera dejado que te fueras después del polvo en el lavabo, ahora mismo estaríamos juntos.

Marlena, no sé por qué dices que no eres valiente, si para mí sí lo eres: no se puede ser arte y risa sin valentía. Ojalá me dejaras mostrártelo, ojalá te vieras durante un segundo como yo te veo.

Álex se me acerca. Me ha dejado un tiempo prudencial a solas, pero me indica tocándome el hombro con cariño que debo salir de este bucle mental y continuar. La verdad es que no sé qué hacer: ¿sigo buscándote o me rindo?

No quiero volver a tirar la toalla, no quiero ser el tipo de hace cinco años que aceptó sin luchar que te fueras de su lado e instalaras un invierno perenne en su corazón.

—¿Qué hacemos amigo? —me pregunta Álex.

Y de repente lo sé:

—Vamos a la casa de Dante —le respondo.

Me niego a seguir viviendo en este invierno. Marlena, espérame, no permitamos que esta sea esa clase de historia que muere en la cobardía de una despedida muda.

Cogemos otro taxi y nos dirigimos a la casa de Dante. ¿Quién me guiará? ¿Entraré en el purgatorio con Virgilio o en el paraíso con Beatrice?

Con esa duda taladrándome el pecho llegamos a nuestro destino. La casa está envuelta por un aura de respeto y admiración casi mística. Es uno de esos lugares que te ponen los pelos de punta en cuanto entras porque te hace sentir que hay cosas mucho más grandes e importantes que tú.

Aunque, con su permiso, ahora mismo no haya nada más importante que nosotros.

Veo una melena rubia y me lanzo como un loco a por ella. Recorro un pasillo larguísimo a toda velocidad, mientras Álex y Groucho me miran alucinados.

Un guarda de seguridad me llama la atención y me impide el paso indicándome de malas maneras que ahí está prohibido correr.

—Pero es que justo ahí está la persona que debe acompañarme al paraíso —le digo señalándote.

En ese preciso momento te giras, pero no eres tú: es una chica guapa, sí, pero ya le gustaría rozar mínimamente la gracia con la que te han esculpido los dioses.

El guarda de seguridad me mira con cara de pena. No acabo de discernir si no ha entendido nada de lo que le he dicho debido a mi pobre italiano o si me ha entendido demasiado bien y se está compadeciendo de mí. Es un hombre que roza la edad de la jubilación, posee una de esas miradas que indican que hace tiempo que perdió al amor de su vida. Una de esas miradas que lloran sin lágrimas.

Supongo que cuando nos tenemos que despedir para siempre de nuestra persona favorita hay algo en el brillo de nuestros ojos que desaparece y que es imposible de recuperar.

Joder, yo estoy perdiendo ese brillo hoy.

Álex y Groucho me alcanzan. Álex le explica en un perfecto italiano que estamos buscando a mi novia. Sé que lo hace para no dar demasiadas explicaciones, pero, de alguna manera, que se refieran a ti como mi novia me llena de esperanza. En Barcelona eras mi ex, en Florencia eres mi *fidanzata* y, sabes, me parece precioso. De repente siento que lo eres, siento que yo soy tuyo también, pero lejos de posesivos tóxicos repletos de inseguridad, siento que tú y yo somos el plural perfecto en un mundo plagado de singulares egoístas.

Tú y yo somos la jodida resistencia.

El guarda de seguridad finalmente nos dice que sí, que te ha visto. ¿Lo ves, cariño? Es imposible que pases desapercibida, es imposible que camines por un lugar y que las aceras y las paredes no recuerden tu nombre y se enamoren de tu voz. Es imposible olvidarte, créeme, yo llevo años intentándolo.

Nos dice que te has marchado hace poco, que has preguntado por la tumba de Beatrice y que te has quedado un rato mirando el libro de firmas de los visitantes que hay en la entrada.

Me acerco a ese libro y me dirijo a la última página con el corazón en un puño. Me recorre un escalofrío al leer «Santa Trinidad» de tu puño y letra.

¿Qué significa eso? Aparte de lo que siento por ti y llevo tatuado para siempre: el amor que le tengo a tu cuerpo, a tu arte y a tu mente. Esa especie de fervor que solo te provoca quien te ha conquistado por completo, Rusia incluida.

—¿Qué significa Santa Trinidad? —le pregunto al aire en voz alta.

El aire no me contesta, pero sí lo hace James, digo… Álex.

—Supongo que se refiere al puente de Santa Trinita —dice mirando el móvil—. Por lo que veo, hay una leyenda muy bonita en torno a él: si escribes una historia de amor ahí, se hace realidad.

—Vámonos, pues, tengo un firmamento entero que escribir —le digo mientras me dirijo a la puerta.

De nuevo en un taxi, Groucho se pone a maullar: el pobre debe estar deseando salir de ahí.

Ojalá todos pudiéramos salir tan fácil de nuestra jaula. Ojalá entendiéramos que somos nuestros propios carceleros.

—¿Puedo sacarlo un poco? —les pregunto al taxista y a Álex a la vez.

Álex me dice que sí y el taxista me mira con cara de no haberme entendido bien, pero, como no me dice lo contrario, libero a Groucho. Este me lo agradece restregando la cabeza contra mi barba y después lamiéndome las manos. Yo le respondo acariciándolo y dándole un beso en la cabeza.

—Menos mal que odiabas a los gatos —sonríe Álex.

Le devuelvo la sonrisa mientras sigo acariciando a Groucho

—Pues toda la vida ha sido así y, ¿sabes qué?, ahora que lo pienso me parece una estupidez odiar a unos seres tan llenos de amor. Supongo que hace muchos años decidí no amar de verdad a nadie para así evitar ser rechazado. Supongo que la coraza que llevaba puesta era tan grande que se me había olvidado que su función era proteger un corazón.

Álex me mira y coloca el puño en su pecho, indicando así que mis palabras han agujereado un poco su coraza.

Me da pena que, entre las cajitas y las corazas, tanta gente se vea reducida a vivir entre unos susurros que no admiten sueños y solo pronuncian presentes confortables pero insípidos.

Me prometo en silencio que jamás me volverá a pasar. Cojo mi diccionario y comienzo a tachar sinónimos:

Tranquilidad no es igual a monotonía.

Paz no significa indiferencia.

Amor no tiene que ver con nada que no sea contigo.

Cuando llegamos al puente de Santa Trinita, me vuelvo a sentir el personaje de un guionista falto de ideas: vamos como pollos sin cabeza del punto A al punto B, y todo el tiempo Marlena se nos escapa por los pelos.

Mierda, acabo de darme cuenta de que Marlena es la madre de Marco, yo soy Marco y Álex… Pues por descarte le toca ser mi mono Amedio.

Broma mala, lo sé, pero ojalá alguien le hubiera dicho al pobre Marco que su madre huía de él de una manera descarada.

Ojalá alguien me dijera ahora mismo que cesara en mi empeño, que, si Marlena ha apagado el móvil y se ha marchado sin despedirse, significa que no le importo lo más mínimo.

¿De verdad quieres empezar una nueva vida sin mí?

Pero entonces, ¿por qué me dejas señales? ¿Por qué escribes una nota al amor que perdiste antes de tenerlo? ¿Por qué haces referencia a tu santa trinidad?

No entiendo nada y de verdad que quiero hacerlo. Lo que más deseo en el mundo es comprenderte, descifrar tus latidos para así poder acompañarte, ser refugio y no piedra en tu camino. Mi pecho aún te siente, y hasta que deje de hacerlo, no me pienso rendir.

Llegamos al majestuoso puente y lo recorremos de principio a fin apreciando su magia: vemos a parejas haciéndose fotos, músicos callejeros tocando canciones de amor, gente solitaria mirando el atardecer con una melancolía triste pero preciosa. Hay muchísimo amor en el ambiente, pero mi amor no está. Tú no estás.

Miro a Álex y siento su cansancio. Deja un momento el transportín de Groucho en el suelo y me dice:

—Lo siento, pero por hoy no puedo más, amigo.

Lo entiendo perfectamente, yo también estoy agotado. Estoy a punto de decirle que, por favor, espere un segundo, que seguro que estás a punto de llegar, porque nos lo merecemos, porque me lo merezco, pero no lo creo.

Ya no creo que vengas.

Ya no sé si te merezco.

—Vámonos a tomar un Aperol o lo que sea que utilicen para emborracharse en esta ciudad —le digo después de darle una palmadita en la espalda.

Álex suspira aliviado y me contesta:

—Si te parece bien, vamos primero a mi hotel a dejar a Groucho. Además, podemos tomar algo en el hall.

Y así lo hacemos. En cuanto llegamos, Álex se ausenta un momento para hacer el *check in* y dejar a su maravilloso gato. Me sorprendo a mí mismo sonriendo al pensar en Groucho. Quién sabe, puede que Óscar y Mayer fuesen aún más felices con unos gatos trillizos: Groucho, Harpo y Chico.

Estoy solo en el hall. El hotel es un cinco estrellas superior y yo llevo un abrigo verde militar y una camiseta vieja de los Smashing Pumpkins, así que para compensar le pido un whisky caro al camarero. En cuanto me lo sirve y le pego un trago, no puedo evitar sentirme la persona más ridícula del mundo: he dejado a mi pareja, bueno, técnicamente aún no, pero lo haré en cuanto llegue a Barcelona, si es que coincidimos en algún momento.

Es una mierda sentirse culpable por dejar de querer a alguien. Con lo sencilla que sería la vida si pudiéramos elegir de quién nos enamoramos.

Suspiro. Estoy en Florencia persiguiendo a Marlena después de que me desahuciara de su pecho. Estoy loco, lo sé, pero, si por un momento dejo de flagelarme y lo pienso con frialdad, puedo resumir mis acciones de dos maneras antagónicas:

Opción A: estoy en otro país porque mi ex ha dejado de contestarme a los mensajes. Esta opción me retrata como un tóxico y un impulsivo. Si lo planteo así, parezco un quinceañero que se va corriendo a casa de su amigo porque de repente se ha caído de la partida online de Call of Duty.

Opción B: estoy en Florencia buscando a mi persona favorita porque por fin he decidido decirme la verdad a la cara y escuchar a mi pecho. Además, me he enfrentado al miedo que tenía a volar y me he reconciliado con los gatos. En esta opción soy valiente, coherente y voy a por todas. Esta opción narra una historia de superación y amor verdadero.

Sin dudarlo, me quedo con la opción B.

Además, tampoco es que haya venido aquí a montarle una escena de película, aparecer con mi guitarra y una canción de amor para arruinarle la boda.

La canción. Estoy escribiendo una canción de amor para ella, sí, pero aún no está lista. Le falta algo y sigo sin saber qué es.

Marlena, puedes estar tranquila. No he venido aquí a conquistarte con actos grandilocuentes, solo quiero saber qué ha pasado.

Si nos tenemos que despedir, lo haré. Aceptaré lo que me digas. Si me dices a la cara que eres feliz sin mí y que no me quieres ver más, te sonreiré y a la vez dejaré caer la última lágrima que llevará su nombre.

Lloraré mucho, pero me da igual, necesito saber que estás bien.

Álex llega al hall y pide un whisky doble.

—Brindemos —me dice levantando la copa y lanzando un suspiro de cansancio absoluto.

—¿Por qué quieres brindar? —le respondo.

—Brindemos por la gente como tú, hoy me has dado toda una lección de vida.

Entrechocamos las copas, bebemos y nos quedamos un rato en silencio, pero yo no puedo evitar preguntarle, en un tono sarcástico:

—¿Y qué lección ha sido esa?

De verdad que necesito pensar que hoy he hecho algo positivo. Álex suspira de nuevo y me mira.

—Verás, cuando en el avión te he confesado que estoy enamorado de Sofía, lo he hecho porque pensaba que eras un loco de remate, poco más que un pobre enajenado. He pensado: este tío se cree que es Hugh Grant y por eso coge el primer avión disponible para ir en busca de su amada, plantarle un beso en los morros y tener un final feliz de película. Pero después de recorrerme Florencia contigo y ver cómo la buscabas por todas partes, creo que eres el hombre más cuerdo que he conocido en toda mi vida. No eres un actor, eres esa clase de persona valiente y optimista que los actores aspiramos a ser. Por eso brindo contigo y te acompaño en tu aventura, esperando que se me contagie algo de tu empuje. Aunque, si te soy sincero, no sé si mañana tendré el coraje suficiente cuando la tenga delante.

—Centrémonos en el hoy —le contesto mientras levanto de nuevo la copa—. Brindemos por el ahora que no puede robarnos esa quimera a la que llamamos mañana y que está plagada de promesas que no está dispuesta a cumplir.

Brindamos una y otra vez, incontables veces, inimitables veces. Álex y yo hoy somos un par de bucaneros que piensan acabarse todo el ron de la bodega.

No sé si esto es un *blackout*, una elipsis o una pirueta en tirabuzón, pero sé que después de un par de horas estamos borrachos como cubas cantando «No puedo vivir sin ti», de Coque Malla, en el restaurante del hotel. La poca gente que nos acompaña nos mira raro mientras nos aplaude. Nunca había tenido un público tan entregado como este. No deberíamos beber más, pero nos miramos y sabemos que vamos a por los dos últimos whiskies de la noche antes de pedir que nos pongan «La flaca».

Porque por un beso tuyo, Marlena, daría lo que fuera.

Martes

Abro los ojos; el techo y la vida me dan vueltas. ¿Dónde estoy? ¿Quién soy? ¿Y por qué cuarenta y dos es la respuesta a la pregunta definitiva sobre la vida, el universo y todo lo demás?

Me doy la vuelta en la cama esperando encontrarme a alguien, no sé si a Marlena, a Judit o a una desconocida que me acaricie la mejilla con ternura mientras me llama «amore mio», pero en lugar de eso me encuentro el primer plano de un gato con bigote blanco que me mira con ojos bizcos y me da un beso en la mejilla.

Cada vez me gusta menos mi vida.

Cada vez me gustan más los gatos.

Creo que lo mejor es consultar el cuaderno de bitácora para saber con exactitud qué pasó ayer. Así lo hago y veo qué pone, con una letra de borracho que echa para atrás:

«No sé qué está pasando, he perdido el control de mi navío y hemos naufragado, desconozco si entre toda esta algarabía nos decidiremos a cantar «La flaca», pero sé que hoy la vamos a pillar muy gorda».

Joder, vaya cuaderno de bitácora de mierda.

Me incorporo. Groucho se restriega contra mi mano y me quedo un rato acariciándolo mientras busco a Álex.

La habitación es grande, pero no lo suficiente como para jugar al escondite en ella.

—Álex, ¿estás ahí? —pregunto sin obtener respuesta.

La puerta de la habitación se abre de golpe y aparece mi nuevo amigo en camiseta de tirantes y pantalón corto, extremadamente sudado y con un par de batidos de color verde.

Groucho y yo nos miramos tratando de entender lo que está pasando, pero no lo conseguimos.

—¿Qué tal, amigo? He salido temprano a correr unos kilómetros —me dice Álex como si ayer nos hubiéramos acostado a las ocho de la noche después de cenar pollo a la plancha acompañado de tres litros de agua mineral.

Pero ¿de qué material está hecho este ser humano? ¿Cómo es posible que esté tan fresco después de que ayer nos lo bebiéramos todo?

Claro, ahora caigo, Álex es un actor, y de los buenos, por lo que está por encima de mí en la cadena evolutiva: está el *Homo erectus*, el *Homo sapiens* y el *Homo actorus*, guapo, perfecto y siempre fresco.

No sé cuánto tiempo llevo mirándolo fijamente, pero sé que lo suficiente como para que lo haya notado y me esté poniendo cara de burla.

—Aquí tienes, amigo: apio, manzana, jengibre, cúrcuma y té, un revitalizante para el cuerpo y el espíritu —me dice mientras me acerca uno de los batidos.

—Gracias, supongo —le digo después de oler semejante mejunje—. ¿Por qué tienes tanta energía?

Le doy un sorbo a esa agua de Mordor y aguanto las arcadas.

—Porque hoy es un día especial. Bueno, decir eso es quedarse corto: hoy es el día. Hace meses que no veo a Sofía, nos hemos escrito alguna vez, pero no hemos mantenido una conversación como Dios manda. Pero… no importa —añade mientras recorre la habitación, muy animado—. Hoy me pienso declarar, tal y como lo van a hacer los protas de la serie. —Se detiene de golpe y me mira—. Perdón, spoiler —me suelta—. Hoy, amigo mío, vamos a ser James y Sarah. No sé qué opinas, pero me pienso lanzar a sus brazos en cuanto la vea.

¿Qué opino? Opino que la misión, explicada así, me parece un tanto suicida.

—Bueno, puede que sea mejor que le demos un par de vueltas a ese plan —sugiero. Álex me mira extrañado—. No vamos a hacerlo bien, vamos a hacerlo perfecto —le digo para tranquilizarlo.

—¿Ves? —me responde aliviado—. Por eso es tan importante que vengas esta noche conmigo.

—Pero… Yo pensaba volver a España hoy mismo. Reconozcámoslo: es imposible que la encuentre; además, ¿qué le digo si la encuentro? Voy a parecer un psicópata de manual: lo más sensato es que me rinda, Álex.

—Nada de eso —me interrumpe, tendiéndome la mano para que me levante de la cama—. Hoy vamos a vivir sin miedo, así que, te vas a dar una ducha e iremos a comprarte algo de ropa. Hoy tenemos que estar, como tú mismo has dicho, perfectos.

Nos estrechamos la mano y con ese acto tan mundano me queda claro que el destino de Álex y el mío están tejidos con el mismo hilo.

Me encantaría decir que la ducha me despeja, pero en realidad salgo más confundido que cuando he entrado en ella. Lo que quiero es ducharme con Marlena y salir de la ducha con ella más sucio de lo que he entrado.

Una vez en la calle, vamos en busca de una tienda de ropa, Álex, con su gorra y sus gafas de sol habituales. Lleva un rato hablando por teléfono con su representante mientras caminamos calle abajo. Enseguida encontramos una tienda a mano izquierda: veo camisas elegantes de hombre, así que, sin prestarle más atención al escaparate, le indico a Álex que voy a entrar, y así lo hago.

Pienso de repente que es una pena que nadie avisara ni a Dante ni a Orfeo del momento exacto en el que se iban a adentrar en el infierno. ¿Cambiaría algo eso? ¿Acaso se darían media vuelta? No lo creo, pero supongo que una advertencia siempre es de agradecer. Yo, al menos, la hubiera agradecido.

Camino por el pasillo principal de la tienda sin saber lo que me espera. La ropa de hombre es demasiado elegante para mi gusto. Hay muchos trajes y camisas, incluso chalecos de vestir. Sigo sin prestarle mucha atención a las prendas mientras recorro el largo pasillo. Me dirijo hacia el final de la tienda como si allí estuviera la solución a todos mis problemas.

No sé si habla la resaca o mi corazón, pero ambos se equivocan.

Cuando llego al final, veo que hay una salita pequeña oculta tras unas cortinas y oigo a varias mujeres hablando en castellano tras ella. Sé que la curiosidad me va a matar como a un Groucho justo cuando un dependiente pasa por mi lado y se adentra en la sala llevando un par de botellas de *champagne*.

Y justo ahí, cuando se abre la cortina, la veo.

Marlena está en el centro de sala.

Marlena lleva puesto un traje de novia.

Marlena está tomando *champagne* mientras se ríe a carcajadas con un puñado de chicas que no tengo ni idea de quiénes son.

He encontrado a una Marlena, sí, pero, definitivamente, no es mi Marlena.

¿En qué momento ha ocurrido esto?

—Vale, ahora lo entiendo —me digo a mí mismo con voz de alivio fingido—. Como no podía ser de otra manera dada mi mala suerte, he tenido un accidente de avión y, en lugar de morirme, que era lo fácil, pero todos sabemos que lo sencillo no se me da bien, me he teletransportado a un universo paralelo. Pero no al que compartía con Marlena, ojalá. Este mundo es en plan *Lost*, hostil y sangriento: en este mundo no hay amor y, lo que es peor, no hay misericordia para los que aún recuerdan lo que es amar.

Tengo que salir de aquí, no sé si decirte algo o no. Sé que no tengo ningún derecho a hacerlo, pero, por otra parte, siento que si ahora no grito con todas mis fuerzas me veré obligado a vivir entre murmullos para siempre.

El chico de la tienda sale corriendo con un par de botellas de *champagne* vacías. Intento apartarme, pero me tropiezo con el ridículo que estoy haciendo y me choco con él. Las botellas se revientan al caer al suelo y el estruendo hace que todas las chicas nos miren, incluida Marlena.

Yo también me he roto, pero no hago ruido. Creo que nunca más haré ruido y optaré por un voto de silencio eterno. Así no podré confesar dentro de veinte años que aún te echo de menos.

Cuando ayer vi que no podía contactar contigo, pensé que no podía pasar más vergüenza.

Cuando te he encontrado aquí vestida de novia, he pensado que ahora sí era imposible pasar más vergüenza.

Pero, acto seguido, me tropiezo como si tuviera dos pies izquierdos y hago que tú y todas sus amigas me miréis mientras pierdo el equilibrio. Es triste darse cuenta de que no importa lo bajo que caigas: la desolación siempre puede cavar un poco más hondo en tu miseria.

Álex demuestra otra vez que es mi salvador —aquí el honor me obliga a hacer un paréntesis para darle al guionista de mierda de mi, en exceso, complicada existencia, un reconocimiento positivo: gracias, supongo —y llega justo para rescatarme. Me coge del brazo y tira de mí en dirección a la salida. Antes de darle la orden a mis pies de que evacúen el edificio, me quedo un segundo mirándote. Tienes la vista clavada en mí, pero no sé cómo interpretar tu mirada. Ya no sé nada. Ya no sé si es odio o amor lo que sientes, ya no sé si es odio o amor lo que siento.

Es como si me hubiera dado un golpe en la cabeza y todo lo que un día creí saber se hubiera esfumado de repente.

Ya no sé quién soy si no me quieres.

Ya no sé quién soy si este amargo destino me obliga a renunciar a lo nuestro. Ya traté de hacerlo una vez y me niego a retomar la carrera hacia tu olvido. Pero ¿cuál es la alternativa? Sobrevivir como un vagabundo errante que duerme a las afueras de una casa que un día fue suya, espiando a los que ahora viven ahí. Añorando con todas sus fuerzas el día de antes de que lo expulsaran de ese paraíso, repasando mentalmente cuál fue su error imperdonable. Buscando la fisura en su actuación, recreando cada sílaba que pronunciaron sus labios, ansiando encontrar la gota que colmó el vaso, para hacerlo mejor la próxima vez.

Y después llorando abrigado únicamente por el frío de la soledad cuando lo invade la certeza de que no habrá próxima vez.

Marlena, no sé si podré olvidarte y no sé si la vida nos brindará otra oportunidad, pero lo que sí sé es que tengo que salir de aquí.

Adiós.

Estoy en shock.

No sé si esto es una cámara oculta y formo parte de una broma pesada, pero no entiendo nada.

Un escalofrío me recorre el cuerpo, y no es de los buenos, precisamente. ¿Ha orquestado esto Edu? El escalofrío se convierte en terror. Comienzo a sudar y me obligo a sentarme por miedo a desmayarme.

Claro, todo encaja: alguien nos vio salir del baño del bar y se lo ha contado, o puede que leyera alguno de los mensajes que nos cruzábamos, no importa. La conclusión es que Edu lo sabe todo y me ha traído aquí para torturarme, ha organizado esta boda falsa para decirle a nuestros invitados desde el altar que soy una infiel que no merece a alguien como él.

Es la única explicación lógica que encuentro. Además, para hacerme aún más daño, ha contactado con Orfeo y le ha dicho dónde estoy.

Intento expulsar esa idea de mi cabeza. No puede ser, no me creo que Edu sea tan retorcido. Tiene que haber otra explicación. Por favor, que haya otra explicación.

—¿Estás bien? —me pregunta la madre de Edu.

—Sí, suegra. Me he asustado con el ruido de las botellas. Además, con este vestido tengo mucho calor, pero estoy bien, tranquila —le digo sonriendo.

¿Sabes dónde hace mucho calor? En los lugares donde no queremos estar.

Por favor, enfría la cabeza: si esto no es una trampa maquiavélica de Edu, ¿cómo es posible que Orfeo esté aquí?

Bueno, tampoco es tan de extrañar: si alguien es capaz de hacer algo así, es él. Si tuviera que apostar quién recorrería el mundo y el infierno para encontrarme, apostaría por él. Puedo dudar de las intenciones de Edu, pero no de las de Orfeo; de las suyas nunca.

La cabeza me va a mil por hora, tengo tantas preguntas ahora mismo:

¿Cómo sabía que estoy en Florencia? Vale, esa es fácil, han tenido que ser mis padres. Sin duda, Orfeo se habrá vuelto loco al no saber nada de mí y les habrá preguntado a ellos. Un interrogante menos, sigamos.

¿Qué excusa le habrá puesto a su novia? Porque... ¿seguirá teniéndola? Ahora sí que me mareo de verdad, al pensar que puede que él sí que haya sido valiente y se haya separado. Suspiro e intento que el párpado derecho deje de perrear como un loco. Si Orfeo ha dado ese paso, no me lo podrá perdonar. Si de verdad lo ha hecho, yo no sabría cómo actuar.

¿Y con quién estaba? El chico que lo ha ayudado a levantarse me resulta familiar, pero no acabo de caer en quién es. No es ninguno de sus viejos amigos, eso seguro.

Pero la pregunta que está provocando que la habitación comience a dar vueltas es: ¿cómo ha llegado hasta aquí tan rápido? Aunque hubiera cogido el primer barco desde Barcelona para llegar aquí...

Se me cae la copa que tenía en la mano y se rompe en mil pedazos, como las dos botellas hace un momento. El ruido hace que mis acompañantes peguen un brinco bastante cómico.

Ha venido en avión, el muy..., el muy..., es que no sé ni cómo definirlo. Ha venido en avión.

A la mierda todo, voy a por ti.

Me levanto y me dirijo a la salida con el vestido de novia envuelto en preguntas de mis amigas del estilo: ¿qué estás haciendo? ¿Qué ocurre? Y un tímido: ¿podemos pedir más *champagne*?

Cuando salgo a la calle, los rayos del sol me ciegan. Te busco en todas las direcciones y creo encontrarte en cada rostro que se gira a mirarme, pero no estás. Una pareja me observa y cuchichea algo. Deben de pensar que soy una novia a la fuga que se ha arrepentido antes siquiera de pisar la iglesia.

¿Lo soy?

Ahora no tengo tiempo para preguntas existenciales, tengo que encontrarte. ¿Por qué no estás?

No te lo puedo reprochar. Después de verme vestida así, ¿qué se supone que ibas a hacer? ¿Esperarme?

Ya no me vas a esperar nunca más.

¿Qué he hecho?

Si pienso en las últimas treinta y seis horas, me parecen de serie de televisión. No soy yo la que ha vivido este día y medio, en ningún caso puedo ser yo. Pero aquí estoy, vestida de novia en Florencia. Si me lo llegan a decir hace una semana, me hubiera reído. Si me lo llegan a decir después del polvazo en el lavabo, hubiera llorado, y mucho.

Cuando salí del bar me tomé unas cuantas copas de vino para insuflarme valor y después me fui a casa dispuesta a dejar a Edu, dispuesta a liberarme y comenzar a vivir de verdad. Pero cuanto más me acercaba al piso, más se ensombrecía el futuro con Orfeo. La culpa comenzó a asfixiarme, me sentía cada vez peor hasta que dejé de pensar en mi futuro, dejé de pensar en el amor, dejé de pensar en mí y lo metí todo en la cajita.

Dentro de la cajita estaba mi felicidad, mi risa, estaba Orfeo con sus promesas y yo con mis ilusiones y aspiraciones. Fuera de la cajita solo estaban Edu y mucha mucha oscuridad, pero en ese momento supe que me iba a quedar ahí para siempre.

El mundo real había ganado. Lo siento, Orfeo, ni siquiera tú podrías encontrarme aquí.

¿Cómo podía haberle hecho eso a Edu? Me prometí desde adolescente que nunca sería infiel, que antes de serlo dejaría lo que tuviera, por muy especial o mágico que me pareciera. En mi diccionario no existía la palabra desliz, hasta hace dos días.

Lo que tengo con Edu no es mágico y hace tiempo que dejó de ser especial, pero de todas formas no se merece eso para nada. Y yo no me lo merezco a él, debería estar agradecida, en lugar de haberle engañado. Tengo un hombre al lado que se desvive por darme una vida tranquila y cómoda, y ¿cómo se lo pago? Con una puñalada por la espalda.

Soy una ingrata.

Con esa sensación de pesadumbre abrí la puerta de nuestro piso y enseguida me cegó la luz de un millón de velas. Edu estaba arrodillado en el centro del salón y sujetaba una cajetilla abierta con un anillo de compromiso en las manos.

—¿Quieres casarte conmigo? —me preguntó, emocionado.

Y yo…

No supe decir que no.

Desde ese «sí quiero» ha pasado de todo. Edu me contó que le habían dado el ascenso y que para celebrarlo su padre nos había organizado una boda exprés en Florencia. Yo no tenía fuerzas para rebatir, lo único que quería era irme a la ducha y eliminar el olor de Orfeo que me había impregnado en la piel. Como si eso fuera posible, como si el agua ardiendo pudiera eliminar el recuerdo de su boca y de sus manos recorriendo todo mi cuerpo con firmeza.

Pensé que ya hablaríamos otro día de la logística de la boda, y aquí estoy, sin hablar prácticamente nada, probándome vestidos de novia.

Quiero salir de la cajita, Orfeo, pero no me lo merezco.

Se acabó.

Desde que empezamos este experimento, una parte de mí sabía que iba a terminar mal, que el mundo paralelo nos daría un bofetón en la cara el día menos pensado.

Lo que no me imaginaba es que ese bofetón me tumbaría al suelo y, menos aún, a un suelo de Florencia.

Marlena se va a casar, así que es hora de tirar la toalla.

Supongo que la lucha era demasiado desigual. Una hora a la semana no puede competir con una relación de años. No puedo culparla, al final ha ganado la estabilidad. Al fin y al cabo, puede que el amor esté sobrevalorado y que la gente no lo conciba como yo. Puede que la gente prefiera vivir tranquila y acomodada antes que seguir la dictadura injusta y perversa de su pecho.

¿Y por qué a mí vivir en la comodidad y la estabilidad me parece poco más que sobrevivir? Siento que los demás tienen una *checklist* que cumplimentar con su pareja: si están cómodos, mínimamente atendidos y disfrutan de una economía estable; lo demás les da igual. Pero yo no soy así.

Porque ¿dónde queda la magia?

Me niego a vivir sin ella.

Marlena ha elegido, pero eso no significa que deba seguir sus pasos. Si el universo me ha escogido para ser el último romántico sobre la faz de la tierra y nadar a contracorriente hasta que muera ahogado en los suspiros de un sueño inalcanzable, lo haré orgulloso.

—¿Cómo estás, amigo? —pregunta Álex cuando se me acerca con un par de cervezas.

Estamos en la terraza de un bar, observando a la gente. ¿Hay más parejas enamoradas de lo habitual o es cosa mía? Diría que me dan envidia, pero en realidad me dan asco. De todas maneras, estoy seguro de que si escarbamos un poco en esas parejas «felices» nos daríamos cuenta de que casi todas están inmersas en una farsa cruda y perversa.

Joder, cómo me paso. Vale que estoy herido y que bajo la sombra del desaliento hasta el amor verdadero se tiñe de tristeza. Pero no quiero ser injusto. Me niego a convertirme en ese abandonado amargado al que le repugna la felicidad ajena solo porque le está prohibida.

—Me encantaría decirte que me siento liberado y que por fin el mundo paralelo se ha hecho pedazos. Me gustaría decirte que creo que podré sonreír tanto como cuando estoy con ella, que podré crear tanto como cuando estoy con ella, pero, sinceramente, no lo creo —le respondo a Álex por fin.

—Entiendo… —me dice sin saber muy bien cómo continuar la frase.

—No te preocupes, sé que lo superaré y que un día dejará de doler, pero al mismo tiempo también sé que cuando llegue ese momento las luces de mi pecho se apagarán para siempre. Pero, bueno —le digo brindando con él—, al menos he sacado algo en claro de esta situación.

Le pegamos un trago largo a la cerveza, y Álex me pregunta:

—¿Y qué es? Si puede saberse.

—Pues que no voy a ser como ellos —le digo señalando a las parejas que pasan por nuestro lado—. No pienso vivir a medias: Marlena ha dejado el listón por las nubes y no pienso conformarme con menos. No voy a tener una pareja por necesidad o comodidad. Desde ahora, mi vida entera será una oda al amor, al que siento por ella y al que un día ella sintió por mí.

—Eso es… precioso, pero al mismo tiempo muy triste —acierta a decir Álex.

—Me parece más triste engañarse a uno mismo y engañar a tu pareja. No volveré a llamar a nadie «mujer de mi vida», porque mi vida no me pertenece a mí: es de Marlena, desde el primer día en que la vi y escribí en su portátil ese nombre que no sabía que iba ser para ella. Es tan bonito lo que siento —digo, y comienzo a llorar sin darme cuenta, pero las lágrimas no son de tristeza, sino de emoción—. Estoy contento, Álex, de verdad, porque aunque no me diera cuenta en su momento, yo sí conseguí tener una estrella entre las manos.

Volvemos a brindar, y Álex me dice que debemos ir a prepararnos para la gala de esa noche.

Hoy comienza mi nueva vida. Una vida en la que cuando me pregunten «¿cómo estás?», pensaré «sin ella» antes de decir «bien».

ELLA

No sé cómo he tenido el estómago de volver dentro y acabar la prueba del vestido. No sé cómo he podido reírme de nuevo y hablar de frivolidades como si no pasara nada. No sé cómo he podido fingir que estaba emocionada cuando, por fin, hemos elegido el vestido.

Bueno, en realidad, sí lo sé, he activado el piloto automático que tan bien me ha funcionado toda la vida, he abandonado los mandos y me he centrado en hacer lo que se espera de mí.

Salgo de la tienda casi sin darme cuenta, no recuerdo haberme despedido de nadie, pero estoy segura de que he sido atenta y me he preocupado de que todo el mundo se sintiera bien.

Es indescriptible la sensación de tristeza que me aplasta el pecho cuando pienso que lo que mejor se me da en esta vida es olvidarme de mí.

Ahora estoy sola, paseando por unas calles a las que debo llamar hogar pese a que se me antojan frías e impersonales. Por mucho que me esfuerce, no creo que aquí pueda ser yo.

Si soy sincera conmigo misma, no creo que en ningún lugar pueda ser yo si no estoy con Orfeo. Me paro en el escaparate de una librería: solo me doy cuenta de que estoy llorando cuando ya he revisado todos los títulos expuestos.

He sido una imbécil por no haberle dicho nada antes de marcharme. Al menos se merecía una explicación, aunque fuera un sinsentido y relatara poco más que la fuga de una cobarde que no se atrevió a tirarse al precipicio junto a él. No me despedí porque, si lo hubiera hecho, sé que no me hubiera ido. Si lo llego a tener delante, dejo que me rapte.

¿Dónde estará ahora? He pensado en ir al aeropuerto, pero el pecho me dice que aún sigue entre estas calles. Por eso sigo recorriéndolas con una mezcla de fe y pavor.

Quiero encontrarte, pero no sé qué haré si lo consigo, puede que me cambie de acera y haga ver que no te conozco para sepultar de una vez por todas mis posibilidades de ser feliz de verdad, o puede que te prometa amor eterno y nos demos un beso que parará el mundo. Todo depende de la versión de mí misma que en ese momento lleve los controles.

Si estoy en piloto automático cuando te encuentre, ni siquiera podré mirarte a la cara.

Me paro en mitad de la calle para decidir mi próximo movimiento o, mejor dicho, para esperar una señal que me indique el camino que debo seguir. Tengo enfrente una parada de autobús con el anuncio del nuevo perfume de Catarsis. La publicidad cambia y yo entrecierro los ojos tratando de entender lo que muestra. Hoy es la *premier* de la nueva temporada de *Opérame el corazón* en Florencia. En el centro del cartel están Sarah y James.

No puede ser. James se parece muchísimo al chico que estaba con Orfeo en la tienda de vestidos de novia.

Me siento en un banco, cierro los ojos y vuelvo a ese momento. Lo revisito fotograma a fotograma y lo paro justo en el instante en el que aparece ese chico y lo comparo con la foto de James que hay en el cartel.

Joder, es él.

Me levanto del banco y me voy corriendo a casa. Bueno, al piso que me han dicho que será mi casa, al menos de manera provisional. Cuando entro, se me revuelve el estómago y vomito en el lavabo. Estoy supermareada y todo me da vueltas, pero me da igual. Tengo que ponerme guapa, es más, tengo que ponerme irresistible. Hoy voy a una gala a la que no estoy invitada y debo conquistar un corazón que acabo de romper.

Un par de horas más tarde estoy en Villa Corsini a Mezzomonte, un palacio renacentista rodeado de viñedos. Es un lugar precioso y elegante que me hace sentir un poco pequeña, pero camino con decisión hacia la entrada. Los porteros me preguntan si estoy en la lista y yo me hago la ofendida y les corrijo altivamente con un «soy yo». Además, para darme aún más importancia, les enseño una acreditación de periodista que en Florencia vale menos que un *latte macchiato*.

Uno de los porteros se me queda mirando unos segundos, le susurra algo a su compañero mientras miran un móvil e, inconcebiblemente, me dejan pasar.

Orfeo, voy a por ti. Espérame, por favor.

ÉL

No sé qué hago aquí.

Bueno, sí lo sé. Acompañar a Álex en su odisea por conquistar a Sofía. Ayer él fue mi Sancho Panza durante todo el día, así que hoy me toca ser el suyo. Eso es lo que hacen los amigos.

Estoy en un sofá gigante tomándome una copa. Álex lleva un rato desaparecido, y yo... aunque no quiera, la espero. Sé que es imposible que venga, pero por alguna razón me aferro a la esperanza como si fuera un balón de fútbol americano. Por ello, y gracias a Álex, hemos conseguido que los porteros nos prometan que si Marlena aparece, por un casual, la dejarán entrar.

No sé por qué soy tan iluso, ¿cómo va a venir? Si debe de estar celebrando su futuro matrimonio. Está alejándose de mí, latido a latido, poniendo en práctica el triste arte de la ingeniería del olvido.

Álex interrumpe mis cavilaciones sentándose a mi lado. Lleva un whisky en la mano y está completamente pálido.

—¿Qué ha pasado? —le pregunto.

—De todo y nada bueno, amigo —me dice antes de vaciar su copa de un trago—. He hecho el ridículo más espantoso de mi vida dos veces.

—¿Cómo que dos veces? Explícame qué ha pasado —le digo, apoyándole una mano en el hombro.

—Pues verás, cuando he visto que Sofía se quedaba sola en el jardín, he ido a hablar con ella. Estaba todo muy oscuro, a excepción de la luz tenue del porche. Ella estaba mirando la piscina, así que he creído que era el momento perfecto para declararme. Me he colocado detrás de ella y le he pedido por favor que no se girara porque tenía algo muy importante que decirle.

—Vale, por ahora vas muy bien tío, sigue.

—Calla, calla —me dice apretándose la frente con las dos manos—. Le he dicho que llevo enamorado de ella desde que la vi por primera vez, que no puedo aguantar más así, que lo que siente James por Sarah no es nada comparado con lo que yo siento, que quiero que sea mi mujer y que estemos juntos para siempre.

—Vale, ¿y qué te ha dicho? —le pregunto nervioso.

—Pues… se ha girado y… no era Sofía.

—¿Cómo? No entiendo nada.

—Pues eso, que no era ella. Era una chica con un corte de pelo y un vestido parecido que me ha dicho en italiano que si estaba buscando el baño estaba al fondo a mano derecha.

No suelto una carcajada de milagro.

—Vale, sí. Es un poco vergonzoso, pero Sofía no te ha visto y la chica a la que has prometido amor eterno no se ha enterado, así que no te desanimes.

—Espera, porque la cosa no ha acabado ahí, un segundo. —Le pide a uno de los camareros que van dando vueltas que nos dé un par de copas de champagne—. Cuando he vuelto al salón principal, he visto a Sofía, rodeada del elenco de la serie, pero cuando me he acercado me he fijado en que a su lado había un chico superalto y superguapo, y el mundo se me ha venido abajo.

—Vaya, ¿y qué has hecho?

—He aprovechado que su acompañante se ha marchado en dirección al lavabo y me he acercado a saludar al equipo. Después he ido en busca del guaperas y sin dejarle que pronunciara palabra le he dicho que, si en algún momento me entero de que trata mal a Sofía o le hace daño, contrataré a un par de tipos que conozco que le cortarán el cuerpo pedacito a pedacito y lo irán enviando a distintos países para que haga turismo.

—Joder, Álex, ¿no crees que te has pasado un poco? ¿Qué te ha respondido?

—Espera, que esto va a peor. —Álex baja la cabeza como intentando meterla en la copa de *champagne*—. No me ha respondido nada. En cuanto se lo he dicho, me he dado media vuelta y he ido a pedirme una copa.

—Vale, entiendo —le digo, tratando de reconfortarlo.

—No, no entiendes —me responde negando con la cabeza una y otra vez—. Cuando me la estaban sirviendo, ha aparecido Sofía muy alterada y me ha preguntado qué demonios le había dicho a su primo.

Vale, ahora sí que no puedo contenerme y empiezo a reírme. Álex, lejos de enfadarse, se suma a mi risa y prosigue:

—Me ha contado que su primo es superfán mío y que le hacía mucha ilusión conocerme y que por eso lo ha traído.

—Bueno, por lo menos no le prometiste amor eterno a su primo —le digo, aún riéndome.

—Mierda, Sofía nos está mirando fijamente y viene hacia aquí, me largo —dice Álex antes de huir despavorido.

Sofía lo sigue con la mirada, pero, en lugar de ir a por él, se planta enfrente de mí:

—¿Y tú quién eres? —me dice con voz de enfado, como si sus problemas con Álex fuesen culpa mía.

—Un amigo de Álex. Vinimos juntos en avión y me ha invitado a la gala.

—¿Seguro que eres su amigo y no su camello? Porque la única explicación lógica que encuentro a su actitud de hoy es que se haya metido alguna droga experimental.

—No va drogado —le respondo—. ¿Te puedo robar unos minutos y te lo explico?

Noto como Sofía titubea, pero acaba accediendo y se sienta donde hace pocos segundos estaba Álex.

—¿Qué demonios le ocurre? —me pregunta.

—No vale la pena que me ande con rodeos, así que te lo suelto tal cual: Álex está enamorado de ti y hoy pensaba declararse.

La cara de Sofía se convierte en un poema, se queda petrificada y acto seguido se pone a llorar. No es un llanto triste, se asemeja más al torrente de lágrimas que derramas cuando te acaban de dar un premio importante. Creo que aún podemos salvar este desastre de noche.

—¿Estás bien? —le pregunto por cortesía—. Voy a por un par de copas de *champagne*, te irá bien.

Me levanto, y cuando vuelvo con las copas dos minutos después, Sofia se ha serenado completamente. Tiene el maquillaje impecable y los ojos perfectos, nadie diría que ha estado llorando. Los *Homo actorus* no paran de sorprenderme.

Coge la copa de *champagne* y le da un trago sin pronunciar palabra alguna. Estamos muy cerca y solo nos miramos. Ella me sonríe, me acaricia la mejilla con la mano izquierda y me dice:

—No sé quién eres, bueno, sí que lo sé: eres mi ángel de la guarda. No sabes lo feliz que me has hecho.

Y yo… no puedo evitar enamorarme de nuevo, pero no de Sofía, lo hago del amor que sienten ella y Álex. Ese amor me devuelve la esperanza de que algún día yo encuentre algo parecido. Ojalá con Marlena.

Joder, llevaba un rato sin pensar en ella, ¿qué estará haciendo? ¿Me habrá buscado?

ELLA

Sabía que lo nuestro estaba condenado al fracaso, pero esto sí que no me lo esperaba.

No sé para qué he venido.

Sabía que me iba a reemplazar rápido, pero, vamos, esto supone un nuevo récord. Es un cerdo de la peor calaña. Y yo pensando en dejarlo todo por él. Míralo, ligando con Sarah tranquilamente, delante de todos. No veo aflicción ni dolor en su mirada, todo lo contrario: está sonriendo como un idiota enamorado.

Qué asco me da, de verdad. Me doy media vuelta dispuesta a olvidarme de él y de sus falsas promesas de una vez por todas, pero me detengo en seco. Espera, no me voy a marchar aún. Este farsante no se va a ir de rositas. Ya que he hecho el ridículo más espantoso, al menos que sepa que estoy aquí y que lo he visto todo.

Me acerco a la barra y espero a que un camarero me atienda:

—¿Qué quieres tomar?

—Quiero tres chupitos de tequila —le digo con tono seco.

El camarero me mira extrañado, supongo que mi petición no debe de ser habitual en este tipo de fiestas.

—¿Y tú quién eres? ¿También eres del mundillo o solo una invitada misteriosa?

Lo miro fijamente y le respondo:

—¿Yo? No soy nadie en particular, pero puedes llamarme Venganza.

Esa frase y mi cara de pocos amigos le da a entender que la conversación ha terminado. En cuanto me sirve los tequilas me acerco al traidor y embustero de mi exnovio y a la actriz no tan guapa en persona que le acompaña.

Me planto enfrente de ellos y les paso un chupito a cada uno.

—Brindemos —les digo.

A Orfeo le cambia la cara. ¿Qué pasa? Te jode que te haya pillado, ¿verdad? Pues me alegro, sufre, mamón.

—Brindemos por esas personas que nos sustituyen en cinco minutos, y brindemos también por las personas que nos reemplazan y son poco más que un amor *low cost* que va a durar menos que estos chupitos. Chinchín —les digo con el tono más irónico que logro poner.

Me bebo mi chupito de un trago y me marcho.

Qué te follen, Orfeo, pero que te follen mal, blando y sin ritmo.

—¡Espera!

Salgo tras Marlena con el chupito en la mano, decidido a alcanzarla, cuando de repente mi radar detecta algo urgente: Álex, el recientemente nominado a «profesional del desastre», está en la barra completamente borracho a punto de caerse al suelo.

Joder.

—Álex, tío, ¿qué diablos te pasa? —le pregunto después de cogerlo al vuelo.

Me mira con los ojos vidriosos y acto seguido me sonríe y me contesta:

—Álex no está en estos momentos, pero si quiere puede dejar un mensaje después de la señal. Piiiiii.

Y se queda dormido apoyado en mi hombro. KO técnico, pobre hombre.

Vuelvo a gritarle a Marlena que me espere, pero ella sigue caminando imperturbable y me lanza una peineta que en realidad me grita: «Suerte con eso, campeón».

Maravilloso.

Miércoles

ÉL

Menuda nochecita. Menos mal que Sofía me ayudó a traer a Álex al hotel.

Le dije que me marchaba, pero la pobre me ha cedido su habitación para cuidar de su amado toda la noche.

Yo quiero un amor así.

Yo me merezco un amor así.

Pero si no es con Marlena, no quiero nada. Sí, ahora cualquier amigo me diría que me valore, que puedo encontrar el amor de verdad en otra parte y que una relación tiene que ser fácil, pero es que quien diga eso no la conoce a ella.

Quien no ha visto cómo su mundo se partía en dos, que no hable de terremotos.

En el taxi, Sofía volvió a darme las gracias. Me dijo que, como su personaje en la serie, estaba a punto de tirar la toalla porque pensaba que él no tenía ningún interés por ella. Por lo visto, había intentado quedar con él varias veces, pero Álex siempre le acababa poniendo alguna excusa tonta de última hora.

Lo que puede hacer el miedo con nosotros es devastador.

Se acabó el vivir con miedo para mí. Estoy enfrente de la tienda de vestidos de novia esperando a que abran.

Me muero de frío, pero sé que no es debido al clima. Tengo la sangre congelada y le cuesta circular, estoy atenuado, no sé si expectante o desesperado.

Marlena, desconozco si quieres que lo nuestro sea para siempre, pero yo no puedo soportar que se acabe de esta forma tan abrupta y agridulce.

La persiana comienza a subir por fin. Siento que el hombre que tengo delante sabe perfectamente a lo que vengo, así que no pierdo el tiempo en darle detalles o excusas y le pregunto enseguida si tiene constancia del día de tu boda.

Cuando me dice que te casas dentro de dos horas, algo en mí no es que se rompa, es que desaparece por completo. Lo peor de todo es que también desaparece su recuerdo, por lo que no sé qué parte de mí me ha abandonado por culpa de esta funesta noticia que acaban de soltarme tan a la ligera.

Acaban de arrancar una parte de mí que nunca sabré si existió.

La posibilidad de morir congelado es cada vez más real. Estoy a menos dos latidos, el que quiero darte y no aceptas y el que me niegas una y otra vez.

Le he preguntado balbuceando si sabía dónde se iba a celebrar tu boda y me ha contestado que desaparecerás de mi vida para siempre en la basílica de Santa Trinita. El hombre ha enfatizado que no se suele celebrar ninguna boda ahí, así que tú y tu marido debéis de ser gente importante.

Me hubiera encantado decirle que claro que es importante, no cualquiera sabe destrozarte la vida.

En cuanto salgo de la tienda se me ocurre una muy mala idea que bajo ningún concepto debo ejecutar.

Pero, pensándolo bien, un sinfín de malas ideas me han traído hasta aquí, así que ya que vamos a morir hagámoslo con honor.

All in, Marlena.

Cuando me he puesto el vestido de novia, me he emocionado.

Esa sensación me ha durado unos diez segundos, los que he tardado en imaginarme mi vida en cuanto me lo quite.

Me quitaré el vestido de novia, pero no la máscara. Esta se quedará perpetua y cada vez más aferrada a mi ser, hasta que lo que haya debajo de ella solo sea una mueca irreconocible.

Y yo no quiero ser una mueca irreconocible.

A estas alturas no diré que me merezco más, pues lo he hecho fatal: he engañado a Edu, a Orfeo y, sobre todo, a mí misma.

A Edu le digo que le quiero y, aunque haya un eco de ese sentimiento, sé que ni el recuerdo más puro de lo que sentí por él podría denominarse amor.

A Orfeo le dedico una peineta mientras me hago la ofendida. ¿Y qué quería exactamente que pasara? ¿Que pusiera su vida en pausa hasta que yo tuviera las agallas de reconocer que quiero estar con él? No, bonita, la vida no va así.

Y a mí... Hace tanto tiempo que no me digo la verdad que podría calificarme como mi peor enemiga.

Tu peor enemigo no es quien te increpa ni quien te reduce ni quien te acobarda, es quien te dice mientras tanto que todo está bien. Así que, sin duda, soy mi peor enemiga.

Alguien entra en la habitación en la que me estoy arreglando y me indica que es el momento de mi aparición estelar.

Todo está bien, me repito varias veces. Sal ahí, cásate de una vez y manda a la mierda a Marlena, a Orfeo, a Sísifo, a Dante, a los plurales que no saben serlo, a los libros que nunca escribirás y a los suspiros que tendrás que enmascarar para siempre. Manda a la mierda la cajita y las máscaras. De paso mándate a la mierda a ti. Vamos, no has llegado hasta aquí para irte ahora.

Suena mi música. Cuando me preguntaron ayer con qué canción quería salir al altar, estuve a punto de decir que me daba igual, pero por no quedar mal escogí «My inmortal», de Evanescence.

Lo único inmortal aquí es mi cobardía, y a ella me abrazo para recorrer el pasillo que me separa de Edu. Me dijeron que sería una boda íntima, pero veo que hay mucha gente. Están todos los compañeros de Edu, además de amigos y no tan amigos míos, por lo que entiendo que Edu ha pescado con red a nuestros invitados. Estoy segura de que su padre ha pagado el hotel y el vuelo de todos los asistentes.

Llego a la primera fila y miro a mis padres. Me encantaría volver a ser una niña y decirle a mi padre que me sacara de aquí, que este juego ya no me divierte y que quiero volver a casa.

Pero no soy una niña.

Ni quiero serlo.

No quiero que nadie me rescate.

No lo necesito.

Miro a Edu y no veo emoción en sus ojos, veo la clase de orgullo que tiene cuando acaba de cerrar una operación millonaria.

Un trato que debe cerrar lo antes posible para seguir el camino de su padre.

Las palabras que entona el cura con solemnidad flotan a mi alrededor, pero no consigo atraparlas. Son murmullos lejanos, como si alguien las repitiera bajo el agua: promesas típicas, votos memorizados, fidelidad eterna. Yo asiento cuando toca, pronuncio lo que se espera de mí, pero lo hago desde detrás de una máscara invisible. Estoy aquí y no estoy, como si todo transcurriera detrás de una pantalla empañada.

De repente, su voz se afila y me atraviesa de golpe:

—Si alguien tiene algo que objetar, que hable ahora o que calle para siempre.

Edu me mira, yo miro a la puerta.

Él tose con nerviosismo y creo que sabe que estoy deseando que alguien aparezca e impida este enlace destinado al fracaso. Se acabó vivir entre mentiras, quiero que Orfeo reviente la puerta y grite a viva voz que juntos somos y seremos.

ÉL

Estoy en la puerta de la basílica con la guitarra en la mano. No sé por qué la he cogido esta mañana, supongo que necesitaba su apoyo, como si fuera una muleta. El sol se filtra entre las vidrieras, pintando de fuego cada piedra. Los muros parecen contener el aliento, como si supieran que algo está a punto de romperse.

Me apoyo la guitarra en el pecho y dejo que las manos recorran las cuerdas sin tocar una sola nota. Cada fibra vibra con el recuerdo de lo que una vez fuimos y el anhelo de lo que deberíamos ser. El eco de tu risa resuena en la piedra y en mi pecho, y, por un instante, siento que la iglesia va a derrumbarse por contener tanta pérdida y frustración.

Cierro los ojos y grito en silencio, un lamento que nadie escuchará, pero que hace temblar la mismísima existencia.

Toco la enorme puerta que está a solo un empujón de abrirse y plantarme frente a ti. Pero de golpe me apuñala la certeza de que no lo voy a hacer.

¿Quién soy yo para interrumpir algo que has elegido? Aparto la mano de la puerta como si estuviera ardiendo y retrocedo unos pasos.

Marlena, te quiero como nunca querré a nadie, esa es mi bendición y a la vez mi condena. Lo acepto y abrazo la sensación de saber que jamás me sentiré completo del todo si no es contigo.

Qué tóxico suena, me dirá la gente que nunca ha hecho magia con otra persona con el simple hecho de darle la mano, de saber que está, de sentirla del todo.

Podemos querer un montón de veces, pero hay una persona que nos cautiva y nos atrapa a partes iguales, esa que hace que el amor sea una palabra vacía. La que nos esencia, la que nos excita y enamora con su sola presencia.

Y esa eres tú, cariño mío.

Me doy media vuelta: no trato de ocultar mis lágrimas; es más, las porto orgulloso como si fuera el atleta que ondea la bandera de su país después de ganar una medalla de oro.

Marlena, eres mi bandera, eres mi Rusia y mi mundo entero. Que me llamen enamorado, enajenado o loco, que me llamen desequilibrado, desesperado o roto. No me importa. Soy tuyo y, por ello, no voy a interrumpir ni tu boda ni tu vida.

Adiós, llama gemela, te espero en nuestra próxima existencia.

Te prometo que lo haré mejor, que estaré más atento a los momentos que nos desgarran para evitar que puedan con nosotros. Te prometo mil conversaciones incómodas que nos ayuden a crecer y nos unan aún más. Te prometo bailes, risas y arte.

Te prometo que te querré en esta y en todas mis vidas.

MARLENA

Orfeo no ha entrado.

Me ha parecido que la puerta comenzaba a abrirse, pero debe haber sido una mala pasada de mi imaginación. Por un momento pienso que si se ha rendido no me merece y que lo mejor es seguir con Edu y esta celebración.

Eso sería lo fácil, lo cómodo, lo que se espera de mí.

Pero eso significaría que yo nunca más sería yo.

Miro al techo de la iglesia y veo con claridad mi cuenta atrás: me quedan unos pocos minutos. No me importa que llegue a cero y que a partir de ahora me toque vivir entre los grises del desánimo encarnado en un amor descafeinado: lo que me preocupa ahora es arrastrar a Edu y asfixiarle en mi mentira.

—Yo tengo algo que decir.

En cuanto pronuncio esas palabras me tapo la boca con las manos como si me hubiera poseído un ente demoniaco.

Pero nadie me ha poseído, ni permitiré que eso ocurra jamás.

—Lo siento —pronuncio de repente entre sollozos, sabiendo que esas dos palabras lo van a cambiar todo.

Miro a Edu. El destino, cabrón como él solo, ha decidido parar el tiempo en el fotograma exacto en el que le rompo el corazón. Me siento un monstruo miserable, pero sé que él no es para mí y yo no soy para él. Estará mejor sin mí.

Y yo estaré mejor sin él. Es más, ya comienzo a sentirme algo mejor, pese a encontrarme en este momento traumático que va a requerir un sinfín de explicaciones.

Va a ser muy duro, pero sé que por fin estoy haciendo lo correcto.

Lo que más paz me da es que no he detenido la boda para estar con Orfeo.

Quiero estar con él, pero no me separo por él.

Lo hago por mí, por no conformarme, por mandar a la mierda de una vez la cajita de los cojones que tantas veces he usado como excusa para no enfrentarme a la realidad.

¿Sabes qué?

Mando a la mierda la cajita y de paso mando a la mierda a todo el mundo que prefiere verme estable a verme feliz.

También mando a la mierda las máscaras que utilizo para contentaros.

Y, sobre todo, mando a la mierda a mi yo pasado, a esa falsa recreación de mi ser que se apoderó de mí hace tantos años y casi me conquista por completo.

—Lo siento mucho —repito antes de romperme, porque hacerle daño a alguien, aunque no sea tu persona, es muy muy duro.

Estoy a punto de tenderle la mano a Edu como despedida, pero sé que ese gesto le va a doler aún más, así que me doy media vuelta y me marcho. Oigo a la madre de Edu intentar evitarlo, pero Edu le dice que no lo haga, que todo está bien, que él estará bien.

Gracias por esto, Edu.

Guardaré un buen recuerdo de ti, pero ahora debo marcharme, debo abrir esa puerta gigante que ha estado a punto de aplastarme y debo… encontrarme. Debo encontrarme a mí, no a Orfeo.

Quiero estar con él, pero quiero aún más amarme y respetarme a mí, hasta que la muerte me separe.

Evito todas las miradas de desaprobación y acepto con dignidad que seré la mala de esta historia, la que se ha rendido, la que ha traicionado a Edu. Solo yo sabré la valentía que alberga este acto y lo mucho que me reconcilia con esa persona a la que un día aspiré a ser. No la de la foto con el futuro perfecto y superficial, sino el desastre caótico, el intento de escritora, la que se muere por crear y hacer que el mundo sea más bonito.

Abro las puertas y la luz del sol no me ciega, me hace verme tal y como soy, de una vez por todas.

En el momento en que las puertas se cierran a mi espalda lanzo el mayor suspiro que mis pulmones se han atrevido a regalarme. Mi nueva vida comienza ahora. Debo aprender quién soy cuando nadie me ve y yo por fin me veo. Quién soy estando sola.

Me detengo en uno de los escalones y respiro hondo. Claro que debo aprender a estar sola, pero sé que quiero estar contigo, Orfeo. Me niego a meter mis ilusiones en la cajita. Cierro los ojos y me enfrento a ella; intenta crecer, hacerse enorme para envolverme, pero la sujeto con fuerza entre mis manos y la destrozo. Jamás volveré a mentirme, jamás enmascararé lo que siento.

Quiero estar contigo, Orfeo, pero no sé si es demasiado tarde. No puedo pedírtelo después de todo lo mal que me he portado…

¿O sí? Estoy a punto de salir corriendo a por mi móvil nuevo y marcar tu número. Sí, ese número que he intentado olvidar un millón de veces, pero que sigue tatuado en mi pecho.

Mientras pienso si hacerlo, sigo caminando y… pienso que debo estar enloqueciendo porque escucho tu voz.

Me concentro en tu cadencia y a la vez en no mirar atrás. Lo he hecho siempre, pero esta vez no. El pasado, pasado está, me merezco más, me merezco un futuro contigo. O no me lo merezco, me da igual, pero lo quiero y voy a luchar por él.

¿De verdad estás aquí o me estoy volviendo loca?

Recorro el puente, alentada por tu voz cada vez más próxima. Si estoy loca y esto es una ilusión, que me entierren en este falso oasis en el que aún compartimos tiempo y espacio.

Orfeo, no te puedo pedir que me esperes, pero, por favor, espérame.

ORFEO

Nos vemos solo cuando el calendario
se atreve a dictar un día extraño,
siete veces, siete vidas,
el tiempo contigo, se me dobla entre las manos,
la ciudad es nuestra confidente
y por eso nos protege
en un rincón que nadie visita,
salvo yo con mis historias
y tú con tus miradas infinitas.

Sé que la cuenta atrás ya empezó,
pero no me importa nada, ya no.

Me he construido una casa al lado de tu risa,
con paredes que crecen cuando tú respiras,
y me dices que aunque el mundo se derrumbe
podré encontrar el lugar
donde mi sombra podrá descansar.
Me he construido una casa al lado de tu risa
y no pienso mudarme jamás.

Entre un febrero y el siguiente
vivimos amores y despedidas decadentes
y, aun así, al verte de repente
parece que nuestra última vez
será mañana para siempre.
Guardo tu voz en mis bolsillos,
yo escondo ases bajo la almohada

No sé cómo describir lo que estoy sintiendo ahora mismo. Los versos que hace unas semanas trataban de asesinar a mi desgastada inspiración ahora le están haciendo el amor, dispuestos a engendrar esta canción que te dedico a ti, Marlena.

No te tendré en el sentido práctico, no serás mi mujer ni te prepararé café cuando te despiertes, pero quiero darte las gracias por enseñarme lo que es el amor de verdad. Por enseñarme a hacer magia con nuestros latidos compartidos. Eres vida, luz y arte.

Me acabo de dar cuenta de que, desde que he empezado a cantar esta canción, tengo los ojos cerrados, así que los abro antes de continuar.

Y...

... te veo.

Llevas el vestido de novia, pero no lo eres.

Te sonrío y sé que definitivamente no eres la novia de nadie, aunque, cuando me devuelves la sonrisa, me muero de ganas de que algún día seas la mía.

Das un paso hacia mí y el aire se vuelve más denso, como si el universo contuviera la respiración para no interrumpirnos. Puedo oler tu perfume, una mezcla perfecta de jazmín y vértigo.

Me acerco a ti, tanto que no soy capaz de distinguir si el latido que escucho es el tuyo o el mío disfrazado de eco. El mundo entero parece inclinarse hacia este instante, hacia la certeza inevitable de nuestro primer beso libre de ataduras y reglas carentes de sentido para unas almas que, por fin, descubren que son inseparables.

El beso que nos damos sabe a sueño, pero también a certeza inconquistable, a paseos por la playa y atardeceres eternos.